胭脂红

王舰 著

中国華僑出版社
·北京·

图书在版编目（CIP）数据

胭脂红 / 王舰著 . -- 北京 : 中国华侨出版社，
2021.6
ISBN 978-7-5113-8363-1

Ⅰ . ①胭… Ⅱ . ①王… Ⅲ . ①长篇小说－中国－当代
Ⅳ . ① I247.5

中国版本图书馆 CIP 数据核字 (2020) 第 216226 号

●胭脂红

著　　者 / 王　舰
责任编辑 / 高文喆
封面设计 / 李洪双
经　　销 / 新华书店
开　　本 /787 毫米 ×1092 毫米　1/16　印张 /14　字数 /248 千字
印　　刷 / 三河市嵩川印刷有限公司
版　　次 /2021 年 6 月第 1 版　2021 年 6 月第 1 次印刷
书　　号 /ISBN 978-7-5113-8363-1
定　　价 /49.00 元

中国华侨出版社　北京市朝阳区西坝河东里 77 号楼底商 5 号　邮编：100028
法律顾问：陈鹰律师事务所
发行部：（010）64443051　传　真：（010）64439708
网　址：www.oveaschin.com　E-mail：oveaschin@sina.com

前 言

想对大自然说，想对生活说，想对内心说：“她们都是春天里的花朵，开得鲜艳，开得热烈，拥有着花的高贵与婀娜。”微风吹拂，那一股股独特的花香便会飘散到敏感的鼻腔中，在这个温馨浪漫的春日里很快发现她们的身影，在田野、在山坡、在溪边、在不易察觉的异地他乡的一瞥间，让春日温柔起来。醉了，那不是酒的力量；睡了，那不是夜的催眠。默默地关注着那娇态倾心的花蕊，所有的狂野暴躁被融化在和煦的风里，沐浴着美的雨露，留住了这一刻短暂的美好。

欣赏这份倾心的美，不需要去拥有它，也不可能去全部获取它。只能在岁月的狭缝中相聚相离，等待下一次的邂逅，再去感受短暂的欢笑。所以在心中孤独落寞之时总会升腾起一种异样的感悟，这就是那份淡淡的花香幻化出的魂魄。胭脂红，是她们美丽身影、笑颜的独特底色。

这就是笔者在成长中的感受和体悟，愿它永驻心头，超越时间和空间的转变，永不变异，永不遗忘。

记逝去的那段美丽青春年华。

胭脂红

目录

第一章　时光凝滞暮色 / 1

第一节　红花绽放 / 3

第二节　风中舞者 / 11

第三节　心缘爱慕 / 17

第四节　伤痕裂变 / 24

第五节　落叶飘零 / 30

第二章　阡陌舞动心潮 / 37

第一节　芳香翘立枝头 / 39

第二节　青丝摇曳新颜 / 47

第三节　伤感直指苍白 / 56

第四节　踟蹰湮没空欢 / 65

第五节　星月忽明忽暗 / 73

第六节　离别徒添痛殇 / 82

第七节　迷途升腾梦魇 / 89

第八节　形影红尘相随 / 96

第三章　月色正浓柳梢 / 103
第一节　良辰暖心坎 / 105
第二节　柳暗花又明 / 112
第三节　血色染流年 / 120
第四节　风声惹人醉 / 126
第五节　沧海难为水 / 134
第六节　荣光旧曾谙 / 141
第七节　脚步声声慢 / 148
第八节　相逢若初见 / 155
第九节　欣喜赴江南 / 162
第四章　涟漪荡漾湖心 / 169
第一节　楚地多风情 / 171
第二节　花落花满天 / 177
第三节　情欲迷人眼 / 183
第四节　云烟皆过客 / 190
第五节　空舞弄清影 / 197
第六节　相顾亦无言 / 204
第七节　风正一帆悬 / 213

第一章 时光凝滞暮色

第一节　红花绽放

黄昏中，天边缀满了红彤彤的晚霞，绯红的颜色洒满了整个不老山，给满山的槐树林披上了一块华美的丝绸。微风轻轻拂过，丝绸在漫山遍野中飘荡，宛若一群仙女在云雾中尽情地摇曳舞姿，精美极了。

"太好看了，铁枫哥！"甜美清亮的声音打断了正沉浸在自然美景中的铁枫。他转过头望着身边美丽秀气的姬绒，姬绒是一个精致的女孩子，一举一动都散发着迷人风采，让男子的目光不敢在她身上多加停留，怕有亵渎的嫌疑，但铁枫还是忍不住偷瞄了几眼。在暮阳的照射下，在霞光的渲染中，姬绒更加漂亮了，似一团粉红色的花蕊。

"哥，你看那朵粉红色的花真鲜艳，太美了！"铁枫十八岁的弟弟南山翊在不远处手舞足蹈，兴高采烈地叫喊着。铁枫顺着指向望去，一朵独放的美人蕉在不远处熠熠生辉，只是生长的环境有点恶劣。

"铁枫哥，我要那朵花，我要！"姬绒的任性又来了。铁枫最怕这个邻家小妹撒娇了。他赶忙小心翼翼地滑下去，摘下那朵娇艳欲滴的美人蕉送给兴奋不已的姬绒。

"不，我要你给我戴在发髻上。"姬绒噘着嘴轻轻地转过身去，等待着她的铁枫哥把那朵美丽的美人蕉插到她的发髻里。已经十九岁的女孩还这么淘气，铁枫心里虽这么想，嘴角却露出一丝微笑，他小心翼翼地把花朵插到了姬绒的发髻里。姬绒转过身，两眼一眯，小嘴一张，开心地问道："我漂亮吗？"

"哇，姬绒姐，你太漂亮了！"南山翊睁着大大的眼睛看着姬绒。

"小滑头，那请问下一位呢？"姬绒把目光转向了铁枫。铁枫笑着说"很漂亮，你就是咱们郑城的第一美女。"

"是吗？"姬绒娇羞地低下头，原本绯红的脸上又漾上了一层红晕。

夜幕悄悄降临，晚霞也渐渐失去了光泽，转眼间，最后一抹晚霞也融进了暮色中，山脚下已是漆黑一片。

"哥，咱们该回去了。"南山翊觉得肚子有点饿了。

"好吧，那咱们下山吧。"铁枫一说完，三人就起身回家。南山翊走在前面，姬绒走中间，铁枫走在最后。三人沿着蜿蜒盘旋的小路慢慢离开不老山的山顶。这时，天边突然出现了一团红云，开始特别的鲜艳，最后猛地一下消失了。铁枫不经意的瞥见了这一幕，他的心里有了一种不祥的预感，感觉有大事要发生。铁枫转念又想那也许是一种偶然出现的自然现象。他还在琢磨那一团红却看到姬绒向他招手，示意他走快点，于是，他停止了思考，加快了脚步。

郑城是韩国的都城，坐落在一个辽阔的盆地中，四周环绕着的山脉隐约可见，一条清澈明净的芦花河在盆地中静静地流淌，河两岸的白色芦花随着秋风轻轻地向行人点头示意。郑城街道上的商铺都已打烊了，路上是匆匆忙忙的行人，脚步声、车轮声、各种家禽的啼叫声构成了傍晚最富有生活气息的动感旋律。前面一座褐红色的大门出现了，那是姬绒的家。她家的总管在门口东张西望，正在寻找小姐的身影呢。“小姐，老爷等你好久了。”总管看见姬绒后，忙跑过来。顺便向身旁的铁枫和南山翊微微作揖。姬绒转过头轻轻一笑：“铁枫哥、南山翊，我走了，明天见。”在总管的带领下，姬绒进了大门，突然她又露出半个脑袋，做了一个鬼脸后又消失了。这一举动惹的南山翊哈哈大笑，铁枫也禁不住笑出声来。

一座庄严幽静的深宅大院里，一间古雅的木屋里灯还亮着。院落里几只不识趣的蝈蝈还在肆无忌惮地卖弄歌喉，但这并未影响屋内的铁枫回想自己今天傍晚看到那一抹“胭脂红”。铁枫独坐屋内，思虑万千：那胭脂红意味着什么，是上苍在向世人昭示着什么，还是给观看者的一种启迪……他总是觉得那绝非一种简单的自然现象。

此外，铁枫今天猛然间觉得姬绒长大了，调皮娇气的她开始关注自己在别人心目中的印象了。

铁枫和姬绒已认识有五年了。铁枫的父亲与姬绒的父亲是故交，铁枫父亲被调到郑城做官后，一日姬绒的父亲带她来看望铁枫父亲，他俩就认识了，日后便一块读书、一块游玩，从未发生过争执、吵闹。姬绒虽然娇气，但是非常善良温和，特别会体贴、理解别人。今天从她深情的目光里，他看到了以前从未看到过的东西，她和自己交往也不像以前那样随随便便了，好像突然间出现了一种微妙的变化。二十岁的女孩应该开始慢慢懂得感情这回事了。可铁枫在心里一直把她当作妹妹看待，还未有过情感方面的考虑。但铁枫心里明白谁若能娶到姬绒，那他一定是一个幸福的男人。因为她聪颖美丽，通情达理……

“枫儿，你怎么还不睡呢？”母亲在门外亲切地问。铁枫赶忙吹灭灯说：“母亲，孩儿这就睡了。”夜晚随着灯光的熄灭终于沉寂了下来，但这个少年的心却不可能一下子平静下来。

翌日，秋高气爽，阳光和煦。姬绒经过一番精心打扮便去找她的铁枫哥去街上买一些书籍。在一条林荫小道上，她遇见赤炎、青木两位整日游手好闲的贵族公子。他俩凭着各自父亲是朝中大夫，在郑城胡作非为，最喜欢调戏年轻貌美的女子。

“嘿嘿，这不是大美女姬绒吗？又去见你那个铁枫哥？”赤炎边说着边靠近姬绒。

“你们滚开！”姬绒害怕地向后倒退着。

“怎么，不给我们哥俩赏个脸，今天你要想从这里过，必须给我们哥俩香一个，否则别想离开这儿！”

“无耻，小心我叫铁枫哥揍你俩！”

“铁枫哥，叫得多亲切噢，可惜他听不到，也帮不了你，嘿嘿……”赤炎说着开始上前去抱姬绒，青木跑到后面去堵截她。

“救命啊……”姬绒边喊边用力推开满嘴酒气的赤炎。

“放手，你们这两个无耻之徒。”这一声大喊把肆无忌惮的赤炎、青木吓了一跳，他们转头一看是铁枫，不由得心中一震。

“哦，原来是你小子，你绒妹刚还叫你，还真是心有灵犀一点通，果然把你小子叫来了。”赤炎壮着胆子走向铁枫。

姬绒趁赤炎松手之际，急忙跑到铁枫的身边大哭起来。

“姬绒，没事吧？今天我替你好好教训一下这两个大坏蛋。”铁枫一把把姬绒拉到身后。

“铁枫哥，算了吧，他们有权有势，咱们还是走吧。”姬绒看着铁枫，有点担心。

“哈哈，还没过门就叫得这么甜，好羡慕呦。”赤炎坏笑着说道。

“姬绒，我今天非要教训这两个无赖，替你出口恶气。”铁枫刚说完便抡起拳头冲了上去。

赤炎、青木这对兄弟平时顿顿大鱼大肉，长了一身横肉，但体质很差，根本不是武功了得的铁枫的对手。铁枫几下就把这兄弟俩打得眼肿鼻青，倒在地上“嗷嗷”直叫：“铁枫，你等着，我们是不会放过你的。”

铁枫还想再狠狠地教训一下这两个气焰嚣张的家伙，却被姬绒叫住了。就在铁枫回头看姬绒的时候，赤炎这家伙站起来了，并在他胳膊上狠狠地咬了一口。

“啊……”铁枫惨叫了一声，一脚踢开了赤炎。姬绒“哇”的一声哭了起来，并赶忙走向铁枫。赤炎、青木兄弟俩趁机逃跑了。姬绒捋起铁枫胳膊上的长袖，几个牙齿印里还在出血，她急忙拿出身上携带的丝巾包扎在出血的地方上。瞬间，空气里弥漫着一股淡淡的薄荷味，这是姬绒最喜欢的气味。

“痛吗？”姬绒关切地问道。

“不痛。”

“怎么会不痛，都是我不好，让你受伤了。”

“没事的，只是便宜了这两个大坏蛋。别哭了。”铁枫用手拭去了姬绒眼角的泪水。姬绒望着铁枫，瞬间破涕为笑了。她一把挽住铁枫受伤的胳膊说：“咱们走吧。”

林荫道上，笑声和脚步声共同合奏出一首动听的歌谣。

炊烟袅袅升起，晚饭时间要到了。和姬绒逛了一天书市的铁枫走到家门口时，看到赤炎家的总管正从自家大门内走出来，那总管看到铁枫后，低下头急匆匆地走了。铁枫知道今天晚上大事不妙了。他来到庭院里，怒气冲冲的父亲坐在木椅上已等候他多时了。

“逆子，还不跪下。”父亲站起来拿着戒条大吼道。

嗵……铁枫只能唯命是从。

“你好大的胆子，敢去招惹那两个白痴。为父不是畏惧权贵，只是那样的奸佞小人，为父避而远之，你竟然还大打出手，你这不是给家族蒙羞吗？”铁枫的父亲气得在大堂内走来走去。

“是他俩先欺负姬绒的。”

“哼，你还在为自己的过错狡辩，今天就要杀杀你的锐气。”铁枫的父亲抡起戒条朝铁枫身上狠狠抽去。“啪、啪……”的声响惊动了内室的母亲和南山翊。母亲看到儿子又被打了，赶忙走上去捉住铁枫父亲挥动的胳膊。

“他还是你儿子吗？再打连我一起打吧！”父亲看了一眼母亲，怒气消了一大半，扔下了戒条。

“今天晚上不许吃饭，好好在庭堂上反省一下。”父亲扔下这句话，背着手愤怒地走向了书房。

“枫儿，你怎么又惹你父亲。他今天一直在书房里忧心忡忡，你又去招惹他。走吧，跟娘去吃饭吧。”母亲安慰着铁枫。

“不准，今天必须让他跪在这儿，好好消磨一下他的戾气。你回房去，否则家法伺候。”父亲打开了书房门，盯了母亲一眼，又关上了门。母亲和南山翊只能悻悻地离开了庭堂。

清冷的庭堂上只留下又饿又冷的铁枫一个人孤零零地跪着。

“去跟父亲认个错吧，不然今天晚上可真的要在这里跪一宿了……不行，难道我又错了，我没错，我不能妥协，今天晚上在这儿过夜有啥难的。”倔强的铁枫不服气地自言自语。

当晚的月亮非常的皎洁，似一块黑色幕布上的玉盘，整个庭堂都被轻柔的月色铺满了，如银霜满地。在这银白色的光辉里，铁枫的心沉浸在往日岁月的浪漫中，那是他和姬绒在野外踏青的日子。

冰封的溪流开始解冻了，亮晶晶的薄冰在春日阳光的映照下放射着白花花的光芒，坚挺滑润的鹅卵石在水中散发着冷冷的寒气，刚冒翠芽的杂草做了一冬的美梦，又开始了激情欢跃的美好时光，万物在春日里都是那样的新奇。姬绒也换下臃肿的棉衣，穿上了轻盈的薄衫，一对马尾辫在暖春的时光中跳跃着。她正蹲在芦花河岸边捉小鱼呢，一双纤细白净的小手正小心翼翼地靠近脚下水中那条灰白色的小草鱼，近了，更近了，她一伸手便捉住了，但是鱼太滑了，鱼尾巴一甩，溅了她一脸溪水，又从她手中滑落了。姬绒又气又急，差点哭了，摸摸脸上的水珠，失望地说：“铁枫哥，本来是想给你一个惊喜，可是那条鱼太狡猾了，你要帮我教训它。”

看着她求助的眼神，铁枫便和她一起往河里使劲地扔石头。“扑通……扑通……”一股水柱上来，又下去了，又一股上来了。晶莹的水花在空中飞舞，落到了水里，也落到了两个淘气的孩子身上，水珠是冰冷的，但心灵感受到的却是生活的愉悦。在春日里尽情地嬉戏，尽情地舒展心情，姬绒铜铃般的笑声在山谷间久久回荡……

长久跪地产生的麻木和刺痛又让铁枫回到了现实中，左臂上的咬伤仍隐隐作痛，饥饿和疲劳阵阵在心头涌动。月亮悄悄地躲进了云端，庭堂陷入了一片黑暗中。铁枫的脑海中又无名地涌现出昨日山顶上看到的那一点诡异的猩红。那种红是血液的颜色吗？战争的色彩，光艳靡丽，却是生命的陨落，一次次难言的生死较量；是姬绒红润的唇色吗？温柔的格调，缠绵悱恻，却又在徘徊中守望，在守望中决绝，在决绝中长大，演绎的是生命中无言的相让，让给冥冥中的另一位；是激情澎湃的一团火在燃烧吗？对使命和责任的执着与坚定，却缺少大众气息的安然现状，有着心灵与精神的高度，为了一种信仰的达成，他退去了生活化的外衣，穿上了思想的甲胄，穿行在一条属于侠者的孤独走廊。它们能真正诠释那一点猩红的内涵吗？铁枫想不动了，他想到的是自己必须有一番作为，让自己的声音传播到力所能及的地方。困意袭上大脑，他的思维开始变得模糊了，实在撑不住了，向左一躺，便进入梦乡，夜变得更深了。

一声清亮的鸡鸣声，天幕拂晓了。铁枫被一阵疼痛惊醒了，他揉揉迷离的睡眼，定睛一看是父亲，短暂的失忆让他正要询问父亲为何要打他，一下子又记起了昨天所发生的事情。他又一声不吭地跪在那里了，接下来的是父亲的一番怒斥。这时管家走过来说："大人，宫中传来大王令，让您带着铁枫进宫。"父亲感觉到情况有点不妙了，但他又无计可施，虽知道赤炎父亲从中作梗，也只好穿上朝服，带着铁枫坐上马车进宫觐见韩王。而铁枫得知韩王安传唤他们，却欣喜不已。

孩童时，他和还不是大王的韩王安是好伙伴，经常城外遛马、打猎。在铁枫眼里，韩王安虽贵为王子，但为人谦逊豪爽，从不以高贵的身份气势压人，待他如同亲兄弟。黄昏中，他们坐在芦花河旁谈论各国的社会形势、地理民俗、思想信仰等，每次谈论都是豪情大发后逸兴遄飞而归。自从韩王安登上王位的宝座后，受礼制和政务的约束，与铁枫一晃好几年没有见面了。虽然前去朝觐可能是兴师问罪，但更多的是激动和兴奋占满了铁枫的心头。

宫城内卫士罗列，刀枪铮亮，戒备森严，仿佛有战事要来临。铁枫想问及父亲，但碍于他心中的怒火，只好打消了这个好奇的念头，只能在车上注视着那些巡逻的士兵。庄重华丽的大殿出现在了眼前，铁枫和父亲下车后径直来到大殿门后，随后在一位宦官的带领下进入了殿堂。

"叩见大王，司寇和犬子前来朝觐。"

"司寇平身，你们全部退下去，只留铁枫一人。"

"是，"父亲看看铁枫，默默地和宦官一起走出了殿内。

宫殿里光线晕暗，铁枫抬起头不能看清相距甚远的韩王安的面容。在韩王安的示意下，他慢慢地走近了韩王安。看清了，但却是一张陌生的萎靡不振的脸，两眼深陷，似乎好几天没有合眼了。怎么变化这么大呢？铁枫正在疑惑时，韩王安说："铁枫不要太拘束了，吾变化是不是很大呀？"他刚说完就开始咳嗽了。

"大王，你生病了？"

"嗯，偶感风寒，身体欠安。这几年，你一直做什么呢？"

"回大王，我一直在家演练剑术和研读兵法，心想有朝一日为大王效力，兑现我曾经在大王面前许下的诺言。"

"好，你还没有忘记我们在芦花河畔说过的豪言壮语，吾确实没有看错你！"韩王安满意地笑了。

"大王，我不敢忘怀。"

“铁枫，吾的身体越来越不中用了，刚才看到你惊讶的表情，吾能明白吾现在不应该是这个样子，应该像你一样英姿勃发，可作为一国之君，忙于政务，身不由己，生活没有节制而至此。”

“咳—咳—咳”

……

“吾宣你进宫，一是叙念往日情谊，二是有重大事宜要托付于你。铁枫听令：吾宣任你为上党郡都统，掌管上党郡一切军政要务。”

……

“铁枫，你怎么还不谢过本王？”

“大王，我从未统领过军队，我怕一时不能胜此大任，辜负大王的一片期望。”

“铁枫，吾的眼光是不会错的，相信你会做好的，接令吧。”韩王安神色坚定，两眼注视着铁枫。

“遵命，谢大王。”铁枫走上去接过令牌。

“铁枫，吾以前跟你提及过上党郡，上党郡是吾当王子时统兵的地方，那里有吾的嫡系军队。韩国一旦岌岌可危，上党郡便是韩国最大后盾，能担当复国大任，你要明白吾对你的信任和用心。”

“我明白了，定当竭尽所能。”

“这是半块兵符，那里的将士只认兵符，才会领命。”

铁枫接过那半块还带着体温的兵符，是个虎头刻像。

“铁枫，此事乃绝密，为了封锁消息，事不宜迟，今天你就动身。”

“遵令。”

“浮士胤，来见见你的新主人。”殿旁幕帘后走出了一位约十七八岁的男子，一副憨厚老实之相。

“浮士胤见过枫都统。”浮士胤走上前向铁枫一拜。铁枫有点不适应，赶忙走上前把他扶起。

“上酒。”两位宫女迈着轻盈的步伐端上了酒杯。

铁枫和韩王安端起酒杯一饮而尽。

“铁枫，吾今天也许是最后跟你痛饮此杯，此行责任重大，望你好自为之。”

“砰——”韩王安把杯子扔在了地上。

“若复国无望，男子汉大丈夫就应该像此杯一样泯然于世。”

……

“打开地道，你们上路吧。”王座后面出现了一个隐蔽的暗门。韩王安转过头背对着铁枫，铁枫向韩王安道别后，便和浮士胤走进了暗门。暗门内黑乎乎的，走了一小段路后，洞内方现很多夜明珠，脚下的路才看得清楚，外面的暗门也随之关上了。经过大约一个时辰的行走，前方出现了一个通亮的洞口。他们走出洞口后，眼前是一片茂密的树林。洞口周围伪装着繁花杂草，若不仔细观察，很难发现这儿会有一个通向宫殿的地道。他们朝着太阳的方向走了约一刻钟，前方出现了一条官道。官道上人影闪动，王家卫队在此等候他们多时了。为首的将军走上前作揖：“枫都统，大王让我们在此为二位送别。”然后指指旁边两匹肥壮的战马，“这是大王赠予你们的坐骑。”

“多谢大王。”铁枫说完翻身上马，浮士胤紧随其后。

“后会有期。”铁枫一扬马鞭，战马便向前飞奔了起来，身后尘土飞扬。良驹就是良驹，两边的树木飞一般地往后退。铁枫心中豪情大发，感觉自己是一位大将军，正骑着战马在战场上驰骋。是的，他去的地方就是一个战场，一个生活的战场，从今天起，他必须长大了，要独自去面对人生，去品尝生活的各种滋味。

路一直在脚下延伸，战马的速度开始变慢了，嘴里开始不停地喘着粗气。铁枫还在兴致勃勃地欣赏着所经之处的优美风景。太美了，山是那样的高，水是那样的清，一切都在各显其彩，向往的眼睛中满是赏心悦目之态。路的转弯处出现了一块平坦之地，有几间废弃的小茅屋孤零零地矗立在那里，好像是等待着他们的到来。七八个时辰的快马疾驰，人疲马乏，天也已现昏色。

“枫都统，天快要黑了，我们今晚就在这儿露宿吧？”

“好吧，你去整理一下。”

他们牵着马进入了小院，浮士胤推开屋一看，屋内破败不堪，尘土厚度不浅，看来好久没有人居住了。山野偏僻之地，有几间茅屋实属幸运之事了。浮士胤简单清扫和整理了一下屋内，放好行李，便在屋中生了一堆火，随后拿出准备好的干粮和水递给铁枫。露宿山野，有一堆篝火相伴，也是生活的一大情趣。铁枫边吃边和浮士胤谈论家常，最后不知不觉地睡着了。浮士胤把一件厚厚的外套盖在铁枫身上，又往火里添了一些木柴，也卧地睡着了。黑魆魆的夜里只有一堆火还在这幽深的山谷间燃烧，忽暗忽明，引诱着一个深秋的夜不得安宁。

第二节　风中舞者

黎明时刻，传来了一阵清亮的马嘶声。这些马是战马，因此还保持着军营的作息习惯。铁枫和浮士胤被惊醒后，收拾好行李，跨上战马，又开始了新的行程。蔚蓝的天空中，一列雁阵在鸣叫，传达着南归的呼唤，声声哀啾，是对心中那片故土的依恋，还是对路途遥远艰险的惆怅，大概所遇不同而情不同。那优美翱翔的身姿在蓝天的映衬下，优雅而婀娜，铁枫似曾在哪里有过这样的经历，既熟悉而又陌生的感觉，心中浮想翩翩，好生羡慕。铁枫好奇的眼神一直随着缓缓移动的雁阵，忘怀了自己也是一个赶路人。

“枫都统，我们已到上党郡地界了。”铁枫听到浮士胤的话向前望去，眼前是一片偌大的枫树林。时值深秋，遭霜侵袭的枫树林已是一片火红的海洋，红彤彤地在山野间猛烈地燃烧。面对这么优美的风景，铁枫忍不住静下心去慢慢品味，扬鞭一甩战马，在满腔喜悦中驰向了枫树林。地面是红色，四周也是红色的，天际也变成了红色。铁枫跳下战马，漫步在枫树林，想让这美妙的感觉和这美丽的景色沉淀在心中，瞬间定格，永不忘怀，就像遇见冥冥中注定的有情人一样，那惊悸的目光是一生难以忘怀的，始终在心的另一端萦绕。

“铮铮……”枫树林的一端飘来了幽柔的古筝声，琴音悠然而古朴，一听便是一位闺中少女所弹。他把马交付于浮士胤，好奇想一睹这是哪位佳人。他轻轻地踩着软绵绵的枫树叶，顺着琴音传来的地方走去。原来树林中还有一块空旷的空地，只见一女子端坐于古筝前，全身心地沉浸在那一双纤细的手指间，忘情地拨动着那美妙的琴弦，另一女子在旁边静静地倾听。铁枫又慢慢地向前走了二十来步，看清了芳容，弹琴的女子神清目秀，气质高雅，一看便知是大家闺秀，而身旁那位俗气较重，一定是她的婢女，眼睛转的特快，应该是调皮鬼一个。一阵微风吹过，枫树上的叶子被抖落了，红彤彤的枫叶像飘舞的雪花在空中飘洒。那位弹琴的女子面对眼前的景色，不由自主地站起来，跑到空地上跳起了转舞，粉红色的衣裙开始伴着枫叶在飞舞。枫叶落在了她黑色的发丝上，轻轻地从她的脸颊飘过，依偎在她身边，衬托着一位少女的可爱与美丽。“太美了，好像在哪见过呢？”这种感觉在铁枫多情的双眸中，在他善感的心田间。它们都是美的标志，也是情感文化的代言人。视觉上的冲击，使铁枫忘了周围的境况，竟拍手出声：“太漂亮了！”

寂静的树林中猛然冒出了一个男子的声音，让两位陶醉在自然中的女子着实吓了一跳，警觉地向四周搜寻目标。那位应该是丫环的女子拿起了手中的佩剑大喊：“谁，快出来？”铁枫这才知道自己闯祸了，赶忙从大枫树的背后走了出来。“抱歉，惊扰两位的雅兴了，适才路过此地，闻琴音而至此，看到这位姑娘绚丽的舞蹈而出声，还望两位原谅。”那位拿剑的女子走过来打量了一下铁枫，问道：“阁下不是本地人？”

“是，我刚从郑城来，要到……”铁枫正要说下去却被浮士胤打断了。

“枫公子，时候不早了，我们该赶路了。”铁枫接过马鞭跨上马，向二位女子抱拳道：“告辞了，后会有期。”随后向那位弹琴的女子微笑了一下，那位女子也以浅浅的微笑回应他。铁枫便催马前行了。

上党郡是韩国的北门户，此城三面环山，树木葱茏，风景秀丽，一条白纱似的溪流从幽深的山谷间缠绕而出，给这座老城增添了灵气。上党郡城外，旌旗飘扬，人影涌动，刚接到大王密旨的海龙吟和奚梅令两位将军正在城门外恭候即将上任的枫都统。他们身后的卫队铠甲鲜明，仪容端正，表情严肃，准备迎接那位上党郡城的最高行政长官。

远方的官道上，阵阵尘土飞扬，急剧的马蹄声越来越清晰。两位衣着华丽，神色斐然的青年出现在了上党郡人的视线中。浮士胤催马先走到两位将军面前，“两位将军，枫都统前来就职。”海龙吟和奚梅令忙下令：“击鼓，欢迎枫都统。”瞬间，静止的上党郡城沸腾起来了，欢呼声一浪高过一浪。铁枫拿出兵符出示给二位将军，海龙吟也拿出了另一块兵符，两块完全吻合，然后海龙吟恭敬地说：“枫都统，请进城。”铁枫点了一下头。一名军士走上前牵住了铁枫的战马，在两位将军的带领下，沿着人群空出的大道向上党郡都统府走去。沿途欢迎的人群中，有老人、小孩、妇女、青年、少女，每个年龄段的人都用自己特有的方式来表达着对这位枫都统的尊敬之意，希望他们的热情和真诚能让这位枫都统给他们带来安定和富足。坐在马上的铁枫还不适应这种殊荣，他用一种拘束的微笑回应着人们的欢迎。第一次享受这么多人的欢迎和敬慕，铁枫才知道了这就是权力所具有的魅力。

红彤彤的枫树林此时已少了那份热烈和艳丽，随着阳光的暗淡，那份色彩被涂上了一层。

“小姐，你还在发呆啊，那位白衣公子已走了好久了。”薛纤珣的失态被丫环秀莹点破，脸上泛起了一层害羞的红晕。

“秀莹，他们是从都城来的，马不停蹄地要去哪儿？”

“小姐，我哪知道啊，要不咱们追上去询问一下？”秀莹狡黠地笑着。

“你这个小精灵鬼，看我怎么收拾你。”薛纤珣伸手要去捉秀莹，秀莹机警地躲开了。欢快的笑声肆意地在枫树林中传荡，勾勒出少女特有的可爱顽皮风韵。

“小姐，不玩了，咱们该回去了，不然老爷又要怪罪了。”秀莹边跑边说。

“好吧，今天就饶了你，看你下次还敢贫嘴。”薛纤珣停住了追赶的脚步。

“小姐，你去拿古筝，我去牵马。”

“去吧。”薛纤珣把古筝放到了琴匣里。“他肯定也爱好艺术，看他刚才那副痴呆呆的神情就知道了。”薛纤珣想到此不由地笑了笑，“但那双深沉的眼睛却诉说着他身上有很多故事，那是一双成熟的眼睛，有着执着、稳重、多情的色彩。”薛纤珣又回想起了刚才了那一幕。铁枫是第一个能进入她视线的陌生男子，并且能够在心里停留片刻，对于这种怪怪的感觉，情窦初开的她，心里充满了很多的疑问，“不知是否还能见到他？”

“小姐，你又犯傻了。”

“你还敢贫嘴。”薛纤珣上前要去打她。

“不敢了，不敢了。”秀莹装出一副可怜相。薛纤珣背好琴匣，一步跨上了那匹枣红马。

“走吧。”

“啼嗒—啼嗒……”清脆的马蹄声转眼间在这浪漫的枫树林中消失了。

铁枫默默地观察着人群中的这些人，他们有的脸上显示着岁月留给他们的沧桑，那是贫穷和忧愁的结合体，褴褛的衣裳好像与这热烈欢迎的气氛有点不和谐，但那份虔诚却是最感人的。铁枫从中能感受到一份责任和一份怜悯，他陷入了一种感受和被感受的沉思中。

“枫都统，都统府到了。”海龙吟向铁枫指了指眼前那座清雅而庄穆的大宅院。他知道这是韩王安曾经居住的房子，不像其他的官邸豪华气派。清淡、秀雅是他对待一切事物的品味。众将士跟随着铁枫下了马，步入庭院中。庭院内三面都是高大庄严的房子，正中央的房子更是气派有着王家风范。在两位将军的带领下，铁枫进入了庭屋。宴席早已准备好了，地方美酒、特色名菜、风味小吃。铁枫被迎到正座后，等候的绅士、富商、名流都相应入座。随后，海龙吟把入座的各位上党郡重要人士一一向铁枫作了介绍，为上党郡都统接风洗尘的酒宴在觥筹交错中热热闹闹地开始了。

“啼嗒—啼嗒”的马蹄节奏声越来越缓慢，薛纤珣和秀莹回到了上党郡城。街道上一片狼藉，地上散落着枯萎的花朵和红绸丝带，好像刚欢迎过一位重要的社会名流。

“小姐，上党郡城谁会接受这么高规格的欢迎？”

“我也不知道，回去问问我父亲。”

夜总是来得很早，房屋里断断续续的喝酒吆喝声结束了这场隆重的接风洗尘宴。铁枫看着每个人晃晃悠悠地醉倒在桌子上，感觉自己也犯困了，在浮士胤的搀扶下朝自己的房间走去。庭院内的宫灯已亮了起来，站岗的士兵挺直地在那儿一动不动。铁枫在搀扶下回到了自己的新房，屋内早有两名侍女等候他们了。“枫都统，请随我们去沐浴。”床上放好了新衣服。铁枫向浮士胤和她们挥挥手，示意他们下去。铁枫坐到床上，静静地一声不吭。在微弱的灯光下，他打开了那个长长的包裹，取出了那把韩王安赐予他的随风剑，隐隐约约中韩王安那憔悴的面容又呈现在了他的面前。

“铁枫，你是韩国未来的希望，韩国的未来需要你们来振兴啊。”韩王安那打碎酒杯的声音一瞬间又在耳边回荡。“我肩负着君王的使命，肩负着韩国未来的希望，我一定要努力啊。”铁枫紧紧地抱着随风剑。在灯光的照射下，这份神态透现着一颗踌躇而年轻的心。

“洗洗睡吧，明天便要正式开始自己的行政生涯了。”铁枫重新把随风剑包裹好放进了床边的小木匣。当他要脱掉外衫的时候，手臂上冒出了阵阵疼痛。他挽起了袖口，胳膊上缠绕着一块银白色的丝巾，散发着阵阵熟悉的薄荷味，遗憾的是上面已残存着黯黑的血迹了，这是姬绒的丝巾。他不禁想起了那天发生的一幕，嘴角露出了一丝甜甜的微笑。嗅着淡淡的香气，铁枫感受到了那是姬绒身上所散发出的特有气息。他小心翼翼地把丝巾折好放在了枕边。脑海中浮现出了他和姬绒在一起尽情地笑，尽情地拉着手在野外奔跑的场景。可是当他想象姬绒那娇小美丽的身影时，脑海中的另一区域却突然闪现出了那位在枫树林里翩翩起舞的女子。

姬绒美，还是她美？铁枫一时很难定夺了，自己以前不是一直说姬绒是最漂亮的吗？可今天为什么不能再去面对这句话呢？姬绒透露着一股善良、温柔、纯洁的美，那位女子显现着一种冷艳、雍容、内敛的美。此时，他突然有一个强烈的念头在脑海中涌动，自己好想再见她一面。他好想了解她，这不仅是因为她美丽的面容，更是因为她的与众不同，冥冥中与自己有缘吧。虽然自己跟她仅有一面之缘，却生出这么多的感想和念头，是不是太多愁善感了。铁枫躺在暖融融的水中遥想着这些一厢情愿的问题。

那一夜，他很激动也很兴奋，尽情地沉浸在过去美好的回忆中，又憧憬着精彩纷呈的未来。他失眠了，因为那一天发生在他身上的事情太多了，太不可思议了，那天，他好像从一个男孩成长为一个男子了。

天刚拂晓，铁枫便耐不住性子了。因为他睡不着，还不如去练剑。他爬起来穿好衣服，便拿着随风剑从后院走出了都统府。后院外是一片看不见尽头的槐树林，浓密茂盛。他在林中找到一块较空旷的地方，清静、自在，是练剑的最佳环境。树林里的空气就是凉爽，铁枫尽情舒畅地吮吸着这个清晨的氧气。

“嗨……嘿……”铁枫开始了早晨的习惯。剑在飞舞，树叶在飞舞，人在飞舞，心也在飞舞，整个民族在飞舞；剑在沉闷，人在沉闷，心也在沉闷，整个民族也在沉闷。剑是利器，剑是权力。它是剑客的骄傲，也是剑客的全部。太阳出来了，树林里满是金色的光辉。铁枫身上热气腾腾，弥漫着一股汗水与树林里空气混合的气味。他感觉有点累了，停下了手中舞动的随风剑，拭拭额头上的汗珠。

“好剑术！”这一赞叹的女音让忘记周围环境的铁枫大吃一惊。随着声音望去，她，是她，怎么会是她？那位在枫树林里翩翩起舞的女子又出现了，铁枫心中满是喜悦。那娇美的面容和身上所散发出的端庄气息让他呆呆地站在那儿，默默地注视着这位熟悉而陌生的女子。此时薛纤珣也被这料想不到的气氛陷入了尴尬之中，不知该如何是好。

“剑客，我们又见面了，阁下怎么称呼？”还是机灵的秀莹帮小姐化解了这份窘境。铁枫这才醒悟过来，一切是那么的美，那双水灵灵的眼睛有一种让男子魂不守舍的感觉。

“在下铁枫，请问两位的芳名？”

“我是薛纤珣，她是秀莹。”

“小姐，他就是老爷所说的枫都统。”

“在下不才，昨天刚刚上任。没想到昨天匆匆一别，今天又见面了，不知薛纤珣姑娘有何赐教？”

“不敢，只是偶然骑马经过，看见枫都统练剑，练到精彩之处，不禁失声打扰了，还望见谅。”薛纤珣带着一脸歉意。

“言重了，薛小姐，你们家也在上党郡吗？”

“嗯，枫都统，你吃过早饭了吗？”

“还没有。”

“那我们一起去烤野味吧？”祈求的眼神中包含着莫大的热情，叫人受宠若惊。

隐隐约约中，铁枫总是感觉与她好像在哪相识过，潜意识里认为她是一位豪气的女子。

“好的，太感谢你们了。”他们一起走到树林外一片空旷的田地，秀莹捡来了很多干树枝，燃起了一堆篝火。然后从口袋里拿出了早已准备好的土豆、甘薯，分别叉在几个小铁叉上，分给了铁枫几个。铁枫一边在火上烤土豆，一边不由自主地抬头看向薛纤珣。有时双目相对，双方都微笑一下，语言已无法表达他们此时的心境。

“枫都统，两次偶然相见，这也是一种缘分，我们交个朋友吧？”

“好啊，你往后叫我铁枫吧。”能和自己喜欢的女子成为朋友，铁枫心中兴奋不已。

“我还是称呼你为枫公子吧，我年龄比较小，你就随意称呼吧。”甜甜的笑声让这片秋末的荒野有了春天的气息。

铁枫也跟着笑了起来。

……

“薛纤珣，昨天你的琴声和舞姿让我大开眼界，何时再让我一饱耳福和眼福呢？”听到铁枫对自己的欣赏，薛纤珣有点难为情地说：“那天让枫公子见笑了，只不过是一时兴起而作。不过哪天枫公子有时间了，纤珣定为你再抚奏一曲。”

“枫都统，你的土豆烧焦了！”秀莹闻到烧焦味大喊了一声。铁枫只顾专注和薛纤珣说话，没想手中的土豆一半已烧焦了，另一半还是生的。薛纤珣看到此景，不由地“扑哧”一声笑了，笑得铁枫有点不自在。

“枫公子，吃我这个吧。”薛纤珣把自己烧得那个黄灿灿的甘薯递给了铁枫。铁枫在接过甘薯的瞬间，闻到了一股浓浓的菊花香，不自主地看了一下那双纤细的手指，女孩子的手也是一件唯美的艺术品。薛纤珣因铁枫这一特殊的欣赏举动赶忙羞涩地把手缩回去。秀莹却失声大笑起来了，铁枫为失态而暗暗责备自己，无意识地啃起了甘薯，“啊，真香！”激动的内心和美味的甘薯使他发出了一阵陶醉声。

“哈哈……”铁枫突然被这莫名其妙的笑声搞得有点矜持了。抬头看见秀莹对着自己笑得前俯后仰，再看薛纤珣，也有一丝淡淡的微笑。铁枫又有点不安了：“你们笑什么呢？”秀莹指着铁枫边笑边说：“枫都统，你的嘴，你像一只小熊猫。”

“秀莹，不得无礼。”薛纤珣从衣襟中拿出了一块粉红色的丝巾给铁枫递过去。“快拭去你嘴角的污渍。”铁枫目视着这位美丽聪慧的女孩，心中如荒野上燃起了一堆熊熊烈烈的篝火，所有的血液都燃烧起来了。他接过丝巾的瞬间，又不自主地瞥了一眼那双白皙精巧的小手。他第一次感知到这种异样的感觉，无心但又好像是有意的，弄得他对自己的这些举动莫名其妙。今天他好像不由自己使唤了，冥冥中被一个心底间不一样的铁枫指控着。这难道是一种对异性的渴求，铁枫也好像明白了一个女子的举止对男子所产生出的心理效用。他变得默默无语了，只是在心里无声地感受着一份独特的欢喜。他从丝巾中嗅到了薛纤珣特有的气息—真挚、温顺。他擦了擦嘴角，洁净的丝巾上立刻显现出了两团黑印，铁枫有点歉意。“纤珣，我拿回去清洗一下再交还你吧。”

“枫都统，我家小姐可不敢劳驾你哦，还是让我秀莹洗吧。”秀莹接过了铁枫手中的丝巾。铁枫和薛纤珣相视一笑。随后薛纤珣对铁枫使了一个眼色，铁枫回头一看，是浮士胤来了。

“枫都统，该吃早饭了，还有……”浮士胤看到了铁枫身旁的两位女子，停住了刚要说下去的话。

“尽管说吧。”铁枫觉察到了浮士胤说话停顿的原因。

“是，枫都统，海龙吟和奚梅令有事求见。”

“嗯，你先回去，让他们在厅堂等我。”

“是，枫都统。”浮士胤看了一眼两位女子，轻轻地离开了。

枫都统目视着浮士胤离去的身影，转过头微笑着说：“纤珣，告辞了，改日再叙，今天很荣幸结交了你这样的朋友，还有再次感谢你们的美食。”

“枫公子改日再会。”

铁枫拿着随风剑向树林里走去，在即将要走入树林的瞬间，他转过头向薛纤珣挥了挥手，消失在树林里。薛纤珣目送着铁枫远去的背影，轻轻地对秀莹说：“枫公子是一位德才兼备的都统，相信他日后会有一番作为。”

“小姐，你对他的印象如何？”薛纤珣无言以对，脸上的表情略加轻松了一下，又恢复了原来冷艳的面容。一阵秋风拂过，树叶和枯草在风中四下飞舞，两匹枣红马在驰道上飞奔而去。

第三节　心缘爱慕

铁枫走进庭堂，海龙吟和奚梅令正在等候他。

“枫都统。”他们见到铁枫赶忙站了起来作揖问候。

“二位将军请坐。”

“枫都统，末将前来向您汇报上党郡的军队情况，上党郡城内有三万兵马，分三部分驻守在城池的正门和两翼，还有两万分散在下辖的五个小郡。现末将等一些将领调集八千精锐聚集在校场内，等候枫都统前去检阅。”海龙吟向铁枫汇报着上党郡的军务情况。

“两位将军辛苦了，浮士胤去拿二十两金币赏两位将军。”

“是，枫都统。”浮士胤应声而去。

“谢枫都统，为大韩国效力，尽当鞠躬尽瘁。”

“午时三刻正式检阅，你们前去准备吧。”

“得令。”两位将军拿着赏赐的金币兴高采烈地离开了。

“浮士胤，去拿我的盔甲。”

“是，枫都统。”

铁枫看了看香炉里的红香，大概午时了。昨天一夜未眠，此时他两眼昏花犯困呢。他回到了卧室，直接躺在了床上，转眼间屋内便回荡着“呼呼”的熟睡声。

“枫都统，该醒醒了。”铁枫在朦胧中感觉到有人在喊他。睁开眼一看，原来是浮士胤。他已穿上了盔甲。呈现出军人的威武。

“枫都统，快午时三刻了，您该起床整装一下了。”

铁枫朝浮士胤笑了笑，赶忙下了床，洗漱了一下，穿上了都统的盔甲，伟岸、英武之气露于形外。盔甲虽然笨重，但它能显现出一个军人庄严的容姿。铁枫对着铜镜看了一下自己，微微一笑，佩挂上了随风剑。

“浮士胤，咱们出发吧。”浮士胤跟着铁枫走出了庭院，威武的卫队紧随其后。校场上气势恢宏，旌旗飘扬，战马雄昂。八千精锐如黑压压的乌云遮盖了校场，海龙吟和奚梅令恭敬地站立在点将台上，等候着枫都统的莅临。点将台小巧精致，全部用色彩热烈的红色装饰，红柱子、红桌子、红椅子、红地毯，烘托出了礼仪的隆重等级。

“枫都统到。”一声悠长的呼喊声打破了宁静的气氛。

奚梅令一挥手中的蓝旗，战鼓轰隆隆地响起来了，铁枫出现在了校场上。

“欢迎枫都统……”士兵们整齐厚重的呼喊声如雷鸣一般，附近的山谷中也不断地回荡着那热烈的回声。铁枫在两位将军的陪同下走上了点将台，心中激动万分。

“检阅开始吧。”铁枫向奚梅令示意了一下。奚梅令又一挥蓝旗，下面传来了士兵们“嗨—嗨……”的喊声，瞬间校场上又鸦雀无声了。

“你们每一位都是大韩勇猛的士兵，大韩未来的稳定与富强依靠你们来维护。虎狼之师秦军对我大韩的国土垂涎已久，为了血性男儿的尊严，为了大韩子民的安定幸福，我们决不允许他们强占我们大韩的任何一寸土地。从今天起，全城军民进入备战状态，随时可能将会挥师入郑，拱卫京师，与秦军决一死战。各位将领要严谨督战，不得怠慢，否则军法无情。”这一长串深沉高亢的话语久久地在校场上空徘徊，它宣告一位年轻有为的军人军队生涯的开始。铁枫喘了一口气，心里热流涌动，为自己刚才激情澎湃的训话感到热血沸腾。

奚梅令挥了一下蓝旗，“与秦军决一死战，与秦军决一死战……”校场上又响起了士兵们高亢的叫喊声。

“停。”铁枫一招手，刚才雷鸣般的呼喊声顿时又平静下来了。铁枫猛然从腰间拔出了随风剑，向天一指，“生是大韩人，死是大韩鬼。”士兵们被这位年轻都统的举动感染了，个个都睁大了眼睛高呼：“生是大韩的人，死是大韩的鬼……”叫声如洪流般充斥着这片广阔天空，震得远处山坡上的树叶“哗哗”直响，这是士兵们对这位年轻都统的最高礼赞。

在校场不远的山坡上，两团黑色的秀发在风中飘扬。风中美人飘，有着仙女下凡的清灵，矜持中隐藏着一份秀美，还有那份神韵足以让战争柔化为和平，遗憾的是它未能被发现，被理解；将冷酷融化为热情，需要一份独到的品味和感悟。那份不平静的秀脸上闪烁着异样的光，那是对刚才那位男子口才的沉醉。

“小姐，枫都统可真是韩国少有的奇男子，文武双才，我觉得他和小姐是天造地设的一对。”秀莹又打开她的话匣子。

“唉，枫公子是一位有身份和地位的男子，岂会和我这样平民的女儿走到一起。”那张俊俏的脸上又呈现出了月亮所特有的冰润色调，默然地低下头，陷入了沉思。

“呼—呼……”一场夹杂着深秋冰凉的大风从山的那边迅速向这边靠拢，薛纤珣不禁打了个寒战。

“小姐，天冷了，我们回去吧。”突然袭来的寒意正如刚才突然出现的门第念头侵扰了薛纤珣，她红润的嘴唇变白，苍白的脸色又让人看到了那份触目的冷艳。

“好吧。”当她抬头再看校场时，人潮已荡然无存。枫公子早已消失在时光的隙缝中了，只有几十个士兵在那里站岗。风吹得更猛了，两位少女婀娜的体态在风中曲线分明，呈现着迷离炫目的格调，美目中的幽怨也许只有风懂得。

铁枫在海龙吟、奚梅令及众将士的拥护下，昂首挺胸地朝伙房走去。伙房里清静雅然，侍女们位列左右，铁枫走到了首位坐下，各位将士依次坐下。

“倒酒。”侍女们开始忙碌了。热闹的说笑声，碰杯声，酒文化中的约定俗成让在座的每一位都明白他们该做什么。月亮在这丝竹声中爬上了光秃秃的柳梢头，雪白剔透的月色穿过窗户映到伙房中，审视着这些喝得像死猪一样的汉子，只有呼噜声和不安的呻吟声还在夜里不肯休息。铁枫今天也因一时的兴奋，喝得酩酊大醉。浮士胤忙让侍女把铁枫扶到了隔壁的客房中。而在黑夜里的另一个地方却暗流涌动。上党郡城外，几个蒙面的黑衣大汉正轻悄悄地靠近城墙，他们把手中的飞爪向上一扔，紧紧钩住了城墙，“腾、腾……”几下子抓住绳索便登上了城楼。守城的军官此时还在伙房里“呼呼”大睡，守城的士兵因此也松懈地躺在城楼上打瞌睡，全然没有听见几位黑衣高手的到来。随后几位黑衣大汉顺着城墙滑下去，转眼消失在夜幕中。

“嗵嗵嗵……”一家富豪的大门开了，露出了一个睡眼迷蒙的脑袋。他揉揉眼一看是几位黑衣大汉，吃了一惊，赶忙要关门。一位领头的黑汉给呵斥住了，“等一下，请把这块金牌交与你家老爷。”那位家丁接过金牌关住大门，向薛老爷汇报去了。转眼间，黑乎乎的庭院亮起了灯光。薛老爷带着几个家丁赶忙出去相迎几位远道而来的贵客。

“噢，原来是赤炎将军的部下，快请进。”几位大汉跟随着薛老爷进入了堂屋。

“秀莹，院子里好像来了很多人，你去看一下。”从梦中被惊醒的薛纤珣很是反感。秀莹掌了灯，推开门望了一下外面。“小姐，七八个黑衣汉子跟着老爷进了堂屋。”

“嗯，咱们继续睡吧。”

这是一个喜庆的夜晚，也是一个悲情的夜晚，是一个平静的夜晚，也是一个澎湃的夜晚，暗流就在这个不经意的夜晚开始涌动了。

黎明的拂晓刺痛了这些醉汉迷蒙的睡眼，大家纷纷伸着懒腰，打着呵欠，向四周望去，庭堂中央一位朦胧的身影渐渐清晰了，定睛一看，原来是枫都统，大家忙上前作揖问安。

“各位将军，昨夜一醉方休，现感觉可好？”大家面面相觑，不知该如何回答，都注视着枫都统看他有何吩咐。

“浮士胤，带上来。”浮士胤带着十几个抱着木盒的卫兵走到了每位将军的面前。“每一位将军二十两金币。”每位将军领过木盒后，高兴地大喊：“谢枫都统。”

“各位将军都劳累了，回去好好休养一下。望诸位齐心协力，为大韩、为上党郡人民贡献自己的勇敢和才智。”

“我等一定以死效忠。”看着将军们真诚的举动，铁枫带着浮士胤满意地离开了伙房。

天灰蒙蒙的，没有一丝清新气息。铁枫吃过早饭后，便拿着随风剑又向那个树林里走去。这次可不像上次那样清心寡欲，只是去一心一意去练剑，而是还有那么一小点幻想，希望在树林里能再有一次所谓的艳遇。练剑持续到晌午，铁枫心里有点失望了，她的身影始终没有出现，自己太多情了。此时阴沉沉的天空竟飘起了雪花。秋天过去了，初冬不约而至。片片雪花在树林里轻柔地飞舞，柔美极了。

铁枫静静地站立在雪中，任由雪花往他的脸上、耳朵、衣服里钻，闭上眼睛沉浸在雪花飘飞的世界里。雪花飘着，飘着，铁枫脑海中突然闪现出枫树林里枫叶飘飞的那一幕。在那纯净的红色世界里，柔情少女舞动着婀娜的身段，释放着浪漫、温馨的情调。这美好的图画既是对自己的馈赠，也是对自己的折磨。薛纤珣，这个似熟悉似陌生的名字，曾几何时，已溜到了他的内心去了。他不明白的是，时间的流逝会让他在第一时间里想到的是薛纤珣，而不是天真可爱的姬绒。难道自己变了，随着时间和空间的转变，自己忘记了过去而陷入了温柔乡。不，自己需要的不是这样的生活。自己肩负着韩王安赋予的重于泰山的使命，男子也必须在事业中实现着这个时代所尊崇的自我价值，岂能像庸俗的贵公子一样左拥右抱，放荡地挥霍着自己的青春。几片雪花飘飞到了他红彤彤的脸庞上，瞬时融淌了。他猛然又挥舞起了随风，狂放中剑气咄咄逼人，好像在斩断缠绕内心的心结。自己为什么会落到这种情感不能自由释放的地步，有家不能归，不能自由地去寻找自己的生活坐标。猛然间，眼角间的朦胧处有一个身影。他停下手中的剑一看，是薛纤珣，她的衣服上已覆盖了薄薄的一层雪花，她来了有一会儿了，自己刚才怎么没看见。他又怒又喜地看着她，嘴角还不断地冒着热气。眼前那张没有任何装饰的面容，只有眼睛在释放着一种无言的光彩。

“纤珣，你怎么知道我在这儿？”

“我猜的。”那份冷厉而苍白的面容现出了红扑扑的笑颜。

“找我有事吗？”

“没有，雪花好美啊，只是想和你一起……”

“做什么？”

“和你一起去赏雪景。”薛纤珣低下了头，看着地上不断增厚的雪，等候着铁枫的回答。

铁枫也低下了头，感觉到自己刚才有点失礼了，竟然自私粗鲁地对待一个热情的女子。当他抬起头看薛纤珣时，薛纤珣也抬起头等待着他的答案。两束目光撞在一起，彼此有几份拘束，都不由地笑了起来。

薛纤珣抖了抖衣服上的雪，走到铁枫面前微笑着，“你刚才舞剑有点愤怒的气息，怎么了？”

“没事。”

“真的吗？那我们一起登山看雪景，好吗？”

铁枫看着那张娇美的小脸，欣然答应了。他们一起绕过树林，攀登上党郡的桦山。山坡上风比较大，积雪很薄，路面不是很滑。铁枫拿着随风走在前面，欣赏着沿途的景色。薛纤珣毕竟是女孩子，体力有限，渐渐地落了铁枫的后面。

“哎哟……”薛纤珣滑到了，坐在了雪地上。铁枫还在尽情地欣赏雪中的上党郡城，没有注意到薛纤珣已落了自己很远。听到喊声，回头一看，薛纤珣坐在了离自己很远的雪地上。他赶忙走下去，正要用手扶她，又意识到男女不方便，伸出去的手又缩回来了，薛纤珣的脸也一下子变红了。铁枫把剑柄伸出去，把薛纤珣拉了起来。

“对不起，刚才没有注意到你落在了我后面，摔得疼不？”

“有点疼。枫公子，你是不是有心事，若有需要我帮助的，你可以和我讲一讲，不然一个人憋在心里会很难受的。”

“是有点小事，不过过段时间便会好了。纤珣，你抓住我的剑柄，这样防止你再次滑倒。”

“好的，我们走吧。”

“哇，好美啊，整个世界都是银白色的，初冬的雪可爱温柔极了。”站在桦山顶上的薛纤珣被眼前的雪景陶醉了。铁枫望着远方，一片银白色覆盖了整个世界。他突然发现在很远很远的地方朦朦胧胧中有一座山峰特别像不老山，难道那遥远的山脚下便是郑城。他的心顿时沸腾起来，转过头问薛纤珣：“你以前攀登过这座山吗？”

“攀登过。”薛纤珣对铁枫此时的兴奋有点惊讶。

“你知道那儿是什么地方？”铁枫向薛纤珣指着他认为的不老山。

“嗯，听一些年老的长辈说，那里是郑城。”

“是吗，那……那就是不老山了。”铁枫心中太激动了，他看到自己的故乡了。此时，姬绒也会到不老山上看雪景吗？铁枫在心里默默地想着，他的眼睛睁得大大的，希望能在遥远的不老山上看到一个小黑点。薛纤珣为铁枫此时的一系列行为感到奇怪。

“枫公子，你怎么了？”

“纤珣，我刚才指给你的地方就是我的家乡。”

“我也想起来了，你也跟我说过，你是郑城人，想家了？”

“嗯，有点，嘿嘿。”

“嘿嘿，那有时间了回去看看。”

姬绒，铁枫心中念念不忘的和他曾经朝夕相处的姬绒。父母和弟弟南山翊不知道现在怎么样了，他们现在也一定想念自己吧。现在他很庆幸自己在上党郡城结识了这么一位优秀的女子，薛纤珣。他转过头去看薛纤珣时，她正在好奇地四下观望这白雪皑皑的景色。一张粉团团的脸，怎么看都透露着一种洒脱的美。雪下的更密了，薛纤珣耐不住心中的激动舞动起了柔软的身体，风雪美人舞，舞煞看雪人。铁枫伫立在雪中，把随风插在雪中，任雪花触摸他的全身。对于雪花，他似乎没有莫大的激情，只是一种淡淡的伤感，可他又不清楚他自己伤感什么，甚至有一种沉重的历史感在他身上。

洁白的世界变得黯淡了，“纤珣，天快黑了，我们下山吧。”

“好吧。”薛纤珣深情的一笑。她今天很满足，第一次与自己喜欢的人待在一块赏美景，心中抒写着一份朦胧的喜悦。山脚已是白茫茫的一片，雪盖了厚厚的一层，踩上去“咯吱、咯吱”响。

“薛纤珣……”树林里传来了家丁的喊叫声，薛纤珣一看是父亲带着家丁寻找她呢。她赶忙走上去答应了一声。

“纤珣，你去哪了？你让父亲好找。”

“父亲，这位是枫都统。”

“枫都统，幸会幸会。”薛老爷向铁枫作揖。

“幸会。纤珣，天晚了，我也该回去了，再见。”铁枫又向周围的人微笑了一下，转身离开了。

薛纤珣注视着他的背影，兴高采烈地跟着父亲踏上了回家的路。雪飘飘洒洒，洛地无声，演绎着生活的另一种形式。

第四节　伤痕裂变

翌日，天气晴朗，却异常的寒冷。铁枫换上了厚厚的冬装。校场上，军队口号雄壮有力，步伐整齐一致。铁枫带着浮士胤在海龙吟和奚梅令的陪同下巡视军队。士兵们并没有因为天冷而显得散乱。铁枫看到这一切，心中非常感动。

“咯噔、咯噔……”校场上跑来了一匹战马，马站立住后，骑马的士兵赶快跳下来。“枫都统，我们在城外发现一个骑马的受伤者，他自称是你的弟弟，然后就昏过去了，现在城内的驿站里。”

“快带本都统前往。”铁枫一手接过浮士胤牵过的马，翻身一跃，在那位士兵的带领下飞奔至驿站。

驿站的小屋内，床上躺着一位脸色苍白的少年，两眼紧闭，嘴角凝结着一丝痛苦。铁枫推开门一看，果真是弟弟南山翊，他肩膀上缠着一块白布，血迹斑斑。“南山翊，我是你哥，快醒醒。”南山翊痛苦地睁开眼，“哥，我可见到你了。”

“这是怎么回事？你怎么受伤了？快告诉我。”铁枫急切地问，他无形中有了一种可怕的预感。

“哥，说来话长，你走后当天，姬绒来找过你，我说你去了王城。后来父亲告诉我你被派到上党郡了，并且是个秘密，不能告诉任何人。她不久又来找你，我说你被大王发配到边疆当兵去了。她哭着问：‘是不是那天因为她而打人的事？’我说不知道，她就哭着离开了。后来，我去过她家，但是她家已经搬走了，我就再也没见到她。再后来……”南山翊痛哭起来了。

“后来怎么了？”

“郑城被秦军攻占了。”

“什么，不可能，我怎么一点也不知道？”

“都是白赤炎这一家奸臣，他们投靠了秦国，出卖了韩王安，包围了郑城，封锁了消息的外传。”

“那你是怎么跑出来的？”

“我是趁一个大雪飞舞的晚上溜出城的，但还是被守城的士兵发现了，不幸中了一箭，哎哟，箭伤又痛起来了。”

“快传巫医，那父母怎么样了？”

“他们被赤炎的部下抓起来了，生死未卜。”

“他们若敢对父母下手，我发誓让他们全家见阎王。”

“哎哟！”南山翊疼得头上直流汗，嘴唇发紫。

“巫医来了没有？”铁枫感觉到这不是一般的箭伤。

巫医急匆匆地赶来，打开了南山翊肩膀上的白布，“枫都统，不好，箭上有剧毒。”

“什么，那可否有救？”

“枫都统，请恕罪，毒已攻心了。”巫医面带惧色。

铁枫一把抱住南山翊，满眼泪水：“山翊，你要坚持住，哥一定会给你解毒的。来人，再去请几个巫医。”

南山翊面带痛苦地说：“哥，不需要了，能见到你，我就很高兴了。你一定要带兵打败秦军去救父母，收复郑城啊。”

“哥答应你。”

“哥，我实在坚持不住了，我想睡觉！”南山翊的呼吸声越来越弱了。

“不，你不能睡觉，哥还有很多话要和你说。”

“啪”南山翊冰冷的手从铁枫的手中脱落了下去。

“山翊，你不能丢下哥啊！”铁枫痛苦地大喊了起来。

南山翊闭上了那双痛苦而稚气的眼睛。

“上天不公啊，不公啊！”悲切的哭喊声在驿站内肆意地扩散，门外的将士们一动不动地站着。他们只能用沉默来表达对枫都统弟弟的哀悼，表达着对秦军的不共戴天之仇。

第二天，铁枫为弟弟出丧了。雪白的土地上，飘飞着雪白的纸钱，穿行着的人群，浩浩荡荡地走向那条无名的峡谷，上党郡的公共墓地。铁枫沮丧着脸，紧抱着南山翊的佩刀。公共墓地上，一望无际的是高隆的坟墓，见证着上党郡悠久的岁月历史。弟弟在这里安家一定会孤单的，他不是上党郡人，但要进上党郡的坟地。在铁枫的心里，他很想把弟弟葬回到郑城不老山的树林里，那里多美啊，也是南山翊离家最近最熟悉的地方。可现在郑城已被秦军占领，只能顺乎这冥冥中注定的事实。灰蒙蒙的天空中飘荡着那凄惨的哀悼曲，转眼间，这块几百年的坟地又多了一个新成员。面对着眼前的新坟包，铁枫知道自己的一个亲人永远离开他了，离开了这个可亲又可憎的世界。

“这是为什么，人间为什么会有这么多的痛苦，这到底是谁的错？”铁枫面对着这浩瀚的苍天，热泪盈眶，引天长啸。

浮士胤轻轻地走到他身边，“枫都统，节哀顺变吧，人死不能复生。”铁枫咽下了心中的闷气，举目四望，出丧的人们都在看着他，黯淡的眼神中流露出对他的同情。在铁枫的示意下，白衣人群在寒风中缓缓地涌向了上党郡。铁枫仍旧走在最前面，无声、无息、无色、无神地挪动着那两条僵硬的腿。

这片茂密的树林里潜藏着一个静谧的世界，幽静的气氛与名利角逐的世界无关，无须枉费心机用生与死、血与汗来装饰它的内容，在那里只存在着一个人，才能发现自我的存在，为自己思考，为自己自在地活着。

密林深处，雪花飞扬，剑声犀利，铁枫内心的忧愁和外界的苦郁都在这没有温度的空间里交织，交织着满腔的冲动与仇恨，生死早已置之度外，只等意念下达指令了。隐约中，飘来一丝清亮的笛音，且越来越柔，和着单调的剑声在交流着不易觉察的慰藉，好像在柔化一颗痛苦的心灵。

铁枫心底最柔软的部分还是被音乐击颤了，心房里的杀气慢慢从聚集趋向了散溢，他开始清醒地感觉到累了，最后把随风插在地上，半跪在雪地里，嘴里大口大口地喘着粗气，散乱的头发遮掩了那张无奈的脸。笛音也随之静了下来，呈现出一张秀美的脸，一双忧郁同情的眼睛。铁枫抬起头，目视着眼前这位熟悉而又陌生的女子，又低下了那颗沉重的头颅。琴声、舞姿、笑声、笛音又一次重新闪掠过空白的脑海。

“你怎么又来了？”

“枫公子，别伤心了，保重身体。”

“你回去吧，我只想单独一个人静一静，我不需要笛音的怜悯。”

薛纤珣一时无言以对，望着一直低沉着头的枫公子。她心里有股难以名状的委屈。她很难理解枫公子为什么会强加给她这种冷漠的言行，只能转过身慢慢地选择离开。铁枫抬起头时，那清秀的身影已消失在茫茫的雪色中，留下的只是一串串轻小的脚印。猛然间，他发觉自己是一个孤傲的人，整个树林中有股孤独的气息笼罩了他，心中空虚到了极点。他的内心是很需要纤珣的安慰，可矛盾的心里又总是因为她是一个女孩而排斥，想用孤傲和冷漠来修炼拼搏坚韧的奋斗心性。

“啊！”随着一声大喊，铁枫又舞动着那把冰冷的随风剑，孤傲的剑气在沉重的雪色中幻化出一股好像从历史的夹缝中冒出的悲壮，最后终于他体力难以支撑，无力地倒在雪地里。躺在雪地里那一瞬间，他感觉到雪很柔，也很温暖，但稍后一股刺骨的寒气便侵袭着他的全身，意识中只有大脑是他自己的。夜色变得沉重了，他咬紧牙关站了起来，拖着随风走向了都统府，走向那个诡秘的地方。

几盏晕暗的灯光下，一张憔悴的脸，一双深邃的眼睛在放大，在缩小。铁枫手捧着那块血迹斑斑的丝巾，放在鼻前静静地嗅吸着那丝丝残留着郑城的气息，几滴冰冷的泪花顺着消瘦的脸颊滑落，最后无声地掉在地上，他的嘴角还在微微地颤动。窗外北风依旧，夜静依旧，变化着的是将要到来的战争局势。

雪色反射着晨光，窜向了那间庄严质朴的房屋，迷懒的睡眼被这尖锐的光泽刺醒了。铁枫揉揉那残留泪迹的眼眶，睁开眼发觉自己一晚都趴在了书桌上，油灯里的灯芯也化为灰烬了。猛然间全身像被无数块小石子撞击过一样，浑身疼痛。带有血迹的丝巾非常醒目地摆放在桌子上，提醒他回忆起了昨天所发生的事情。铁枫梳理了一下蓬乱的长发，用餐后，带着浮士胤走向了校场，督促将士们练兵布阵的进度。他从派出去的眼线得知，开春秦军将会攻打上党郡。他要和秦军好好较量一番，让他们为自己的累累罪行付出血的代价。

幽静的树林里，雪声吱吱，剑声啸啸，风声呼呼，一位武士每天演绎着冬日的激情和热烈。

夜色深沉，薛纤珣的父亲薛老爷坐在堂屋内，独自看着一封来自郑城的书信。信上谈及让他在上党郡散布谣言，动摇民心，配合大秦帝国一统天下，秦国会给他封官受爵，有享不尽的荣华富贵。这是他的大表哥赤炎父亲的来信，现在是郑城的最高长官。薛老爷看着书信，不禁联想到未来辉煌的前程，流露出难以克制的美滋滋表情，“出头的日子不远喽。”

冬日的阳光暖融融地照耀着一座清雅素淡的闺楼，闺楼东南角的窗户敞开着，窗外是一棵粗壮的杨树。薛纤珣独自坐在窗前拨弄着古琴。琴声低缓沉郁，好像在诉说着一个多情女子的心声。那张苍白秀气的脸庞，等了好久也很难发觉有红扑扑的气息出现。自从遇到那位白衣男子后，红晕曾爬上脸庞三次。一次是枫树林中跳舞被他撞见，羞赧地不禁红了一次；又一次是和他在树林分享野味时和他不经意的互视；最后一次是一起登山观雪，被他感动，心中的暖流涌上了脸庞。可是红过又能怎么样，难道自己不够热情大方吗？自己对他已是特殊对待了。他的出现，让自己改变了许多，不再少言寡语，冷漠淡视，孤傲清高了。和他在一起，自己冰封的心扉开始慢慢地融化。为了获得他的好感，自己好像开始盲从，甚至怂恿自己做一些别的女孩子未曾做的事情，事后又觉得自己犯傻，难道真的着魔了。和他在一起，自己心中总是涌动着一股热情，想必他也是，可是他为什么突然间变得冷漠起来了。难道他已有喜爱的女子了。她困惑地摇了摇头，不可能，苍白的脸上愁云满布。

“小姐，吃早饭了。”秀莹推开门端着饭菜进来了。

秀莹看到小姐在古琴面前发呆，笑嘻嘻地便知道怎么回事了。“小姐，我们饭后去看望枫公子，好吗？”

“不行，我们不能再去打扰枫公子了。”薛纤珣站起来，走到了饭桌前，热气腾腾，香气喷喷，却没有一丝胃口，只喝了一碗稀饭，便让秀莹端回伙房。薛纤珣走到铜镜前，望着里面那张憔悴的脸，她又有了一种想去看望枫公子的念头。昨天，也许自己去的不是时候，他处在极度的悲哀中，想必是不愿意让自己看到他的痛苦，因而不会顾及我这个既不沾亲也不带故的女子内心感受了。

“秀莹，去打一盆热水，我要梳洗一番。”

“好的，小姐。”秀莹笑了笑，匆忙去端热水。

大街上冷清清的，今天找不到一丝人声鼎沸的痕迹。偶尔看到一些急匆匆的行人，扛着行李，脸上满是惊慌的神色。

“秀莹，你去打听一下，看发生什么事情了。”

“小姐，听行人说，秦军将要在几个月内攻打上党郡。”

“啊，要有战争了。”薛纤珣听到这个消息大吃一惊。她赶快骑马要去看枫公子有何准备。都统府外士兵罗列，戒备森严，不允许任何人靠近一步。薛纤珣想起了后院的树林里，那里可以见到枫公子。她带着秀莹朝树林里的弛道奔去。当她们到达那里时，远远地就看到周围站满了佩刀的士兵。她们下马后，薛纤珣沉思了一下，鼓着勇气走向了一位首领士兵。“军爷，我们要见一下枫都统，烦通报一下。”那位军爷打量一下她们俩便问：“你们是枫都统的什么人？”

“你就说有一位叫薛纤珣的姑娘有要事相见。”军爷听后向都统府走去了。一会儿，随着金属的撞击声，铁枫在几位卫兵的跟随下出现了。手握随风，满脸刚毅，昂首挺胸，步伐稳健，英俊威武。薛纤珣的眼神瞬间凝固住了。他虽然还没有去过战场，获得丰功伟绩，但在她的心中他俨然已是一位英雄了，是自己愿意终身陪伴的那位男子，想着想着，她苍白的脸上第四次出现了那红扑扑的气息。铁枫走到她身旁，她却激动地说不上一句话来，只是微微地低下头。

“找我有事吗？”铁枫轻轻地问。

薛纤珣抬起头深情地看了他一眼，柔柔地说：“也没有什么事。”

铁枫对视着这双水灵灵的大眼睛，心中充满了矛盾，自己也想温情地和她说说笑笑，但脸上不知何时已是一副刚毅沉重的神色。她是一位好女孩，自己为什么要自欺欺人？他能从她那独特的眼神中看到一个女孩的心思，但他却在内心违心地说，那也许是一种偶然，一种闲情，自己不要自作多情。他也想退却左右，和她一起去树林里散散心，聊聊天，消散一下对南山翊离世悲哀沉重的心情，但手里触摸到那柄冰冷的随风时，他又狠下心，避开了那深情的眼神，装作若无其事地说："我还有公务，恕不能相陪。"他转过身在卫兵的护卫下准备返回都统府。

"枫公子，我家小姐……"秀莹一时着急却又不知怎么讲。

"放肆，敢在枫都统面前大呼小叫，小心你的舌头。"一位军爷大喊道。

"不得无礼！"

"是，枫都统。"军爷弯着腰退下去了。铁枫回过头看了一眼薛纤珣和秀莹，面无表情地离开了，金属撞击的声音依旧，而思绪的那一端，心湿了。

"还不走开！"那位军爷凶声恶气。薛纤珣又一次受到了冷漠。

"小姐，我们走吧。"秀莹也快要为小姐的委屈而哭泣了。薛纤珣刚才红扑扑的气息瞬时又被冬末的余寒逼压了下去。她愣住了，心里静默着，眼睛里开始翻滚着泪花，她不知是否该对他彻底绝望了，她的自尊快要被冷漠撞碎了。

"我这是何苦呢，爱一个人好难吗？"目送着那高大的背影消失后，薛纤珣和秀莹骑上马，带着泪脸离开了这片幽深的不可捉摸的树林。

铁枫带着一份"洒脱"离开了薛纤珣的嘘寒问暖后，此时却伏在书桌前为他的自负痛苦起来。自己怎么成了一个逢场作戏的工具，既然战事马上要来临了，哪怕作为普通好友，也要嘱咐她要保重。越想越恼，在浮躁不安中，他只能借酒消愁了。他也知道酒是不能消愁的，但它能麻痹神经，转移人的思维。抱起酒坛，他为自己满满地斟了一杯，充当一次豪杰。可没酒量就是没酒量，装是装不出来的，铁枫一口气喝下去呛得直流眼泪，浑身上下开始燥热起来。酒确实很难打发心中的郁闷，他拿起了随风，又走向了树林。

夜幕中，星光闪闪，剑声飘扬，忧心狂热。在这冰冷的剑声中，夹杂着热气的话语："今朝壮志不得误，明日此情再追忆。怒愤忧忧，情丝幽幽。身在尘世，难主其愿。心中情语，只有剑知。"

剑声虽大，心语虽热，这份难言，这份忧思，也许只有树林才能听知。可知道了又能怎么样，一风狂扫随势扬。

深夜里，都统府里巡逻的士兵不停地来回走动，连一丝可疑影子都不敢放过。都统的房间里还亮着灯，点点烛光中，呈现出一副忧愁的面孔，蓬乱的发丝，遮盖了半边脸。铁枫此时很疲惫，可他又是异常的清醒，在清醒中寻思着人生的种种困惑。自己怎么会变成这个样子？曾经活泼开朗的那位青年走到今天竟有如此多的不堪。

第五节　落叶飘零

自从不老山一别，看到那一点猩红，自己的生活就开始游离出曾经梦想的轨道。韩王安的叮嘱，姬绒的离别，南山翊的离世，父母的生死未卜，与薛纤珣的纠缠，还有秦军的大敌当前，这一系列的事情如一团绒线缠绕着他的心灵，让他走不出岁月的圈子。随风，他抚摸着剑身，轻轻一拔，在烛光中放射出冷冷的光。有时他宁愿能成为一柄剑，没有任何情感，没有任何纠缠。复国，韩王安那铿锵有力的话语又在耳边回荡了。可自己曾经的梦想是和自己喜欢的女子浪迹天涯，游山玩水，纵横人间，享受美好的生活，但是历史偏偏在这节骨眼上选择了他。还有因为自己是韩王安儿时最信任的朋友，拯救韩国社稷的重任就落在了他稚嫩的肩膀上。作为一名男子，就应该去干一番轰轰烈烈、惊天动地的大事业，而不应沉浸在男女私情的缠绵中。秦军马上要进攻上党郡了，要为上党郡百姓的安危出力，为死去的亲人朋友找回生命的尊严，要让丑陋的赤炎一家停止他们罪恶的荡笑。执着、坚定的眼神看向了窗外，飘飞在静寂的夜色中。灯熄灭了，那颗焦虑浮躁的心经过沉思回归了平静。

冬末，太阳来得很迟，但很温馨。铁枫起床梳洗用膳后，便带着浮士胤直奔军营去了。他们接到探报，秦军已在上党郡城三百里外安营扎寨了，准备开春进攻上党郡。形势紧急，他赶忙要去和海龙吟、奚梅令部署战略。校场中的大帐内，两位将军及众将士恭候多时了。经过两个时辰的商议，铁枫决定把重兵放在上党郡城正门，因为他觉得秦军来势凶猛，势必会花大力气主攻，其次秦军不了解上党郡城的地理结构，依仗兵强马壮肯定会攻正门。

冬日的残寒渐渐消褪，温暖的阳光开始照耀大地。春天就要来临了，冰封的大地开始解冻了，而薛纤珣的心依然处在寒冷之中。那日，薛纤珣萌动的热情又一次惨遭冷落，内心充满了无尽的苦闷。她一人独坐在花园中惆怅。花园里的杨柳抽出了鹅黄色的嫩芽，新的生命，新的未来，新的生活就要开始了，我们还会有新的那种温情吗？昔日的他，爽朗而含蓄，温逊而严肃，在那枫树林中，只有我们畅心的谈话声和惬意的欢笑声，着实忘记了时空的存在。想到那时的她，薛纤珣竟在这无人的花园中为自己曾经的“蛮干”而偷乐。她是一个在闺房中长大的女孩，母亲去世的早，除了父亲这位异性外，她几乎很少和其他男子接触。因而从小就形成了一种独来独往的孤傲性格，其实她心地非常善良，却给家丁的感觉是自傲和懦弱的化身。也许是上天赐予她的缘分，也许是冥冥中的注定，那天在枫树林中，他第一次出现在她视野中，她就无法抗拒地被那张洒脱的面孔软化了，那双柔情的眼睛、浅笑的嘴角和身上所散发出的优雅气质，并非因为他是官宦子弟，上党郡城的最高长官，他的这一切是她事后才获知的。那时她的心房已被那张满脸的笑意占满了，而地位和权势也只不过是后来他整体魅力一点的补充而已。从那时起，她的自傲变作了温顺，懦弱化作了勇气。他的到来，让自己走进了异性世界，把自己推进了情感的乐园。分享野味，攀登雪山，一幕幕的笑脸，一串串的笑声，犹在眼前，如在耳边，但是他现在的冷漠像刀一样在伤害她，她好想单独和他在一起问他为什么会这样，有时她也能觉察到他的冷漠中没有高傲的气息，而是一种平和的表现。恍惚中，她突然间感悟到了，他，一个品质优秀才华出众的男子，在他不平凡的背后也许有着常人无法企及的感情、思维、信念。自己一个平庸的女子想融进他的生活，那是不可能的。自己难道真的和他没有缘分吗？在这乍寒乍暖的气息中，一个女子的心灵也经受着情感的阴晴冷暖。

“小姐，老爷让你去书房。”秀莹终于在花园里找到了发呆的薛纤珣。

“嗯。”薛纤珣站起来，带着一颗烦闷的心跟随秀莹走向了父亲的书房。步入庭院，她看到家丁们匆匆地收拾行李，赶忙走入书房。

“父亲，我们要搬家吗？”薛纤珣感觉到了战争对家人的影响。

“是啊，秦军马上要攻打上党郡了，为父必须带着你们离开这里，珣儿，你赶快去整理一下。”

“父亲，我不想走。”薛纤珣突然想到这样一走就再也见不到枫公子了，那彻底就没有缘分了。

“珣儿，父亲知道你喜欢枫都统，可是战争在即，我们顾不了那么多了。”

“父亲，枫公子正积极部署军队准备抵抗秦军。”

“傻孩子，一个小小的上党郡怎能抵挡住几十万秦军的铁骑。”

薛纤珣不知该怎么说了，呆呆地站在那儿，脸上出现了为难之色。

“珣儿，听父亲的，赶快去准备一下，明天晚上我们出发。”

上党郡城墙上，旌旗飘扬，站岗的士兵阵容威严整齐，神情刚毅，一动不动地注视着远方。

“上党郡城其他城门防守情况怎么样？”铁枫站在城门正中央。

“严阵以待，让秦军有去无回。”海龙吟自信地说。

“秦军最有可能这两天发起进攻，你们一定要督促各将士严加监视，以防奸细混入。”

“是，枫都统。”两位将军说完各自待命去了，铁枫站在城头静静地遥望着远方。

这一天晚上，夜空没有月亮和星星，黑乎乎的一片。约莫五更，薛府的后门慢慢地开了，露出了一个家丁的脑袋。他机警地左右看了一下，街道上没有一个人。他吹了一声口哨，另一个家丁拉着一辆马车走到了门口，随后薛老爷和扮作村姑的薛纤珣、秀莹匆忙地上了马车，慌乱的马蹄声瞬间打乱了这个不平静的夜。他们紧张而急促的动作和神情在昭示着一个阴谋，而这个阴谋只有薛纤珣和秀莹还被蒙在鼓里。马车和马队诡秘地朝一个狭窄的峡谷走去，那是通向上党郡城外的一个死角，穿过河便可以出城了。薛老爷怀着忐忑不安的心情在黑暗中前行。

上党郡城门上，士兵们高举火把，把城门内外照得通亮。铁枫一身戎装带着浮士胤在城门上巡视。他边走边寻思，战争是血雨腥风的，自己初上战场，将面临生与死的考验。万一城门被秦军攻破，那么上党郡的百姓将会遭受残酷的杀戮，这些无辜的生命瞬间被推向死亡的深渊，想来真是痛心疾首。人世间为什么会有可怕的战争？猛然间，他又想到了纤珣，那个温柔清秀的女子也要走向死亡吗？这不可能，一定不能，我要力所能及地保护好她。

“报，枫都统。”

“什么事？”铁枫的神情不由自主地紧张起来。

“我们在城门偏角的密林处捉住几个想逃出城的可疑人物，请枫都统定夺。”军士气喘吁吁地说到。

“走，我们去看一下。”

薛老爷看着从远处走来的铁枫，心中暗暗叫苦，这下可得靠女儿的情面保全性命了。

“你们深夜要到哪里去？”昔日衣着豪华的薛氏父女此时一身农家打扮，铁枫没有一下子辨认出来。薛纤珣和秀莹被士兵用刀架在脖子上吓得不敢抬头。

“怎么不说话，枫都统问你们话呢！”领头的军士朝着薛老爷训斥到。

秀莹一听枫都统，抬头一看差点喊出来，她看到不远处一身戎装的长官是枫公子。她把薛纤珣推了一下：“小姐，你看，那是谁？”薛纤珣抬起头，心里霎时一冷一热，冷的是自己作为一个逃跑者的身份出现在了自己喜欢的人的面前，简直无地自容；热的是没想到自己最后还能见他一面。

“我们想去拜访一位远方的朋友。”薛老爷硬着头皮说。

“那为什么不走正门，走密林，还晚上行走？”

“这，这……”

“是不是想出去通风报信？”

“军爷，不敢啊。”

“枫都统，他们一定是奸细，按照律令需拉出去砍了，以警示那些偷偷出城的不法之徒。”这位军士向铁枫请示。

“枫都统，饶命，饶命啊！”几位家丁吓得脸色苍白大声求饶。

铁枫此时左右为难，人命关天，但形势所迫啊。

“枫都统，我是秀莹。”秀莹在这紧要关头不由得大喊起来。

“秀莹？”铁枫拿过火把走近仔细一看，“纤珣，秀莹，怎么是你们？”

“枫公子，你还好吧？”薛纤珣低着头轻轻问候到。

“很好，你们是想出城躲避战祸吧？”

火苗“嘶嘶”地燃烧，没有一个人回答。自己刚才不是说要全力保护好她吗？是啊，能放她们一家今晚离开上党郡，那不是最安全的吗？能否打败秦军自己都没有把握。况且她呢，自己也不想虚伪地制造出一种让喜欢之人陪伴身旁勇敢战斗的感人场面。自己冷漠地伤害她，让她离开这个是非之地不正是最好的结果吗，自己无缘在这个不合时宜的岁月与她相知相守了。

“那你们走吧，一路保重。”

薛纤珣听到铁枫的话后，抬起头望着他，他已转身正准备离去。

“枫都统，不能放她们走，万一她们是出城通风报信的奸细，那我们的守卫就会变得没有任何意义了。”从不主动说话的浮士胤突然冒出了惊人的一句话。

“住嘴，本都统还怕她们通风报信。你们赶快走吧。”铁风大叫一声，浮士胤低下头不敢出声了。

薛纤珣望了望那魁梧的身影，搀起父亲上了马车，在急促的马蹄声中离开了。那时，她好想转回头说一声，“枫公子，你也要保重啊！”但是她觉得已经没有必要了。因为她很清楚地明白，她的离开已表示了她和枫公子之间谁也不亏欠谁了，他们之间的情谊也随之烟飞云散了。铁枫，这位刚俊的男子，也许只是她生命里无意间回眸瞥见的一份笑容，美而虚幻，但内心深处却总是割舍不下。为什么自己不是男儿身，那样自己虽不能与他风花雪月，缠绵悱恻，却可以形影相随，煮酒舞剑，品茗论道，现在想来只能永远留在心底了。天地相间的地方出现了一片鱼肚白，这支慌张的马队已走出上党郡城四五十里了。这一切都将随着一场战争的结束而永远结束了。

天空一片蔚蓝，万里无云，温暖的阳光照耀着大地的每一个角落。大地此时已铺上了一层薄薄的绿纱，但并不能引诱行人那急促脚步的停留。远处浩浩荡荡的秦军如一条长蛇爬向了上党郡城。

“枫都统，你看。”随着声音望去，城楼上的铁枫看到三四里处人流涌动，战旗飘扬，醒目的“秦”字在眼球中越来越近了。

“擂鼓，进入战斗状态！”

“咚咚……”战鼓轰隆，城楼上脚步声急促。片刻，城门下的不远处已聚满了来势汹汹的秦兵。处在副将位置上的肥头大耳将军，得意扬扬，似乎觉得上党郡城志在必得。

“铁枫，你可还认识我，没想到你小子躲在这里，让我找得好辛苦。”铁枫仔细一看，原来是赤炎，心中一下子怒不打从一处来。

“你这个卖国求荣的家伙，你还有资格跟本都统讲话。”

“哇，快死的家伙，还挺神气的。我劝你赶快投降，不然你父母朝不保夕。”

“你敢，有种你就跟我斗。”

“好啊，让你见识一下秦军的威猛。王将军，可以下令攻城了。”

“攻城！”拿着云梯的秦兵瞬间涌到了城下。

铁枫一挥随风，“放箭！”

“嗖嗖……”绿纱上红点斑斑，但秦军人实在太多了，且异常彪悍。爬上来的秦军有的被砍死，有的被推下去摔死。一个壮实的秦兵爬上来，正好和铁枫打个照面，铁枫上去一剑，正好刺中他的咽喉，“唰”的一声，血液喷了铁枫一脸，眼前是一片朦胧的血色。怎么是不老山上看到的那点猩红，充满着恐怖诡秘的色彩，又是枫树林中看到的飞舞的那一片红，散发着温柔迷醉的光晕。

“啊！”随后是一把青铜剑落地的声音。铁枫慌忙下意识地抹开眼边的血液，看到那位秦兵带着惊悸的神情倒在了地上，两只眼睛还睁得通圆，好像充满了对生命的困惑。铁枫无意识地向后倒退了几步，这是他生平第一次杀人，杀的是敌人，但又不一定是敌人。周围还充斥着激烈的搏斗声，听着令人窒息。他向四周一看，城楼上已爬上了好多秦兵，自己的士兵倒下了很多。他带着一个国家的使命感，带着仇恨，大喊一声，随着“嗖嗖”剑的挥舞声，一大片秦兵倒了下去。在血色的兴奋中，他找到了作为一个军人的快感和成就，红色是他的生命色，也许是一辈子追随他的颜色。经过一个小时的搏战，爬到城楼上的秦兵全部倒下了。这时秦军也鸣金收兵了，初次防御大捷，满城的韩兵欢呼起来。

铁枫用沾满血液的随风支撑住疲惫的身体，大口大口地喘着粗气。猛然间，他发觉浮士胤不在附近，忙晃晃荡荡地在死人群里寻找浮士胤。最后在一个垛口的角落里看到了他，铁枫舒了一口气。浮士胤拿着沾满血液的剑，冷冷地注视着地上死去的秦兵，只有铁枫清楚浮士胤是为他曾经的主人献上一份祭礼。铁枫下令让士兵继续清理尸体，他提着随风回房休息了。

傍晚，城墙上的尸首已清理完毕，留下的只是斑斑血迹。士兵们依然紧绷着神经注视着远方敌兵的一举一动，来不及伤悲和哭泣。生与死就在一瞬间，成与败也在一瞬间，它来得太快了，大脑简直是无法思考，也由不得你去思考，只有去面对，去接受。铁枫独自一人站立于城楼之上，望着满天的星空，走来走去。

随后的两天，天气依旧晴朗，只是秦兵没有来攻城，而是每天花天酒地，大吃大喝，着实让人纳闷。第三天下午，天突然变得阴沉沉，晚上一片漆黑，伸手不见五指。上党郡城楼上亮起了火把，火光闪闪，透过火光看到的是精神抖擞的士兵。铁枫也感觉到了今天的气氛有点恐怖，甚至有点诡秘。

“报，枫都统。”

“有什么军情，赶快说。”铁枫预料到他的感觉马上要出现了。

“城内出现了一小股秦兵，已将都统府占领了。”

铁枫一听，脑袋“嗡”的一声，难道薛老爷果真是秦军的奸细，那么纤珣所做的一切都是假的，此时他为自己的感情用事而悲恨交加，一张憔悴的脸被狡猾的欺骗憋得红彤彤的。

“枫都统，秦军又开始攻城了。”

“快去守城！”铁枫拿着剑踉踉跄跄地跑到城头，城头上的阁楼被火箭射中着火了，火光冲天，他看到火光中自己的影子很狼狈。城头爬上的秦兵一下子冒出了很多，铁枫猛烈地挥舞着随风，所到之处，血滴四溅，人声惊悸，秦兵的尸体横七竖八地躺倒一大片，然而秦兵又如潮水般涌上了城头。在这狰狞恐怖的气息中，铁枫隐隐约约听到了赤炎阴险的嘲笑声：“哈哈……铁枫，我看你还能撑多久。”

“嗵……”海龙吟和奚梅令带着一小队士兵慌慌张张地从城南跑来了。“枫都统，南城已被秦军占领，我们现在必须撤离这儿了。”铁枫一听，意识到了上党郡的结局。他斩钉截铁地说：“那我们就与上党郡城共存亡吧！”这时，浮士胤不知从什么地方走了出来。“枫都统，不可感情用事，留得青山在，不怕没柴烧，你不能辜负韩王安对你的期望啊！”

“枫都统，我们撤吧！”众将士再一次请求到。

铁枫望着不断涌上来的秦兵，城内已经是战火连天，哭喊声一片。他苦笑着说出了那一个无奈的字“撤”，两行热泪顺着脸颊掉在了沾满血迹的瓦砖上，许久才消失。

在海龙吟和奚梅令等一行五十多人队伍的拼杀下，铁枫带着余部从小道上安全撤离了上党郡城。拂晓，上党郡城上停止了杀伐声，传来的是秦军胜利的呼喊声，上党郡被秦军占领了。韩国的军事实力退居到了历史舞台的幕后。

第二章 阡陌舞动心潮

第一节　芳香翘立枝头

春天的色彩是碧绿的，一望无际的山野似一条绵延不绝的绿丝绒地毯，郁郁葱葱高大挺拔的山脉横亘在视角的最末端，在黄昏中变得朦胧，映射出虚无缥缈的感觉。

"哒哒……"一阵阵杂乱的马蹄声瞬间打破了这山野的清静。

"枫都统，前面是赵国的黄水关，我们去投奔赵国吧。赵王迁和韩王安交情深厚，去那里也许我们有用武之地。"浮士胤在一片惶恐中指出了一条暂时可以安身的门路。

"好吧，我们连夜进关。"

"驾！"苍茫的夜色中，五十多条身影在飞奔着，奔赴另一处命运的战场，充满着许多不确定性的未来。

黎明时，队伍的前方出现了一座城楼，城楼上戒备森严，楼门口有士兵在盘查。

"站住，你们是什么人？"

"军爷，我们是韩国的使者，请过目。"浮士胤把信物呈了上去。

"嗯，走吧。"

黄水关虽远离都城邯郸，但处在韩赵边界上，边贸比较繁荣，商人较多，小城很是热闹，人来人往，沸沸扬扬。大家赶了一天一夜的路，早已饥肠辘辘，随便找了一家面馆，狼吞虎咽地吃起来。铁枫没有一点胃口，心中的怒气让他此时还不能平静。在浮士胤的劝说下，勉强吃了几口，便和大家匆匆上路了。离开黄水关后，他们进入了汾水平原的过渡地带，道路一下子变的崎岖坎坷。

"啊！"铁枫惊叫一声，从马上跌落了下来。浮士胤和众将士赶忙下马将晕过去的铁枫扶起来。

"快取水来。"一名士兵应声取来了水袋。浮士胤让铁枫张开嘴，灌了一小口水，铁枫微微张开了眼，"没事的，大家继续前进。"浮士胤把铁枫扶到了马背上，牵着马慢慢向前走。他向远处望了望，人迹荒芜，呈现在眼前的是杂草丛和一些刚抽青的杨柳树。兵荒马乱的日子里，在这荒郊野外很难为枫都统找到一个修养的地方。

天很蓝，偶尔飘过几朵白云，荒芜沉静的视野里多了一份新鲜和清幽，让一颗颗疲惫的心能暂时得到大自然些许的温馨抚慰。

“报，枫都统，前方出现了一队官兵。”前方探路的士兵回来了。铁枫张开苍白干裂的嘴唇，微微地说：“大家小心，让浮士胤前去打探一下。”浮士胤脱去铠甲，穿上麻衣朝前走去，仔细一看原来是赵国的士兵。

“站住，你是什么人？”为首的军官呵斥住了迎面走来的浮士胤。

“官爷，我想求见你们的大人，请传话。”

“你等一下。”

一会儿，一位清瘦的文官出现在了浮士胤的面前，端详了一下浮士胤。

“阁下找我有什么事？”

“请问大人要去哪里？”

“要回邯郸，阁下有事请直说吧。”这位文官对眼前的人奇怪。

“大人，我们也要去邯郸，可我家主人有病在身，还望大人相助啊。”浮士胤上前抱拳道。

“让我见见你家主人。”

浮士胤回头挥挥手，一队人马缓缓地向这边走了过来。

“原来是韩国的使团。”文官看到了这队人马的服饰。

“大人，这就是我家的主人。”铁枫坚持着抬起头向眼前的文官微微一笑，便又沉了下去。

“病得这么重，赶快上车吧。”文官让浮士胤把铁枫搀到马车上。

“父亲，这人是谁呢，怎么病成这样子？”

“菲儿，不得无礼，他是韩国的使者。”

“噢，让他躺这儿吧。”彦南菲铺好了地毯。

“谢谢姑娘。”浮士胤把昏睡的铁枫放在了车铺上，自己坐在铁枫的旁边。

“太感谢大人了。”

“你们是使者，这是应该的，起程。”马车“吱吱”地响起来了。

“我叫彦南菲，你叫什么名字？”彦南菲盯着浮士胤。

“浮士胤。”

“嘿嘿，还有这样的名字。他呢，怎么会病成这个样？”

“我们的枫都统。”

“官还不小呢。”彦南菲把父亲的一件外袍盖在了铁枫的身上。

“请问大人尊称？”

“中尉”

“彦中尉，前方是否有村落？”

“五里处有一个小镇，我们在那儿给枫都统找一个巫医。”

“好，太谢谢你们了！”

“你们也是去邯郸吗？”彦南菲边问浮士胤边看着双眼紧闭的铁枫。

“是的，南菲姑娘。”

彦南菲心里一喜，这个眼神忧郁的男子身上一定有不少故事吧。

“老爷，阳泉郡到了。”

“去找一家宽敞干净的客栈，顺便把此镇最有名的巫医请来。”

“是，老爷。”一位军官应声而去了。

“彦中尉，我们有劳您了。”浮士胤脸上带着歉意。

“浮士胤，客气了，我父亲在赵国可是出了名的乐于助人哦，你们遇上他，是你们的运气。”

彦中尉听着女儿的话，捋着胡子哈哈大笑起来。

“老爷，雅居客栈到了。”

“好，停车，我们就在这儿住宿吧。”

浮士胤下车背起昏睡的铁枫入住了雅居客栈。

铁枫还在昏睡，阳泉郡最好的巫医正在给他把脉。良久，巫医对着众人点了点头。“这位公子身体并无大碍，只是劳累过度，怒气功心所致，喝几副补药，好好休息几日便无大碍。”

浮士胤松了一口气，拿好巫医开的药方，派人抓药去了，随后付了赏金，恭送了巫医。

“浮士胤，你会熬药吗？”

“熬药？”浮士胤脸上露出了为难的神色。

“那让我来熬药吧，家母身体有恙时，我学过，我父亲还夸过我呢。”彦南菲一脸高兴的样子。

“怎么敢劳驾南菲姑娘呢？”

“没事的，谁让我和这位枫公子有缘呢。”

浮士胤对着彦南菲微微笑了笑。

草药和器皿备齐后，彦南菲便拿着去客栈的厨房熬药去了。

黄昏中，上灯了，浮士胤扶起昏睡中的铁枫，彦南菲给他一勺一勺喂汤药。

“劳累过度，怒气攻心，这般年纪便担当国家重任，了不起啊。这双成熟忧郁的眼睛，想必也是一个性情中人吧。”彦南菲在心里默默地想。

“好了，让他好好睡吧，明天就好多了。”彦南菲拿着空碗站了起来。

“谢谢姑娘！”

“明天见。”彦南菲朝浮士胤笑了笑，掩住门走了。

夜轻悄悄地来临了。

“纤珣，你为什么要欺骗我，在我的内心，我一直把你当我的朋友。有时我也会莫名其妙地喜欢和你在一起。和你在一起时，我忘却了孤独和寂寞，感受到生活中这般令人兴奋的喜悦，但我毕竟不是一个普通人的角色，我肩负着君王强国的使命。我不知道你是否能理解我所谓的冷淡，也许我自私，为了自己的使命而绝情地伤害你，其实我心中也很痛。我也在责问上苍，为什么不能和你普普通通地在一起呢？但你也不能因此而出卖上党郡啊，我觉得你在欺骗和利用我的感情，是我看错了你，你原来不是位单纯的女子！”

“枫公子，你误解我了。今生能遇到你，我也觉得是一种注定的缘分，让我在生命中寻觅到一份情感的寄托。你的出现，让我对生活有了激情，敢于追求自己所爱的东西，但我在你的面前还是有点自卑。我知道你的心里有难以舒展的心结在缠绕着你的思想和情感，我很想去帮助你，但我不知怎么去帮助你，甚至感觉到你的热情是你们贵族的一种自身修养，自己的种种行为只不过是自作多情而已，因为我们所处的社会地位不同使我们在生活面前还是有一段难以逾越的心灵距离，但是我从没有背叛过你，背叛过上党郡，这点自尊我薛纤珣还是有的，枫公子，请你要相信我！”

“相信，你让我怎么相信你，怎么……”

“啊……”铁枫大叫了一声。

“枫都统，你怎么了？”突然一声大叫，惊醒了隔床熟睡的浮士胤。

他看到枫都统又不知不觉地睡着了，明白他做了一个不愉快的梦。他给枫都统拉拉被子，返回床继续睡觉。

咚咚咚……“浮士胤，快开门，枫公子该喝药了。”彦南菲在门外敲门。

“浮士胤，快去看谁敲门呢？”惊醒的铁枫坐起来看着还在熟睡的浮士胤。

浮士胤揉揉睡眼，穿好衣服去开门了。

“彦南菲姑娘，这么早。”

“还早呢，太阳都老高了，你还在睡。”

浮士胤不好意思地笑了笑。昨天枫都统夜里不舒服，一直在呻吟，他没有睡好。

“枫公子，你醒了。”彦南菲端着冒着热气的汤药和饭菜走到了铁枫的床前。

铁枫奇怪地看着这位女子。

“你是彦南菲？”

“枫公子，你怎么知道？”

“我刚才听到浮士胤对你的称呼。”

“是的，枫公子，吃药了。”彦南菲把药碗递了过去。

“谢谢姑娘！”铁枫接过了药碗。

“我告辞了，一会见。”彦南菲笑了笑，转过身要离开。

“浮士胤，送送彦姑娘。”

浮士胤陪送着彦南菲出去，铁枫开始喝汤药了。

“浮士胤，怎么会有一个女子给我熬药呢？你雇佣的？但她不像是普通村姑，一身富家小姐的气质。”铁枫喝完了汤药。

“枫都统，你好眼力。”浮士胤把铁枫晕过去以后发生的事情向他叙述了一遍。铁枫隐隐约约地想起了自己上车前见到的那个文官。

“等病好了，我们一定要好好酬谢彦南菲及她的父亲，还有你，浮士胤，辛苦了。”

“枫都统，言重了，这是我应该做的。”

“咚咚咚……”门外传来了敲门声，浮士胤赶忙去开门。

“哦，是海龙吟和奚梅令众将士，快请进来。”

一列十余人的队伍走了进去。

“枫都统，病好些了吗？”海龙吟走上前去。

“好多了，众将士请坐吧，大家吃住还满意吧？”

“满意，浮士胤已帮我们打点好了。”

铁枫向浮士胤满意地笑了笑。

“哇，这么多人。”彦南菲推开门进来了。铁枫和众将士向彦南菲笑了笑。

“枫都统，我们告辞了，你安心养病，我们期待你早日康复。”海龙吟站了起来。

“好的，你们下去吧，有事找浮士胤。”

“是！”众将士抱拳后离开。浮士胤也跟随着众将士出去了。

“枫公子，好多了吧？”彦南菲找了把椅子坐到了铁枫附近。

“好多了，真是有劳你了，萍水相逢，有如此关照，实乃感人肺腑。”

“枫公子，你言重了，这是缘分啊，你家中还有何人？”

铁枫一下沉默了，这句话又勾起了铁枫心中的伤痛。

“很抱歉，我不该问你这个问题。”看着无言的铁枫，彦南菲好像明白了这个问题的答案。

“这不怪你，我的父母现还被囚禁在秦军营里，生死未卜，弟弟被奸贼杀害了。”铁枫低沉沉地说道。

正如自己所猜想的，这个有着忧郁眼神的男子一定经历过许多同龄人所没有经历过的事情，很值得同情和理解。彦南菲心里默默地想。

“枫公子，你这样的年龄就是一城的都统，确实了不起啊。”

“过奖了，有志不在年高，当下战争频繁，男儿就应该一身戎装上阵，保家卫国，建功立业。”

“看得出，你是一位大丈夫，嘿嘿！”

“彦南菲，你也喜欢参与政事吗？”

“不喜欢，只是喜欢到处游玩。这次是跟着家父出使魏国。魏国有好多的名胜古迹。”

“冒昧问一句，你父亲前往魏国有很重要的政事吧？”

“是的，出使魏国联盟共同抗击秦军。”

“这是一种很好的谋略。”

“枫公子，我不打扰你了，你安心休息吧，等你康复了，咱们一起骑马去郊外，这里的风景很美。”

“好的，一定奉陪。”

“告辞了。”彦南菲转身离开了。

铁枫望着彦南菲娇小的背影，心里默默地想，这女子性格爽直，乐于助人，可以结交为朋友。想着想着，感觉有点累了，躺下拉上被子睡着了。

“枫都统，该吃药了。”浮士胤推醒了熟睡的铁枫。

“已经夜晚了。”铁枫看着跳跃的油灯。

“彦南菲姑娘来过了，她看你熟睡，放下饭菜和汤药，嘱咐我按时给你喝药。”浮士胤递过了药碗。

铁枫一口气喝完汤药，吃了点热菜，便让浮士胤拿下去了。

“枫都统，你身体感觉怎么样了？”

“好多了，体内热气腾腾，感觉浑身有劲了。”

“枫都统，看来你明天就可以下床了。”浮士胤高兴地说。

“浮士胤，你也早点睡吧。”

浮士胤爬上了床，吹灭了油灯。

夜静悄悄的，偶尔听到远处马蹄的声音，大概又来了一些远方的客人。白天的沉睡使铁枫此时异常清醒，浮士胤均匀的呼吸声在他的耳边徘徊着。

上党郡被秦军占领了，自己有负韩王安的期望，有负上党郡百姓的信任。自己太感情用事了，也许自己对得起情义，但无法坦然于责任，这也许就是命运的安排。

纤珣，你现在还好吧？事已至此，我对你没有任何怨言了，即使你欺骗了我，我也会铭记那份美好的回忆。在我的心里你还是我的朋友，愿你一生幸福快乐。彦中尉出使魏国联盟抗秦，看来秦军要入侵赵国了。自己需马上调整好身体状态，随彦中尉入邯郸，为赵国出力，力挫秦军。不知父母现在如何了，姬绒现在还好吧？愿他们都吉人自有天相。赤炎那阴险奸诈的嘴脸又呈现在了眼前，不除此贼，誓不为人。想到此，铁枫心中就怒气冲天，稍稍冷静下来，眼皮上已聚满了睡意。铁枫伸了一个懒腰，哈了一口气，那双忧郁的眼睛很快闭上了，夜静得没有一丝杂音。

“喂，你这个小懒鬼，还睡呢？你家枫都统哪去了？”彦南菲摇醒了熟睡的浮士胤。

浮士胤一看，床上被子叠得整整齐齐，不见铁枫的人影。

“我也不知道哪去了。”浮士胤一脸尴尬。

“那你愣着干吗？快去找啊，该喝药了。”

浮士胤赶忙起床下楼带了几名士兵，骑着马在城镇的周围寻找铁枫。

“枫都统，该吃药了。”浮士胤最后在一处小溪旁找到了铁枫。铁枫正牵着马喝水。

“浮士胤，这里早晨的空气特别清新，是锻炼身体的最佳时刻。”

浮士胤看到了马背上的随风，明白他是来这里练剑的。

“枫都统，我们该回去了，不然彦南菲又要拿我是问了。”浮士胤边说边笑。

“是吗？看来彦南菲是我们的小管家了。”

在场所有的士兵都哈哈地笑了。

“彦南菲，有劳你费心了。”铁枫一进门看到了正在等候的彦南菲。

“枫公子，你回来了。你今天的气色很好，喝完这最后的一剂就能彻底康复了。”彦南菲站起来高兴地说道。

“多谢姑娘的细心照料，我才恢复得这么快。”

“不用客气，赶快喝药吧。”

“南菲姑娘，枫都统已在楼下准备了酒宴，请你和彦中尉及诸位将军务必赏脸，这是我们枫都统的一点敬意。”浮士胤在铁枫的示意下说出了邀请之事。

彦南菲看了一眼枫公子，笑着说：“那恭敬不如从命了。”

“请你转告一下彦中尉，一会我们在楼下恭候你们的到来。”铁枫看着彦南菲说到。

“好的，我去转告我父亲。”

客栈的厅堂已清洁一新，伙计们正忙着传菜，铁枫和浮士胤等众将士在一旁等候彦中尉一行人的到来。

“枫都统，让你们久等了。”在几位将军的陪同下，彦中尉带着彦南菲出现了。

“彦中尉，请这边坐。彦姑娘，请坐。”铁枫忙迎上去，浮士胤招呼其他的赵国将军。

“枫都统，身体无恙了。”

“承蒙中尉和彦姑娘的关怀和照料，铁枫在此感激不尽。”

“在下有公务在身，不能看望枫都统，只好让小女代劳了。”

“彦中尉，客气了。”

“枫都统，何时动身前往邯郸？”

“不知彦中尉是否方便，在下愿与你同行。”

“也好，路上有个伴。枫都统作为韩国的使者不知去邯郸有何要事？”

“实不相瞒，在下与众将军前去投奔赵王迁，力抗秦军，还望中尉引荐。”

“此事甚好，赵国很需要向枫都统这样的大义大勇之士，我愿为枫都统引荐。”

“枫公子，南菲的肚子早已‘咕咕’叫了。”彦南菲抱着肚子装出了一副饥饿相，引得在座的军官哄然大笑。

“哈哈，小女已迫不及待吃你这一顿了。”

“南菲，招待不周，还望见谅，大家开始用餐吧。”此话一落，觥筹交错的声音此起彼伏。

沉重的生活暂时偏离了前行的轨道，在这场酒宴中稍作小憩，感受突如其来的温馨，减轻行程中的苦闷，但挥之不去的还是往事在心灵上留下来的忧郁阴影，前方的路依旧漫长，等候一个行者的跋涉。

“咚咚咚……”

“枫公子，喝点茶水吧。”彦南菲推门进来了。

“南菲，请坐。”正在擦拭剑身的铁枫站了起来。

“枫公子，这是我父亲一个楚国的朋友赠送的茶叶，其名‘云雾’，喝后清心静气，提神健脑，妙不可言，你们俩品一下。”

“浮士胤，今天我们又有口福了。”两人大笑起来。

“嗯，此茶香淡清雅，怡人心神，妙不可言。”铁枫陶醉在了无穷的回味之中。

“枫公子，我父亲说明天一早起程，让我特来相告，你们准备一下。”

“好，浮士胤，你去吩咐一下众将士。”

浮士胤放下茶杯下楼去了。

“枫公子，你还记着我对你说过的事情吗？”

“噢，你不说，我差点就忘了。走，咱们现在就去郊外溜达溜达。”

“好，我回去准备一下，一会我们在马厩旁见。”

“好！”

第二节　青丝摇曳新颜

阳泉郡处在山地和平原的过渡地带，山很难称之为山，平原不能称之为平原，连绵起伏的大土丘在视线中伸向了远方。时值仲春，田野里有点生机盎然的气息。农夫们正赶着黄牛耕地，几个小孩在采野花、追蝴蝶，偶尔飘过一两首民间小调，清新亮丽，乐人耳目。

“枫公子，快追我啊。”

“嗒嗒……”的马蹄声不绝于耳。

“南菲，你慢点，小心摔下来。”铁枫边走边欣赏着这静谧祥和的田园风光。

“这些农夫自在快乐，没有烦恼忧虑，每天置身于青山绿水之中，随于天性，少了几份风雅，但更多的是爽快和从容。笑声不断，歌声连连，伴随着自己的妻子儿女，从清晨走到黄昏，从春夏渡过秋冬。他们没有那份广阔的视野，去寻找那份令人自豪的成就和更高雅的生活情趣，却可以平平淡淡地感受着生活的每一天，幸福且快乐着。

“天上蓝呦呦嘞，地上黑呦呦嘞，水里清呦呦嘞，尖牛黄呦呦嘞，婆姨美呦呦嘞……”

“啊，这歌声好淳朴！”

“南菲，你怎么骑马跑回来了？”铁枫看到彦南菲缓过神来。

“唉，我一个人骑着马跑，多没意思，你怎么停下来了，看你发呆，想什么呢？”

“嘿嘿，你看这些农夫多悠闲啊。”

“他们其实挺累的，种、锄、收，春夏秋忙个不停，但收获的粮食要上缴一大半呢，余下的省吃俭用才能勉强过冬。若遇上天灾，粮食歉收，每年的饿殍不计其数。他们的生活处境让人可怜和同情啊。”

铁枫的脸色瞬时变得严峻起来，“生活原来还有这么多不为人知的苦难，现实就是那么的残酷吗？那么真正理想的生活家园在哪呢？”铁枫又望了望田园那边虚幻的风景线。

“南菲，你知道的事情还挺多的。”

“枫公子，见笑了，跟随父亲走过的地方多了，见得多，听得多，知道也就多了。”彦南菲微微笑了笑。

“走吧，咱们去土丘那边看看。”

“好，驾！”

马蹄清脆，人影飘逸。

“枫公子，你知道那座大山那边会有什么？”

“这个……也许会有一些人居住。”

“会不会有你梦想的一些东西出现？”

“会吧，可能还会有一些我们想都没想过的事物。”

“山的那边肯定还会有山，那又一座山的那边呢？”

“一份好奇心，一双探索的眼睛，一腔蓬勃跳跃的激情。”铁枫眺望着山的那一边，镇定地说出了心里沉淀已久的豪言。

“枫公子，说得太好了！”彦南菲激动地拍起了手。

铁枫还在品味着自己刚才的那番话语，看看是否还会有新的发现。

“枫公子，夕阳那朦胧的色彩好温柔。”

“是的，只可惜夜晚马上要掩盖它了。南菲，我们该回去了。”

两颗兴高采烈的心在夕阳的笼罩中踏上了晚归的路。

黎明时刻，东方白光茫茫，雅居客栈门前，士兵忙忙碌碌，马上要整装出发了。

“枫都统，一切准备好了？”

“好了，彦中尉，出发吧。”

“出发。”一声令下，浩浩荡荡的马队涌动了。

“彦中尉，此去邯郸大概需要几日？”

“若马不停蹄，大概需要五日便可到达。”

“父亲，我不想坐马车，我也要像枫公子一样骑马。”

“菲儿，路途遥远，女孩子骑马承受不了。”

“我骑累了，再坐马车，好吗？”彦南菲向她的父亲祈求着。

“那好吧，不过要小心点。”

“父亲，知道了。”彦南菲跳上了一位军士牵来的战马。

“枫公子，我们一起在前面走吧。”彦南菲和铁枫骑马并行。

“好的，但不准太快。”

“嘿嘿……”彦南菲朝铁枫狡黠地笑了笑。

“南菲，你日后最想去哪儿看看？”

“我想去关北，那里的景观很奇特，有碧绿的牧场，牛羊成群，也有黄沙漫天的沙漠，人迹罕至，感受一下游侠的生活方式。”

“南菲，你的想法很好，若有机会，我会陪着你一起去浪迹漠北。”

“嘿嘿……好啊，驾，你追我。”

“你怎么变卦了？驾，我来了。”

整个马队沸腾起来了，“邯郸，我们来了！”

五日后，前方出现了一道人文风景。

“枫公子，你看前方那座高大雄伟的城楼就是邯郸城。”

“终于到了。”铁枫心中激动不已。

“枫都统，进城后，你先住在驿馆，我去觐见赵王，你静候安排。”

“是，有劳彦中尉。”

“告辞了。”

铁枫在彦中尉的安排下，带着部属住进了驿馆。彦南菲迫不及待地回家见母亲去了。彦中尉风尘仆仆进宫去向朝廷交差。

那天，天高气爽，铁枫正用毛巾擦拭额头上的热汗，刚舞完剑，浑身燥热。浮士胤端上了一杯茶水，放置在了院子中央的石桌上。

“枫都统，喝茶了。”

“是南菲的云雾吧，配上这份心情，正好爽口。”铁枫笑声开怀。

“枫都统，彦中尉来访。”一卫兵走了进来。

“快有请。”铁枫整理一下衣服，赶忙迎出去。

“枫都统，住得还习惯吧？”

“很好，浮士胤，上茶。”

“枫都统，赵王特让我来传旨，对你能携部众投奔我王之举甚感赞赏，现正值雁关受匈奴骚扰，所以特封你为雁关镇关将军，前去击破匈奴，隔日起程赴任。”

铁枫听后一脸惊异，抗秦怎么成了破匈奴了。

“枫都统，你怎么了？”

“噢，非常感谢彦中尉的举荐，在下一定竭尽全力报效朝廷。”

“枫将军，这是将军印，请妥善保管。”

“是，彦中尉，我们去小酌几杯吧？”

“枫将军，我还有公务在身，等你功成名就之时，我们再畅饮吧，告辞了。”

“多谢彦中尉的激励，在下铭记在心，改日再会。”

彦中尉告知的是好消息呢，还是坏消息呢？满腔的仇恨热血，涌向的不是秦军，而是一个未曾谋面的敌人—匈奴，旧愁未了添新怨，该何去何从，自己一心扑在抗秦大业上，思想上还未能转换到民族的纠纷上，是不是转道其他诸侯国，寻求抗秦大业？

“枫都统，你在想什么呢？”

“随便想想。”

“恕浮士胤猜测，你在思量是否有必要去雁关破匈奴？”

“你是怎么看出来的？”

“你和彦中尉的谈话席间，我从你的表情上看到的，还有你一直隐藏在心中的悲伤。”

“那你觉得我们有没有必要去雁关？”

“枫都统，从当下我们的情况和局势来看，我觉得很有必要。各诸侯国都惧怕秦国，不愿主动跟秦国撕破脸，招来战争之祸，恐怕此时未必会收留我们。赵国能收留我们，一是念及韩赵曾经的联盟；二是赵国强大的实力气度。权宜之计，我们还是暂时搁置心中的仇恨，作将来的长远打算。”

“浮士胤，你分析得非常入理，眼下我们只能如此了，传令下去，明日清晨，启程去雁关。”

一个人的脚若长时间不沾染故土，家的感觉就淡了，漂泊的身影晃荡在驰道上，走向一个没有知觉的方向。寄人篱下非所愿，但历史却好像早已注定了自己的位置。随着岁月蹉跎，曾经儿时的美梦逐渐被撕扯直到烟飞云散，脑海中只有现实的天和地，不留下一丁点温馨的气息，眼泪不能浇灌龟裂的心田，只能发出阵阵沉重的哀叹声，隐忍渗进了骨髓，侵入血液，孵化出一副深沉的面孔，一对犀利黯然的双眸。

走吧，视线的前方是什么，是一颗探索追求的心魄，一份博大广阔的胸怀。

天刚亮，寂静的深处隐隐约约传来了几声沉闷的鸡鸣声。

“浮士胤，众将士准备好了吗？”

“枫都统，一切准备妥当，彦中尉还未到。”

“嗯，等一会彦中尉。”

前方杳无人影，只有一片清亮的天空。

“哒—哒—哒”

“报枫都统，彦中尉一行来了。”

“迎接。”铁枫下了马。

“枫将军，一切准备好了？”

“准备好了，只等彦中尉嘱咐了。南菲，你也来为我们送行，我们很高兴。”

“你别太高兴了。我还有事求你呢，答应了再说。”

“什么事？我是否力所能及？”

“枫将军是这样的，菲儿太任性了，她要跟随你们去雁关，我这当父亲的实在拗不过她，只好托将军照顾小女了。”

“好啊，有南菲姑娘相陪，我们大家一路上就不会单调了。彦中尉，请放心，我会照顾好南菲的。”

“父亲，你看枫公子多直爽，你就别担心了。”

“好，好，你这个丫头。枫将军那多让你费心了。雁关有什么为难之处，要传信给我。”

“是，彦中尉。”

“路途遥远，你们该启程了。”

“出发。”

马蹄声震破了这个春末早晨的安宁。

“菲儿，你和枫将军一路保重。”

“父亲，你回去吧，我会听枫公子的话。”

“彦中尉，后会有期。”

一行五十人的队伍迈上了通往雁关的道路。天空中漂浮着几朵淘气的羽云，一群鸿雁在展翅翱翔。天高任鸟飞，雁关是一个让人心神驰往的地方吗？那里会是一个什么样的天地？匈奴，听说非常的剽悍，那匈奴女子也是一样的吗？哈哈……牛羊成群，碧草万里，还有沙海连天，这会是一种什么样的感觉。那里确实是一个充满新奇、刺激的世界啊。路很长，铁枫心中联想翩翩。

“驾、驾……”心花怒放的彦南菲骑马跑了回来。

“枫公子，你不喜欢遛马吗？跑一程，心中会特别爽快。”

“嘿嘿，我可没有你那份豪爽劲，我嘛，更多的还是喜欢静雅。”

“哈哈，又装深沉，你可是少见的男子。”

“南菲，你一个女孩子，一个人敢去闯荡，令我刮目相看。”

“怎么会是一个人，不是身边还有一个你吗？有你在，我怕啥？”

“哈哈，是啊，有本将军在，你怕啥？”

“枫公子，其实我还挺感谢你的，你帮我达成了一个心愿。我一直想去大草原上纵马，黄昏在沙海中看日落，清晨去大山上放歌，可是出于安全考虑，我父亲一直不让我去。你的出现，让我的愿望马上要实现了。”

“南菲，言重了，萍水相逢，你那么细心照顾我，这份恩情永世难忘，缘分让我们相识，我们就无需用所谓‘谢’字来表达了，只当是志趣相投，互相欣赏，你说呢？”

“对，枫公子，你对情义的认识达到了墨家的境界，不愧这么年轻便拜将封侯了。”

“嘿嘿，过奖了，南菲，你刚才描述的生活画面确实很美，很令人向往。我曾经和我的弟弟还有朋友姬绒在故乡的不老山上看日落，那种朦胧的绯红感觉就好像沐浴在圣境中，天人合一，在静静的守望中，仿佛在等待一种自己心中想要但不知道是什么的东西出现，令人遐想不已。”

“那太美妙了，想不到你深沉的背后竟是如此的浪漫，有情调，看来往后认识一个人不能从表面上下结论，应该接近他慢慢地去了解。”

“我大概是深沉的外壳，浪漫的内涵吧，但我感觉自己的主流还是深沉，这是生活赋予我的。”

“姬绒，这个名字很好听噢，是你的红粉佳人吧？”

“呵呵，她是我童年一起玩大的伙伴，温柔、美丽，我喜欢她，但内心涌动的是一种亲情中的喜爱。”

“她现在还好吧？”

“唉，时局动乱，我走后，她搬家了，杳无音信了。”

“枫公子，很抱歉，又提起你的伤心事了。”

“没关系，我应该感谢你的倾听。”

“枫都统，前面有一个小镇，我们是否在那里歇歇脚，吃点东西再赶路？”浮士胤策马过来。

“好吧，我们就在那边歇歇脚。南菲，饿了吧？”

“早就饿了，一直等你说话呢。”

“驾……”铁枫催马上前，彦南菲紧追不舍。

小镇虽小，但充满了繁华的迹象，商铺林立，酒旗飘扬，不愧是北方的城镇，地处荒芜之域，但农牧之间的货物流通，硬是在偏僻的黄土沟壑间撑起了一片小江南的热闹，这大概缘于一种生存的本能。

“客官，您几位噢，里边请？”店小二看到生意来了，忙上前向浮士胤打招呼。

“人多着呢，全包了，快去把院外的马牵到马厩里添上等的草料。”

“好嘞，请坐。”

“南菲，你点菜。”

“好嘞，熏乳鸽一盘，酱兔两只，碎猪蹄三碟，炖鸡脯四个，两打馒头，每桌一份。”

“哈哈……”清亮流利的声音博得了满座将士的一片欢笑。

“枫都统，南菲姑娘可是咱们的管家了。”

“浮士胤，你敢取笑我，小心让枫公子罚你给我牵马。”

“彦南菲，你大人有大量。饶了我吧，我走。”浮士胤扮了一个鬼脸去招待其他的将士去了。

“哈哈……”彦南菲和铁枫笑得前仰后合。大家在一块待久了，就把对方融进了心里，无拘无束，快乐开心，情感油然而生，友谊牵住了两双心有灵犀的眼睛，看到了熟悉的眼神，看到了内心中彼此的美好。

铁枫放下了筷子，脸上洋溢着满足的神情。

“枫公子，吃得怎么样？”

“人间美味，没想到这荒凉之地有这么香喷喷的美食。”

“枫都统，我们该启程了。”浮士胤走过来。

“好的，你去结账吧。”

铁枫和彦南菲走出了客栈，众将士紧跟其后。

“南菲，前方还有村落可以住宿吗？”

“在地图上，好像有一个大村庄。”

“好，今天晚上我们就在那儿过夜，出发。”

饭饱汤足后的队伍晃晃荡荡地继续向前走去。

午后的阳光缺少了早晨的犀利，不会让人有刺眼、眩晕的感觉，但此时热力异常猛烈，气势逼人，感觉被一团火所包围，燥热难耐。

铁枫看着彦南菲，一脸倦怠，额角香汗晶莹闪亮，慵懒中流露着几份妖娆。

“浮士胤，去拿水袋。”

“给，枫都统。”

“南菲，热坏了吧，喝点水，解解汗。”铁枫把水袋递给彦南菲。

“救命水啊，衣服都快湿透了。”彦南菲拿住水袋“咕噜咕噜”地喝起来。

“爽快，铁枫，你也喝点吧。”

“你喝吧，我还有呢，把你热坏了，我怎么向彦中尉交代。”

“亏你还有自知之明，你该清楚往后怎么好好讨好本姑娘了吧。”

“哈哈哈……”开心爽朗的男女混合笑声肆意地在这山野中传荡。

“报，枫都统，前方三十里外有一队骑兵在村庄里抢劫。”

“铁枫，一定是匈奴骑兵。”彦南菲吃惊地喊起来。

“大概有多少人？”

“五十多人吧。”

“明白了，你赶快赶回去密切关注他们，不要打草惊蛇，我们随后就到。”

“是，枫都统。”哨兵骑马飞奔而去。

“浮士胤，你和彦南菲及五名士兵看护好行李缓慢前行，其他将士随我前去阻击匈奴。”

“铁枫，我也要去。”

“南菲，听话，那里危险，你一个女子不适合去那儿。”

“铁枫，我也会剑术，你不能丢下我。”祈求的眼神望着严肃的铁枫。

“好吧，但不准你上前和匈奴骑兵对抗，只管救助受伤的村民，否则别怪军法无情。”

“好，那我们赶快走吧。”

“出发！”一队汹涌的骑兵飞速向前奔去，阵阵尘土，遮盖了他们矫健的身姿。

村子里叫喊声，哭声、鸡飞狗跳声连天，最蛮横的声音是匈奴的铁蹄声，他们见男的就杀，见女的就抓，凶狠至极。

“杀！”一队气势汹汹的骑兵冲进了匈奴的队伍里。“叮嗵……”金属撞击的声音使不安的村庄有了稍许的底气。铁枫的随风剑上已沾上了数名匈奴的血液，匈奴骑兵一见这位威猛的将军便不由得后退几步。

“铁枫，小心！”

铁枫刚要回头，听到了一声熟悉的“啊”的声音。

“南菲……”他猛调马头，看到彦南菲躺在地上昏迷不醒，嘴角带着还未消褪的笑意。她的右臂上中了一箭，鲜血瞬间染红了那银白色的衣袖。

“呀……”铁枫大叫一声，提着随风向那个放冷箭的匈奴头领冲去。“扑哧”血沫四溅，射箭匈奴头领的人头落地了，周围的匈奴骑兵一看头领已死，纷纷放下手中的财物四下逃散。

“海龙吟，奚梅令，追击，一个也不许留。”

“遵命。”骑兵朝着匈奴逃跑的方向追了去。

铁枫下马，赶忙跑到彦南菲身边，报起她，“南菲，快醒醒，我是铁枫。”

彦南菲微微地睁开眼睛，“铁枫，我痛，痛，痛……”又昏迷了过去。

铁枫抱着彦南菲向四周看了看，朝一栋挂着“巫医”的朱红色大门跑去。

“有人在吗？赶快开门，有伤员。”铁枫不停地用手撞着大门。

“吱”门开了，露出了一个老者惊慌的面孔。

“原来是壮士，赶快请进。”

“老先生，打扰了，请赶快给这个姑娘医治一下箭伤。”铁枫气喘吁吁地说到。

“嗯，赶快随我到内堂。华胥引，拿医疗工具到内堂。”

“是，师傅。”一个约莫二十岁的小伙应声而去。

“壮士，请把姑娘放这儿。华胥引，把剪刀拿过来。”

“给，师傅。”

巫医用剪刀剪去了箭身，又开始剪箭头周围的布。

“华胥引，让你师妹去煮锅热水。”

“知道了，师傅。”

“壮士，你把这位姑娘的手臂按住，一会儿别让她动，我要开始取箭头了。”

“好的，老先生。”

巫医点着灯，取出一把锋利精巧的小刀在灯上烤了烤，便开始剜取箭头周围红肿的肉。

“啊—啊……”阵阵刺骨的疼痛惊醒了昏迷的彦南菲。

“南菲，坚持住，一会儿就没事了。”铁枫看着疼痛不已的彦南菲，真后悔让她跟来。

“叮当”一声，箭头被拔出来扔在了金属盘里。巫医拿过一个小瓶，把瓶内的白色粉末倒在了伤口上，取过一条洁白的绷带缠好了伤口。

“壮士，她没有危险了，睡一会儿就会醒过来。”

“谢谢老先生的救命之恩。”铁枫激动不已地抱拳道。

“壮士，举手之劳，理当如此。真正被感谢的应是壮士，是你们挽救了全村人的性命，你是我们的大恩人。”

“老先生，作为军人，这是我们的职责。”

“壮士，你先在这里歇息，我上街去看看是否有我需要救助的村民。”

“老先生，你忙。”

“华胥引，给壮士看茶。”

铁枫目视着巫医走后，径直步入了内堂。那一张苍白的脸，是因为失血过多而引起。她还在昏迷当中，嘴角显露着疼痛扭曲的模样，箭伤还在折磨着她。

“傻瓜，你怎么能替我去挡箭呢，真傻！我是谁，我是一名武士。你一个女孩子，怎么能去承受利器的伤害。我能承受利器，但承受不住你舍身救命的大恩。你尽情地睡吧，我不忍心端详你那苍白的温柔，它强大的穿透力让我有一种沉甸甸的负罪感。”铁枫带着愧疚关好门退出了内堂，闲坐在院内的石凳上。

第三节　伤感直指苍白

“壮士，请用茶。”华胥引端上茶来。

“谢谢！”铁枫呷了一口茶，猛然一回头，瞥见西南角小花园里的石桌前，有一个清雅的背影，一身青纱，黑色的秀发如瀑布一泻而下，垂在肩头。

多么美丽的背影，她是谁呢？是巫医的女儿，那位小师妹吧。她那么专注地在看什么，全然没有发现我这陌生人在看她，是看医简吧。铁枫默默地注视着迷人的背影，她像谁呢？她的头发像姬绒的，乌黑发亮，有着天然的纤顺；她的背影很像纤珣，纤珣也是一身青纱，细小的肩膀，圆润的脖子。自己怎么突然又想起了她们。岁月改变了山川草木的形状，但无法消褪她们在自己心中的记忆。姬绒会变成什么样子。自己手中虽有随风，但今天指向的是匈奴，而不是秦军。铁枫也曾想过一个人返回韩国去救助父母，打听姬绒的下落，但复韩重任在身，不敢以身冒险，错过韩国重新崛起的机遇，只能在隐忍中等待。纤珣在秦国一定生活得快乐吧，凭着她的才艺和容貌，在贵族阶层里一定备受青睐，想必她已找到爱情的归宿。纤珣，祝福你们生活幸福美满。

“铁枫，不要离开我，我一个人好害怕。”屋内传来了彦南菲的呻吟声，铁枫赶忙进入了内堂。

“南菲，你醒了？”

“铁枫，我梦见你把我一个人丢在荒漠中走了。我害怕就惊醒了，发现你不在身旁，一下子变得恐惧起来。”彦南菲的脸上充满着恐怖的神情。

“你做噩梦了。我怎么会丢下你呢？胳膊还疼吧，你不要动，躺下再休息一会。傻姑娘，箭是你挡得了的吗？差点吓死我。”

“我若不去挡，箭会射死你的。”彦南菲躺下了。

“那不会射死你吗？射住我又能怎么样，我就是一名武士，死有所荣，也不能让你去挡啊，你太傻了，不值得。”

“我愿意。”

“南菲，生死不能儿戏，这份恩情，我承受不起啊……”铁枫转过头，两眼发红。

“铁枫，你流泪了，是为我流泪吗？我太伟大了，竟让一位铁血大将军为我掉眼泪。”彦南菲笑了起来。

铁枫擦拭了眼角的几滴泪珠，彦南菲的一句话让他心头涌上一份无名的感动。

“南菲，你好好休息，我去村里给你买点药品。”

“铁枫，我一个人待在这儿害怕，你别走。”

“听话，我一会儿就回来了，不然你的伤口恢复得很慢。”

“好，你早点回来，不然我要大哭了。”

“好，没问题，南菲姑娘。”铁枫朝彦南菲笑了笑，拉开门出去了。

匈奴兵被赶跑了，冷清的村庄开始有了人影走动，村民们忙着恢复被破坏的房屋和生活设施。铁枫看着左右的店铺，慢慢地朝前走。

“枫都统。”

铁枫朝前一看，原来是浮士胤一行来了，再定睛一看，浮士胤身旁还有刚才那位巫医，海龙吟和奚梅令他们一行将士也在，大家聚齐了。

“枫都统，听巫医说，彦南菲被箭射中了，不要紧吧？”浮士胤急切地问道。

“不要紧。海龙吟，匈奴骑兵都消灭了吧？”

“回都统，都消灭了。”

“做得好，决不能让他们回去报信，暴露了我们的行踪。”

“枫都统，失敬失敬，老朽眼拙，没能看出壮士的都统身份。”巫医一脸歉意。

“老先生，言重了，你的大恩我还没有来得及报答呢。请问老先生贵姓呢？”

“老朽姓梅。”

“梅巫医，你们这儿有没有容纳五十多人居住的客栈？”

“我们这个村庄只有一些日常用品的小店铺和一些住宿的小客栈，最多也就五个人。枫都统若不嫌弃去我那儿吧，几十间放药材的房屋空着呢，收拾一下便可住宿。”

“梅巫医，那就打扰了。”

“枫都统，随我来吧。”

“好，我们走。浮士胤，你去买一些养伤的药品。”

“是。”浮士胤带着两个士兵离开了。

“枫都统，你们一行可是要去雁门郡吗？”

“梅巫医，怎会得知？”

“从雁门郡回来的村民说，朝廷派了一位大将来守护雁门郡，我从你们都是军士行装看出来的。”

“噢，原来如此。”

“有枫都统前去守护雁门郡，我们百姓有指望了，再也不需要提心吊胆地过日子了。”

“梅巫医，我和全体将士会对你们的生命和财产负责任的。”

“老朽在此替雁门郡的百姓谢过枫都统了。枫都统，请进。”

“华胥引，带几个家丁收拾一下西屋的那十几间屋子，再准备一些上好的草料。”

“是，师傅。”

“枫都统，内堂请。”

“华胥引，梅儿呢，让她给客人上茶。”

“梅雨嫣在内堂的侧屋陪受伤的姑娘说话呢。”

“嗯，众将士请坐。枫都统，咱们去侧屋瞧瞧。”

“好的。”

彦南菲屋内。

“哇，你也懂医术，不简单。”彦南菲竖起了大拇指。

“梅儿，给你介绍一位客人，这位是枫都统。”梅巫医推开门进来。

“梅雨嫣见过枫都统。”梅雨嫣站了起来。

“梅雨嫣姑娘，幸会。”铁枫一看，就是那位花园里穿青纱的女子。

“铁枫，你可回来了，幸好有梅雨嫣姑娘陪我，不然我快要闷死了。”

“胳膊还痛吧，赶快躺下休息。”铁枫对彦南菲微笑着。

“梅儿，今天客人们在咱们家住宿，你去叫几个村民来帮厨，再买点肉食，给客人们备晚饭。”

“是，父亲。彦南菲一会儿见，保重身体。”梅雨嫣低着头从铁枫面前出去了。

“梅雨嫣，没事了再来和我聊天。”不安分的彦南菲又坐了起来。

“好的。”窗外传来了一声细柔的声音。

“枫都统，你坐，我去安排一下家里的事情。”

“梅巫医，请便。”

“铁枫，梅雨嫣长得漂亮吧？”

“漂亮，但比不上你。”铁枫坐在了床前。

“哇，你现在已学会讨女孩子开心了。”

“是吗？”铁枫狡黠地笑了笑。

“梅雨嫣因小时候的一场病，牙齿变得发黑，所以她不喜欢和陌生人说话。”

“噢，你怎么和她聊上了？”

“人有三急，男女不便，便让华胥引叫一个女的进来。她就进来了，把我带到了方便处，然后我们就聊开了，她懂医术，不简单。”

“你也不简单，小小年纪就为朋友两肋插刀。”

“谁说我小，我现在已是大人了。”

“好，你是大女孩了。”

“嘿嘿……”彦南菲忍不住笑了起来。

“枫都统，药品买回来了。”

“好，我去给她煮点汤，你陪彦南菲说会儿话。”

“枫都统，这种事还是让我来做吧。”

“浮士胤，你还是让你们枫都统做吧，好让他还我的人情。”

“浮士胤，听管家的，让我还一次人情。”铁枫拿着药品和药罐走出了侧屋，身后传来了那熟悉天真的笑声。

一道清纯雅致的背影在眼前闪烁，黑色的秀发随影波动，走得稳妥，走得悠闲，好像春天里田野上走动的小牛犊，内心没有一丝杂念影响她运步的心情，两只纤细的胳膊柔柔地前后摆动，走向了明媚的视野中，是她，梅雨嫣。转眼间，她便进入了一间偏屋。

关门的时候，她看见了注视她的铁枫，嘴角微微露出了笑意。铁枫也向她笑了笑。

随后一扇门阻隔了情感信息的传递和交流。铁枫茫然地走进了厨房。

她的嘴怎么那么像姬绒，小而圆，润而滑。刚才一见她时，他差点激动地喊出了“姬绒”两个字，太像了，一见到那张小嘴，就不由得想起了姬绒。而她的眼睛却很像薛纤珣，那是一双含情脉脉的眼睛，眼神中充满太多的疑问和企盼，注视着那双动情的美目，心就难以抑制的跳动，仿佛眼前站立的不是一个女子，而是一位拷打灵魂的女神，让人经受不住那份对视，因为缺乏神的自信和完美。可她为什么不敢接纳陌生人呢，难道仅仅是她的牙齿黑吗？如果她像彦南菲一样，不是更能表现出女子的风范吗？但是生活中是没有如果的，那样的如果也许会更枯燥乏味，梅雨嫣就是梅雨嫣，像她的名字一样与众不同。这是一个值得耐人寻味的女子，自己要勇于去接触她，感受她的内心世界。

“彦南菲，喝汤了。”铁枫端着汤碗慢慢地向床前挪动。

“铁枫，能喝到你亲手煮的汤，可是一个女孩子的幸福。”

“哇，我有那么伟大吗？”

“当然了！”

“哈哈……”欢笑声一片。

“南菲，你胳膊有伤，我来喂你吧。”

“好的”。

“香不香？”

“嗯，味道不错，没想到你还有这么一手。”

“跟我母亲学的。”

“伯母一定心灵手巧吧？”

“嘿嘿……”铁枫悠然地笑了。

“枫都统，吃晚饭了。”窗外传来了浮士胤的声音。

“好的，你去打两份给我们拿进来，让将士们吃吧。”

“好的。”

“你喝好了吗？我再去给你盛一碗。”

“喝好了，我想吃饭。”

“好，等一会。”铁枫把碗放在了桌子上。

“嗵嗵嗵”，门外传来了敲门声。

“请进。”

“梅雨嫣，你怎么来了？”彦南菲反应快，一下子就叫喊了起来。

“我父亲让我给你们送饭。”

“有劳姑娘了。”铁枫站了起来。

“枫都统，我父亲想请你喝几杯，让我来照顾彦南菲。”

“好的，谢谢你了！”铁枫出去了。

“梅雨嫣，你觉得铁枫怎么样？”

“威武，潇洒，将帅之才。”

“你观察还挺细致的。”

“随便看看而已。”

“小声告诉我，有婆家了吗？”

“这怎么能随便说呢？”

“有了？”

“没有，赶快吃饭吧。”

“嘿嘿，害羞了吧？”

“你呢，年龄也不小了吧？”

“我才不寻思这件事，我现在只想游览各地名胜。”

“骗人吧，枫公子那么体贴你，不是你的心上人吗？”

“他，我没想过，他只是我志趣相投的铁杆兄弟。”

“那你一个女孩子跟着他到处走，不怕被人笑话吗？”

“我才不管呢，我想去雁门郡，就跟着他来了。”

“你们士族家庭跟我们村庄人的思想观念就是不一样，我们女孩子没有嫁出去之前，是不允许随便和外面的男子接触的，否则会被认为随便，是要被耻笑的。”

“啊，还有这样的事，那你一定苦闷了？”

“习惯了，休闲时一个人待在花园里遐想。”

“如果是我，准会发疯的。”

“彦南菲，我们这儿的饭菜怎么样？”

“味道好极了，咸淡适中，油而不腻，我就喜欢这种饭菜。”

“你还没有吃完？”铁枫走了进来。

“我们俩一直说笑呢。”

铁枫看了一眼梅雨嫣。她低着头，脸颊处泛着稍许红晕，似一朵含苞欲放的水仙。

“彦南菲，我走了，改日再聊。”梅雨嫣站起来低着头出去了。

“好的，明天一定要来啊。”

梅雨嫣对着彦南菲轻轻笑了一下，离开了房间。

“南菲，我询问过梅巫医了，他说你的箭伤还需要两天的时间才可能愈合。这段时间内你不能乱动胳膊，要静心养伤，两天后我们去雁门郡。”

“好哇，我也正想多待几天呢。”

“天色已晚，你该休息了，我的房间就在你隔壁，有事叫我。”

“嗯，你也劳累了一下午，早点休息吧。”

“嗯。”铁枫掩门出去了。

铁枫走到了自己的房间，点着灯，托着困乏的身子躺在了床上，一种酥软的感觉传遍了全身，可他却全无睡意，脑海中迸出了一个强烈的念头，想去和梅雨嫣说说话，又感觉现实中他们俩几乎还是陌生人，况且夜已来临，现在去找一个女孩子说话不合适，但他脑海中的念头依然强烈，甚至使他的心情变得浮躁起来，自己怎么会这样呢？看着窗外月色明亮，他决定出去散散心。铁枫走出门外，院内白亮亮的一片，彦南菲屋内的灯已熄灭了，梅雨嫣的房间也是黑乎乎的。月亮周围是几颗寥落的亮星，眨着迷人的小眼睛。铁枫径直朝花园里走去。花园的夜晚是属于昆虫的世界，叽叽喳喳，嗡嗡呜呜，活跃极了。

“嗯？”石桌前有一个人影，那个人影也在朝自己看，谁呢？铁枫走近一看，原来是梅雨嫣，心中一热。

“梅雨嫣，还没睡呢？”

“没呢，原来是枫都统。”

“坐在这儿听昆虫唱歌呢？”

“不是的，我有一个习惯，夜里睡觉前总喜欢在这儿坐一坐，想一些问题。”

“想什么问题，说来听听。”铁枫坐在了另一个石凳上。

“思考我们女性的一生，生儿育女，缝衣做饭，养蚕纺纱，可不可以做一些有更大意义的事情。”

“看不出来，她的内心世界还是挺大的。”铁枫在心里默默地想，不由得对她另眼相看。

“当然可以了，只要你有勇气，敢于去拼搏奋斗，你就能接近你的生活理想。”

“可世俗的约束，我们不敢去触犯宗规妇德。”

“不要害怕，人的一生是挺短暂的，要敢于挑战生活，为自己生活。”

“枫都统，你说得有道理，但对于我们这些生活在底层的女性而言，我们的宿命早已被安排好了，为自己去生活是件不容易的事，我挺羡慕彦南菲的。”

“也是，现实生活对你们的约束和要求太多了。”

“枫都统，你是哪里人氏？”

“韩国人。”

“那你怎么来赵国呢？”

“说来话长，韩国被秦国侵占了，我们是流亡到这儿的。”

“那你们也挺不容易。”

“作为武士，生活充满了苦难和艰辛。”

“我发现你挺有人生思想的。”

“你也是的，作为女性，不想盲从于生活，而是积极思考人生意义，属于女性中的佼佼者。”

“过奖了，只不过是无聊中的一点自娱自乐。”

铁枫目视了一下梅雨嫣，脸上笑意悠然，浅浅的酒窝下是一张唯美的小嘴，只不过黑乎乎的牙齿有点大煞风景。梅雨嫣发现铁枫在看她，赶忙合上了嘴唇，低下头，呈现出一幅羞涩的姿态，楚楚动人。

“梅雨嫣，我们交个朋友吧？”

梅雨嫣沉默了，铁枫看到她的表情突然变得有点反常。

“你怎么不说话了，我刚说的话不妥吗？”铁枫有点着急了。

还是一片寂静，铁枫只是静静地望着梅雨嫣，即使不愿意，也希望她能说句话。突然，梅雨嫣站起来一声不吭急匆匆地走了，花园里留下铁枫一个人，留下了一片困惑，留下他一个人倾听昆虫世界那些杂乱的情感之音。

铁枫陷入了百思不解中，怎么会这样呢？我们不是谈得很融洽吗？难道她误解了“朋友”二字，认为我在向她示爱，让她做我的心上人？可我没有这个意思，只是觉得她很有个性，欣赏她特有的美感，愿意结交而已。真是没想到会不欢而散，早知如此，真后悔自己太唐突说那句自认为很平常的话。不行，明天一定要和她解释清楚。铁枫一脸沉重地离开了花园，走到院子，梅雨嫣房间的灯还亮着，铁枫呆呆地站着，希望梅雨嫣出来说几句宽心的话，但灯光还是无情地熄灭了。铁枫失望地走进了房间，郁闷而又无奈。

“咚咚……”

“南菲，该喝汤了。”铁枫沐浴在晨光中。

“铁枫，你进来吧。”

“昨晚睡得很好吧？”

“嗯，一觉到天亮，舒服极了，梅巫医刚给我换过药，说好得很快。”彦南菲一脸灿烂的笑容。

“好，赶紧喝汤吧。”

“这汤的味道好极了，真是想不到，你这样冷峻的外表下还潜藏着这么一颗柔美的心，能做出这么鲜美的汤。”

“是吗，噢，今天怎么不见梅雨嫣来？”

铁枫的耳根涌上了一团红晕，脸上不自然的表情转瞬趋于平和，以免被彦南菲看到。

“听梅巫医说，梅雨嫣病了。”

“什么？”铁枫心里有点怀疑。

“梅巫医说她不舒服，不想见人。”

“嗯。”铁枫的内心在告诉他，梅雨嫣在回避他，心里莫名其妙地涌上一股酸楚。他脸上尽量掩饰着，不想让彦南菲看到。

“南菲，你安心地躺着，我去外面走走。”

“嗯，你去忙你的吧。”

铁枫来到堂屋，拿出一块丝巾放在桌子上，取过笔筒里的毛笔，蘸上朱砂，写上了几句苦闷的话语，又喊来了浮士胤。

“浮士胤，你去买一些水果，顺便把这个丝巾一起交给梅雨嫣。”

夕阳西下，院子里被涂上了一层淡淡的绯红色。铁枫独自坐在花园里的石凳上，沉浸在霞光中思索。

“枫都统。”

铁枫缓过神一抬头是浮士胤。

“这是梅雨嫣姑娘给你的信。”

“嗯，浮士胤，你忙你的吧。”铁枫从浮士胤手中拿过了丝巾。

枫都统：

小女子只不过是一个村姑，你不必把我放在你理想的情感世界。我们有缘相识，但那只是偶然的巧合，只不过是昙花一现，你有你的生活，我有我的命运，你好像要拯救我，但给我的更多的是一种伤害，让我们还是跟随自己的生活轨道。切记，我们都不要自寻烦恼！

梅雨嫣

第四节　踟蹰湮没空欢

铁枫看罢，怒气冲天。那个美丽背影、大眼睛、小嘴唇的女子怎么会是这样的。她把自己当作贵族花花公子了。梅雨嫣，你有所不知，我现在是一个流亡的武士，连你都不如，你还有一个疼你的父亲。我呢，国破家乱，父母的生死至今还不清楚。教养和学识，它是不会拉开两个人相处的距离，而是更好地去理解和珍惜那份情谊。你为什么狠心地去破坏一份情缘。铁枫越想越觉得梅雨嫣在误解他的真诚。他跑回到大厅，用毛笔又写好了一份丝巾，让浮士胤带给梅雨嫣。

夜晚，晕暗的油灯下，铁枫翻来覆去难以入睡。他又在思考事情的来龙去脉。有时还会生发出一份遥想：他和梅雨嫣骑着马儿在一望无际的草原上尽情地驰骋；骑着骆驼在大漠中游弋，晚霞把他们的脸映照得红扑扑的。梅雨嫣的眼神如秋波激荡着他那跳动得失去了平衡的心。一个羞涩的笑，改变了大漠的荒凉，温暖了一个孤独者的心胸，那样该多美好啊。为——什——么——不——能——自——由——自——在，睡意模糊了思维，一张微笑的脸进入了梦乡，只有那豆大的灯火还在这个闷热的夜晚里跳动。

第三天清晨，铁枫眯着睡眼，听到窗外雨声一片。

雨，是谁在哭，是谁的心在悲伤，连绵不断，冲刷着草木，冲刷着山川，也在冲刷着一颗郁闷的心。儿时的雨，晶莹、透亮，在地上溅起了朵朵水花，自己和弟弟穿着蓑衣在雨中穿来穿去，享受着那份自在的酣畅和爽快，而今只是一味地伤感，心里装的思绪太多了，因而不能欢快地释放，只能慢慢地煎熬，受伤的多了，心绪也就麻木了，没有多余的情怀了。

“枫都统，梅雨嫣给你的信。”

铁枫拿住丝巾，好像抓住了一根解救烦恼的救命草，心中激动不已。梅雨嫣难道明白了自己的苦衷和心境。他赶忙打开丝巾，希望在丝巾中找到她对自己的谅解。

枫都统：

你为何要苦苦地纠缠呢？你真的认为一些事情你能说清楚和明白吗？你能改变一些事物的结局吗？你想象的生活难道就是别人所向往的吗？你还是太理想了，你没有必要在一个弱女子面前剖析自己的情感，你有勇气，但别人没有兴趣。请不要再写信了，你不烦，我烦，我怕自己的贞洁受影响，我们终究不是一个阶级的人，你要自重。

梅雨嫣

是啊，自己太理想化了，以为快乐和美好的形式会同样属于每一个人，通融和开放是每一个人生活的理念。看问题太单一了，生活的是是非非，你能弄明白吗？自己太自作多情了，即使和好了，还会有初识的那份纯真和激动吗？裂痕永远地改变了这一切，就不可能回到从前和谐的交往状态中，对此不得不相信。唉，该清醒了，自己是一个武士，竟会在情感上浪费心智，自己太荒唐了，自己愧对韩王安的重托，愧对跟随自己的将士，自己确实太不自重了，自己现在究竟在干什么？应该尽快离开这个是非之地，没有必要在这儿待下去了。可彦南菲的伤口愈合还需要两天，再等等吧，只能用一份隐忍与宽怀去面对。为什么会这样，现实终究是现实，自己还是好自为之。

雨还在下，受伤的伤口不会因为几句自我安慰的话语而疼痛消失，反而因自己的隐忍痛得更厉害。一个从未遭遇过拒绝和奚落的男子，第一次感受到了它的冰冷。仿佛是粉红色梦中的冬天，昏色的孤寂笼罩着他，世界孤零零地只剩下他一个人了，身边到处是黑暗和冷调，曾经所有流光溢彩的事物都披上了令人头眩的灰衣。他没有想过暖暖的笑意、绯红色的舞姿、柔顺亮丽的秀发会在生活的夹缝中也会迸发出窒息的感觉。男子的胸怀第一次驶进了一个狭窄的港湾，升腾起了一股无名的怒火，那份欣赏在忽明忽暗中转换着心中的角色，欺骗、捉弄、傲慢、悔恨在燃烧，熄灭，再燃烧，再熄灭。若不是彦南菲的伤口还未愈合，他早想离开这个让他感到愤懑的地方。他感觉自己在这儿的存在就是对一个武士的耻辱，自己毕竟是贵族，何必屈身去祈求一个缺乏教养的村姑？他越想越生气，恨自己骨子里竟然存有怜香惜玉的基因，很想找一个人把自己狠狠地抽一顿，长点记性才能安抚心中的悔恨。铁枫躺在床上，大脑一片糟，胸中的闷气烧心。他为这段错误的缘分找不到一个舒心的发泄口，始终不能理解是谁错了。其实谁都没有错，太多的隔膜和猜疑，让彼此对待情谊的态度不同而已。

雨停了，那已是两天后的一个下午。太阳终于露出了笑脸，空气中散发着阵阵淡淡的花香，树枝上活跃着麻雀的鸣叫。浮士胤走进了铁枫的房间。

“浮士胤，彦南菲的伤口好得怎么样了？”

“红肿已下去，开始结痂了。”

“彦南菲这两天心情还好吧？”

“很好，她还问我你怎么不去看她，出什么事了。我照你的吩咐说你有军政事务出去了，但她还是会问你下雨天能有啥军事，是不是喜欢上哪个村姑了。”

“呵呵，看来今天必须去看望一下她，不然我成风流人物了。”

“枫都统，你最近心情不是特别好，有心事吗？”

“没什么，只是想一个人静一静。浮士胤，你去看望一下将士们。”

“是，枫都统。”

铁枫走出了屋子，看着晴空，心里放松了许多，打量一下四周，没有一个人，梅雨嫣的房间还是紧掩着，大概还在睡午觉，他走进了彦南菲的房间。

“你终于来了，我还以为你不管我了。”

“伤口好多了？”

“差不多了，你看，可以活动了。”

“嗯，但还是不能做剧烈运动。”

“好的，天晴了，咱们一起去梅雨嫣那里坐坐。”

铁枫一听“梅雨嫣”三字，心里就不自然了。

“好啊，不过还是你一个人去吧，有我在，你们女孩子说话不自在，况且我还有一些事要和梅巫医谈谈。”

“那好吧，快闷死人了，终于可以出去透透气了。”

“做事小心点，别动胳膊。”

“知道了。”

铁枫目送着彦南菲进入了梅雨嫣的房间，心中的凝重变得释然了。

……

铁枫睡得正香甜，彦南菲蹑手蹑脚地走了进来，手里还拿着一片柳树叶。她轻轻地走到床前，用树叶柔柔地在铁枫脸上划了一下。铁枫用手摸了一把，以为是一只苍蝇，眼都不睁一下，翻身转向了另一边。猛然一串笑声，他睁开眼，才明白是怎么一回事，彦南菲乐得合不拢嘴。

“原来是你这只花苍蝇不让人睡觉。”

“什么时候了还睡，该吃晚饭了。”

“天已经黑了，梅雨嫣还好吧？”

“很好，她整日待在屋里绣丝巾，绣得可好看了，我还向她要了一块，你看。”

“真是心灵手巧。你们聊什么？”

“她问我伤势怎么样了，什么时候动身去雁门郡，我说大概明天吧。”

“我刚才问过梅巫医了，他说你的伤口已无大碍了，但不能骑马，我已派人给你弄好了一辆马车，明天早晨我们动身前往雁门郡。”

“好，我早就想去了。”

第二天，东方还是一片鱼肚白，远行的队伍早已准备出发了。

“枫都统，这几日老朽招待不周，还望见谅。”

“梅巫医，客气了，我们给你添麻烦了。”

“举手之劳，不足挂齿，后会有期。”

“梅巫医，梅雨嫣呢？”彦南菲找不着梅雨嫣的身影。

“这孩子老是不舒服，她让我转告你们一路保重。”

“梅巫医，代我转告梅雨嫣，有时间让她来雁门郡，我和铁枫会好好招待她。”

她会来吗？她连相送的勇气都没有，还来雁门郡，除非我不在那里。我们已经是陌路上的对立者，连最起码的普通关系也难维持了，相识不如不见，这是缘分的悲哀。铁枫望着那扇还是紧掩的门，心中又是一阵沉重。

“好的，我会转告的，一路保重。”

“梅巫医，保重，出发。”

队伍如一条长蛇，缓缓地向前游移。铁枫带着沉重的心情离开了这个让他痛心的村庄。这份情感成为了他感情世界的一大困惑，让他很长时间难以明白女性的感情世界，徘徊，等待，最后悄然退缩。别了，那清秀的背影，那双大眼睛，那张小嘴。

眼前是连绵的群山，郁郁葱葱的，高大、挺拔、雄壮、巍峨，是这片土地上的守护神，让它的子民面对浩瀚的宇宙有了一份踏实感，为他们的信仰树立起了顶礼膜拜的精神图腾，填补了岁月土地上苍白的孤独感。那屹立在山巅的人该是谁？英雄，君王，还是性情中人？自身的渺小，只能用胸中的豪言壮语来回应眼前所呈现的伟大，暂时回避这个没有答案的答案。

“雁门郡到了。”这是心底最有力度的呐喊。借助着这一座座山脉的灵气，铁枫喊出了内心的痛快、激动。

“铁枫，你怎么知道雁门郡到了？”

“望着这些壮美的群山，心中的一种直觉。”

“哈哈，不愧是豪情之人，能感知物之豪气，是的，从地图上看，进入山谷地带就是雁门郡。”

“冲着群山的豪气，我也明白此行之地的险要了，一定是中原之门户。”

“不错，一夫当关，万夫莫开。这是匈奴入侵中原的必经之地，你的守土职责重大。”

“这都是你父亲的一片用心，你和彦中尉对我有知遇之恩，这份恩情今生没齿难忘。”

“你又来了，这都是你自己努力的结果，文武双全，任何人都会偏爱你的。”

“过奖了，只不过是一介武夫而已，谈何修为？”

“铁枫，你怎么了，这一路上你寡言少语，是不是有心事了？”

“没有，只是对自己生活的一点小感慨。”

“有心事可别瞒着我。”

“嗯。”铁枫对彦南菲轻轻笑了一下，有一个关爱自己的女子，这何尝不是一种感动。

“铁枫，看城门，马上要进城了。”

“雁门郡”三个笔法苍劲的石刻大字映入了眼帘，雄关就是有雄关的气魄，高达几十丈，结实厚重，和群山融为了一体。浮士胤上前和守城的军士交涉过公文后，大队人马浩浩荡荡地进城了，这支韩国的军事力量终于找到了一个暂时的避难之所。边关的贸易就是繁荣，街道上货铺林立，人群熙熙攘攘，牵驴的，拉马的，骑骆驼的，挑货担的，人声喧杂，很难想象关外就有血腥味的蔓延。这里的人到底是怎样的一种血性？是他们适应了战争，还是战争改变了他们？整齐的马蹄声、鲜亮的铠甲一出现，瞬间把街市嘈杂给凝固住了，人们自觉地让出一条道路，用奇怪的眼神注视着这支来自远方的队伍。

“要打仗吗？”

“这位将军怎么这么年轻？”

……

铁枫也打量着这些雁门郡的百姓，没有娇柔、含蓄，大多是刚毅和豪爽，这大概是边关的地貌孕育出的生活性格，是生活灌输的苦难意识造就了这个有沧桑感的群体。大家都在相互打量，欢迎与质疑，惊奇与庆幸，都在那一张张复杂的脸上闪现，生活在战争中的人，最丰富的是那一颗颗多变的心。

雁门郡的大小官员接到通告后，已在将军府门前恭候多时了。

“枫将军，一路风尘劳苦，请入府吧。”为首的一位官员上前作揖道。

铁枫带领着大家在那位官员的指引下进入了将军府，经过一番官场上的寒暄后，为首的官员邀请铁枫一行去酒楼接风洗尘，被铁枫婉言谢绝了。官员们在一片贺喜声中走出了将军府后，铁枫让浮士胤去安顿各位将士，他和彦南菲步入了大厅，坐下来养养神。

“南菲，一路累了吧？”

“累，快闷死了，一路坐在车子里，没人说话，好想活动一下，抖擞抖擞筋骨，呼吸一下边关的气息。”

“真服你了，我的双腿已发软，不听使唤了。”

“铁枫，你知道我现在想什么？”

“想什么？”

“我想去北城门上看看关外的风景。”

“我就知道你心野，我陪你去吧。”

“腿不发软了？”彦南菲张大那双水灵灵的大眼睛，惊异地看着铁枫。

“没办法，谁让我和你在一起。”

北城门处在两座高山之间，墙体用巨石垒成，非常坚固结实。铁枫和彦南菲下马后便登上了城墙。城墙上隔十步一个岗，士兵们严阵以待，一动不动地注视着远方。他们走上阁楼，眼前一片坦荡无垠，那边是一望无际的草原，隐隐约约中出现着一些白色的小点，那是牧民们的帐篷和羊群，更远处还有一些小棱角，应该是山岗吧。而那一边，是一片茫茫沙海，金黄色的沙子闪亮着迷人的光泽，仔细一瞧，每一颗沙粒竟是那样透亮、洁净。一队驼群缓缓地向前移动，身后是一串串斑驳的掌印，在沙海中刻画着岁月的痕迹，转眼间风过无痕，留下的只能是大漠深处的身影，驼铃渐行渐远，最后听到的是心底发出的回音。

“铁枫，太美了，我想置身其中感受那份粗犷和洒脱。”

“枫将军，万万不可，不久前还有一小股匈奴兵来犯，被我军击破，至今下落不明，望彦南菲姑娘小心为上。”守城的军士向铁枫汇报近期边关情况。

“南菲，我们有机会再去，好吗？”

“该死的匈奴，真扫兴。”

天那么蓝，草那么绿，羊那么白，沙那么黄，这里是色彩的乐园，这里是情趣的王国，这里是梦想和激情释放的空间，空旷、静穆，那里好像什么也没有，又什么都可以找到，遥想、深思、回忆，激荡起了心底那涌动的情感之潮。曾经的曾经在这里有过身影，未来的未来在这里等候回音，一切的一切聚与散，爱与恨，悲与乐。

……

“咚咚咚”，门开了，一位军士进来了。

“枫将军，有重大军情禀报。”

“请讲。”

“据深入匈奴之地的探子传回的密信，说匈奴内部贵族发生了政变，两个大部落动起了刀枪。”

“看来匈奴对赵国的威胁暂时告一段落了。”

“是的，枫将军，据守城的将士巡查，在我雁门郡一带附近的匈奴骑兵不久前已撤走了，五十里外不见匈奴的影子。”

“那很好。你传令下去，派一个小分队在五十里外设流动哨，一有军情，马上禀报。”

“是，枫将军。”

将军府的伙房里烟雾冲天，晚饭的时间还早着呢，谁在开小灶呢？铁枫走进一看，知道就是这小妮子。这几天里，她不是闲逛，便是大吃，伤痛消瘦下去的身体现已初见丰腴，铁枫实在为彦南菲的身材担忧。

“南菲，又在做什么美食呢？”

“你来了，我正要去请你来。羊肉串，让你也享享口福。”彦南菲嘴角的笑意浸着羊油，亮闪闪地发光。

“羊肉串，你从哪弄到的？”

“这是我刚从关外的小商贩那里买来的，但有点硬，加热了一下。”

“我告诉你一个好消息。”

“什么好消息，那么激动？”

“匈奴兵撤了，我们可以去草原、大漠游玩了。”

“太好了，给你一串，犒赏你一下。”

“味道真独特。”

“什么时候动身呢？”

“明天？”

“太迟了，今天下午。”

“是不是有点太仓促了？”

“没事，草原上的晚霞，大漠中的落日，那可是圣境啊，再加上我们这份激动的心情，一定感受非凡。”

“听你一说，太令人向往了。好，我让浮士胤准备一下，一会儿就动身。”

“看来你也食人间烟火，再奖励一串。”

“哈哈哈……”

云淡风轻，凉爽的微风轻柔地抚摸着脸面，净化着心中那不易察觉的躁动，令人心静神爽，耳目一新。西斜的日光用尽最后的能量点亮草原，明净、清亮，这不是人类的家园，这是一切生物的家园。一群鸿雁展翅从头顶掠过，精致的羽毛、优美的躯体让草原更加生动起来。

“兔子，追。”

铁枫一转身，彦南菲一马当先，正在追赶一只灰绒绒的兔子。

“追。”铁枫一声号令，大家并马一起追兔子。

“在那里，驾！”受惊的兔子不顾命地跳跃，接二连三地翻跟头。它今天碰到彦南菲只能算它倒霉了。

“哇，怎么不见了？”彦南菲停住了马，看不见兔子的踪影了。

“吁……”大家也停住马，望着彦南菲。

“兔子不见了。”彦南菲一脸的茫然。

“哈哈哈……”彦南菲满脸的汗珠和失望的表情把大家逗乐了。

“你们笑什么？”彦南菲一脸娇气。

“南菲，天快黑了，兔子要回家不能和你玩了。”

“你……你……铁枫，你还敢取笑我。”

“行了，不要再跑了，多亏兔子帮我们忙了，我们已经跑了十几里地了。”

“铁枫，你看前边有个毡房。”

铁枫定睛一看，视线的前方有一个白色的毡房。难道是分散的匈奴兵？不可能，这不在五十里之外，想必他们也看到我们了。

“走，我们去看看！”

“枫将军，要不先去查巡一下。”浮士胤带着不安的神色。

“枫将军，以我的经验，这可能是一些不愿意撤离的牧民。若是匈奴兵，他们会吹号角警示。”随行的一位军士很有经验地说到。

“说得有道理，即使有危险，我们毕竟离雁门郡不远，还有回旋的余地，走。”

第五节　星月忽明忽暗

毡房外，老两口正在等候打猎女儿的归来。

“天马上要黑了，萝儿怎么还不回来，她不是遇上匈奴兵了吧，我好担心。”

“她娘，没事的，凭萝儿的剑术和马上功夫，她是不会有危险的，别担心，快去准备晚饭吧，一会她就回来了。”

“她爹，你看，有一队人马正向我们走来。”

“什么？”老头子抬头远看，凭马的走势不像是匈奴骑兵，没有地动山摇的气势，但汉人的骑兵是不会深入这么远的地方，纳闷，这来者是谁呢？

“她娘，拿我的弓箭和砍刀。”

“嗯，给。”

“你到后面的草垛里躲一躲，没有我的喊声，你千万不要出来，见机行事。”

“嗯，你也要小心啊。”

老汉轻悄悄地绕到一个草丛中躲藏起来，两眼一动不动地望着慢慢走近的马队。

“请问，这里有人吗？”

“怎么没反应？”彦南菲看着铁枫。

“不可能没人，你们看，羊群还在呢。”

“枫将军，也许他们看到我们害怕，藏起来了。”

“浮士胤说得有理。”

“那位年轻的男子是将军，难道是雁门郡的将军，他们来这里干什么？”藏在草丛中的老汉在心里嘀咕着。

“铁枫，那我们怎么办呢？”

“没有人，我们只能去别的地方了。”

“太可惜了，好不容易找到一户牧民，难道就这么离开了，要不等等？”

“走吧，南菲，牧民不在，我们不能随意停留。”

“好吧，再寻找一个呗。”彦南菲一脸的扫兴。

“将军，请留步。”背后传来了一个草原女子的声音，清脆响亮。大家猛回头，一匹枣红马上骑着一位壮实的女子，亮堂堂的双目，圆凸凸的脸蛋，还有一副厚实的嘴唇，欢迎的笑意凹显着浅浅的酒窝，可亲可敬的一份面孔。

“姑娘怎么称呼？”

“将军，我是毡房主人的女儿，乳名黎华萝。”

“她怎么现在这个时候回来，还挽留潜在的敌人，这不是添乱吗？唉，我这个傻女儿，事不宜迟，看情况行事！”趴在草丛的老汉正为将要离开的马队窃喜，又被女儿的这一声喊叫而叫苦不迭。

“黎华萝，好雅致的名字，我是彦南菲，这位将军是铁枫，那个呆头呆脑的是浮士胤。”

“彦南菲姑娘，性情豪爽洒脱，幸会幸会。”

“黎华萝姑娘，打扰了。”

“枫将军，客气了，若不嫌弃，大家随我进帐喝杯奶茶吧。”

“好啊，我很想进毡房里看看。”彦南菲下马后跟随着黎华萝进去了，大家紧随其后。毡房内铺着绣花地毯，中间空余处上方吊着一口铁锅，对着正上方的毡房是开口的，可以看见暗淡的天空。

“大家随便席地坐吧，我去让阿妈烧点水。”

“阿爸，你出来吧。”

“烟儿，你怎么可以随便把陌生人留在毡房里？”

“阿爸，他们是雁门郡的官员，是不会伤害我们这些生活在草原上的汉人的。”

“你怎么知道，你呀，还是年纪轻，没经过事。”

“阿爸，不和你多言了，快让我阿妈烧水做饭吧，我打了一只黄羊和几只野兔，让你和我阿妈好好尝一下野味。”

“还有他们吗？”

“当然了，来者即是客，阿爸，他们是好人。”

“唉，我怎么有你这样的女儿，好吧。”

“铁枫，晚上睡在这毡房里会是什么样的感觉，是不是能听到大地的声音？”

“应该吧，不过还有小动物的声音。”

“那太美妙了。”

“彦南菲姑娘在说什么美妙呢？”

“黎华萝，我说晚上睡这儿能听到这么多美妙的声音。”

“你挺有好奇心的。”

“黎华萝姑娘，这附近还有别的牧民吗？”

“有，不过牧民之间很少来往。”

“噢？”

“枫将军，不知你们来此有何贵干？”

“出来随便逛逛，感受一下草原风光，观晚霞，看日出。”

“还有能多遇到像你这样的美女。”彦南菲在开涮黎华萝。她这女孩，能一下子和陌生人亲切起来。

“让彦南菲姑娘见笑了！”黎华萝圆圆的脸蛋现出了些许红晕。

铁枫看着黎华萝，原来草原上女孩洒脱中的羞赧也是一种美。黎华萝转头望着铁枫，不经意的眼神像一汪清泉，清澈明媚，这是蓝天绿草孕育的清纯，自然的没有任何杂念意想，但表现的却是那样的直白率性。铁枫曾经疼痛过的那根神经又要激情高涨起来，他知道这不是感情而是一种冒然的感觉，但它来得太汹涌了，以致深思错乱，无法抵挡这草原的迷香，只能在混乱中颤抖地面对，眼神中飘移的是陌生，可游移的却是亲切，好像曾经的等待只为今天的一刹那，局促的气氛使铁枫赶快从被感染的情景中清醒过来。

“黎华萝姑娘，身体这么壮实，想必马术一定很棒吧？”

“从小在马背上长大，但不敢与将军相比。”

“他，我的马术也能超过他，不信，你问他。”彦南菲不甘寂寞。

“所言甚是。”

彦南菲听后，一脸得意。

“枫将军，你们要去看晚霞，那现在就随我走吧，我们回来再吃晚饭。”

“好。”彦南菲第一个站了起来。

……

黄昏中，天空的一端红霞漫天，几匹壮马朝山丘驰去，马蹄声碎，鞭声响亮，豪气冲天。

“吁……”马队已奔上了山丘。

西边，夕阳似火，在燃烧着最后的余亮。天边是红彤彤的一片，染红了脚下的大地山川。多么苍劲的绯红，喷吐着粗重的火焰，似在演绎一种悲壮的人生。霞光忽暗忽亮，草原、群山、河泽都披上了轻柔的纱衣，在舞动着日落前最后的精彩。曾经的不老山，曾经的姬绒，曾经的南山翊，曾经的铁枫……现都已找不到那份生机勃勃的身影。物是人非，那绯红的色素真的要浸染和吞噬一切过去吗？那点闪亮的猩红正慢慢地在脑海中浮现出一种解释，冥冥中要注定一份命运，还是引导着另外一种超然。

“枫将军，你好像对晚霞有一种回味？”黎华萝望着凝神的铁枫。

“不知道你对晚霞有何感受？”

“生活的血色，昭示着一种挣扎的沉寂。”

她的心底竟然有着这样的思想，也许是战争和生存沉淀在她内心的特殊感受。那明净的双眸也有着外人难以体悟的生活情愫。这难道不也是一种生活，情感的外延总有着另外一个世界，一个从属于每一个人精神家园的世界。

“你说的感受很独特，常人恐怕很难理解。”

“你作为一个身经百战的将军，你有感觉吧？”

“只是从字面获知的一点对你自身的想法，恐怕也是我自己强加的。”

“你说来听听？”

“这是战争对一个人，或一种生存环境的刻痕，以及在与大自然生存搏斗积留下来的生活气息，代表的是一种绝然中的无奈。”

“可以道出我们草原牧民迁移生活的写照，你不愧是一个将军。”

“只是一点粗浅的见识。你虽身为女子，但你的身上处处流露着豪侠的风范，这很难得。”

“是吗？这是我第一次听别人这么说我，这也许是草原女孩的习性，自由自在，无拘无束，马背上陶冶出来的气质吧，嘿嘿……”

又是一张绯红掺和娇笑的脸，女子的笑脸总是那样的甜美，生发出无限的遐想。太阳的一半已沉下山体，另一半似一块红色的扇形花蕊，还闪烁其华。铁枫转过头来，彦南菲还在一动不动地望着落日，红扑扑的脸上洋溢着幸福陶醉的神情，娇美、妖娆、妩媚极了，有佳人相伴看夕阳西下，这也是一种唯美的视觉，遗憾的是曾经遐想中的梅雨嫣无缘享受这份情调了。

“枫将军，我们该回去了。”黎华萝转头看向铁枫。

“嗯，南菲，该走了。”

“怎么才一会就要走呢？”

“嘿嘿，太阳已经落山了，你还要等月亮吗？”

“噢，那走吧。”彦南菲有点兴致未尽。

天似穹庐，笼盖四野，草原四周黑压压的一片，那笔更凝重的色调是远处黑魆魆的群山，草原的守护神。万籁俱寂，只有毡房里微弱的油灯点亮了草原夜晚的温馨和生机。

毡房外传来了阵阵跌宕起伏的马蹄声，一位老妇走出了毡房。

“萝儿，你们回来了。”

“阿妈，饭做好了吗？”

“早做好了，快让他们进来吧。”

“枫将军，彦南菲，诸位请进吧。”

“谢谢！”彦南菲冲着老妇甜甜一笑。

“这个姑娘真招人喜欢。”

铁枫走进毡房看见老汉正注视着他，忙走上前抱拳：“老伯，打扰您老人家了。”

“将军，客气了，你们能来是我们的荣幸，赶快坐吧。”老汉阴沉的脸上显露出了温和。

“一只烤全羊，四只兔子，这晚餐太丰盛了。”彦南菲看着餐桌激动不已。

“姑娘，我们牧民没啥好吃的，只能用些野味款待诸位了。萝儿，快给客人们倒奶茶。”

“来，枫将军，彦南菲，尝尝我们自制的奶茶，几位军官也慢用。”

“谢谢姑娘。”

“淡而味醇，好喝。”彦南菲喝完，又给自己倒了一杯。

“将军，你们吃肉。”老汉开始变得热情起来。

“老伯，你们也吃。”铁枫回敬道。

“肉也鲜美，黎华萝，你们在草原上可是享福啊。”

“哈哈哈……”

在大家的笑声中，铁枫和黎华萝相视了一眼。

幽黑的夜空，月色皎洁，群星闪耀。毡房内，笑语不断，人声欢悦。草原的夜晚好久没有这么的热闹了，清静中融入一种愉悦是多么的激动人心。老翁、老妪的脸上尽显欢快之色。黎华萝更是激越不已，与大家共同分享一个夜晚，共同分享自己的收获、快乐、满足，这是人性中原始的需要，只不过它一直受制着社会的压抑而隐藏在心角的一处。

“铁枫，今天我们就在草地上露宿。黎华萝，你也来吧。”

“好啊。”

“黎华萝，夜里会有狼出现吗？”彦南菲有点恐惧。

“不会的，这里曾经有匈奴骑兵驻扎过，附近的狼群都被消灭了。”

“那么说来，匈奴兵很凶悍了。”

“是啊，他们从小就开始捕猎杀生，杀气已融进他们的骨子里去了，还经常跋涉高山，徒步戈壁，生存的韧性很强。”

“这是生存环境塑造了他们的心性，可怕啊。”彦南菲的脑海中出现了那天见到的匈奴骑兵。

“彦南菲，你们累了吧？”黎华萝看到彦南菲开始打哈欠了。

“确实困了。”彦南菲迫不及待想睡觉了。

“那你们睡吧。”

“真舒服，草软和极了。”彦南菲伸了伸懒腰。

彦南菲和黎华萝睡一块，一步之遥是铁枫和其余的将士。

“你们说，天空中哪颗星是最亮的？”

“那颗。”

“不对，是那颗。”

“其实我觉得它们每颗都挺亮。”

“黎华萝，你说话挺像墨家学派的弟子。”

“彦南菲，见笑了，我只不过是每天晚上看它们，对它们有了感情而已。”

“华萝说得有道理，有了感情后就不能单纯的以外表作为评判的标准了。”

“真深奥，我先睡了。”彦南菲这个小精灵一入睡，两边撂下了两个多情的人。身旁出现一个异性拨动着内心的激动，怎么能睡着呢。想说话又不知从何谈起，夜就这么深沉着。

“华萝，你的名字有来历吗？”

“枫将军还没有睡着？”

“睡不着。”

“这是我阿爸起的，萝是一种草原上很常见的藤蔓植物，生命力很强，寓意是在草原上顽强地生存下去，并活出一份精彩。”

“这是对生活的一种寄托。”

“是的。枫将军，彦南菲是你的表妹吧？”

“她是我很好的朋友。”

“朋友？你们的关系很密切，男女情谊能发展到如此地步，实属罕见。”

“我觉得这没什么奇怪的，真诚相待，这也取决于彦南菲豪爽的性格，与一般女子确实有点不一样。”

“我想这更取决于枫将军的细致关爱吧。”

“谈不上，只是随性，愿与大家共同真诚地分享生活。”

“你的想法很特殊噢。我想平常人难以企及到这种生活境界，甚至还没想过。”

“你过奖了，只是大家对生活的目标和态度不一样，价值观不同，因而也就谈不上什么比较。”

“你很明确自己的位置在哪，明白自己真正想要的是什么，在意的是什么，这就是个性。”

“你怎么看待未来的生活？”

“太多的苦衷了，在觉醒与沉默间求得生活心态的平衡。在这个混沌的世界里，女性很难找到属于自己的位置，心中那点小小的愿望还须依附在别人的天空下，很难求得一份自主的奋斗结局。眼前，外部生存还受到威胁，内心的期望还遭受着扭曲和变形，心中的语言不足向外人诉说。”

这是生存的普遍状态。自己虽贵为将军，但不也是在刀尖上起舞，只是比她们多了一份选择的权力。但自己此时对黎华萝的倾诉不能表现出同情，也许对她而言那是一种怜悯，让她更缺少了自尊。经过上次的失言，铁枫不敢坦率了，应该有所保留和沉默。

“你想来雁门郡居住吗？那里比较安全稳定。”

“谢谢你的美意，我的骨子里已经刻上草原的标记，不适应农耕生活方式的。我们是不会轻易离开这片富有骨气的土地，虽然漂泊、不安，但那是生存的秉性，对命运的雕刻吧。”

她是谁，眼前曾经感觉稚气淳厚的女子被这生活的浪潮湮没了，一席谈话改变了人与人之间的情调。那是一种不愿接受的洒脱，又是在期待视野沉稳间的矛盾。两个人心里的距离逐渐缩小，然而又飘向了远方，思想频繁碰撞却找不到方向。夜就这么无声地被摆在那儿，默默地看着他们俩……

“嘶……”一阵悠长的马嘶叫声把这些还在梦乡里驰骋的浪漫主义者拉回了现实。

“天亮了，空气好潮啊。”彦南菲眨着小眼睛望着周围。

“彦南菲，我们该出发了。”

“黎华萝，你怎么醒得这么早？”

“习惯了。”

“浮士胤，马上收拾好行装，准备去看日出。”

“是，枫将军。”

“枫将军，昨晚睡得怎么样？”

“特别惬意舒坦。”

“嘿嘿……”

“黎华萝，我们可以出发了。”

“出发，驾！”

踏着青绿，呼吸着清凉，这群年轻人在马蹄声中心情激越地朝着向往之地奔去，跨过了一个小山包，又爬上了一个土丘，穿行过一潭湖水，飞驰过一片戈壁，一份终极荒芜的礼物映亮了大家的双眸。

“大漠，这就是大漠。”彦南菲抑制不住喜悦的神情。

“我们去那片沙丘上，一会儿，太阳就又出来了。”

“黎华萝，这片沙漠叫什么名字？”

“我给它起名为‘遥远’。”

“这个名字太符合沙漠的特征了，一望无际。”

“黎华萝，那边有亮光的地方是不是太阳马上要出来了？”

“对，大家注意看，它马上要出来了。”

天与地之间出现了一道亮光，醒目，清澈，犹如水中反射的光泽，随后一片红晕映显出来，色泽逐渐变得浓重，又是一片红，红得热烈，红得爽快，最后它轻轻一跃，像一个小生命带着喜悦来到了人间，欢呼了起来。一团温火瞬间照亮了整个大漠，呈现出一派生机盎然的场面，一切都将淡去，新的一天已经到来。

“哇，太漂亮了，这里的太阳这么大！”彦南菲面对良辰美景总是第一个抑制不住心中的激动。

铁枫仍在出神地回想着那一团激越的红光，那代表着生命的激情吗？蓬勃富有活力，冲破外在的束缚，力求上升，成就那份自信的从容。如果它没有呢？那将会一直被压抑在地平线下，连一片烛光都抵挡不上，那谁还会在乎它的存在，这难道不是一种生活准则。铁枫困惑地把视线转移到这茫茫的沙海中，这是窒息的荒芜，它在生活面前表现得太决绝了，谁能承受这份无言和静止呢？黎华萝和彦南菲正在兴高采烈地谈论这里的人文地貌。黎华萝看到铁枫把目光转向了她们俩。

“枫将军，是不是肚子饿了？”

“嗯，有点。”

“嘿嘿……”黎华萝和彦南菲爆发出了嬉笑声。

“我一看你的目光，就知道那是饥饿的目光。彦南菲，那咱们都回去吧。”

“好吧，铁枫，都怪你的肚子。”

“哈哈哈……”这下子逗得其他的人都大笑起来。

铁枫有点尴尬了，知道今天自己又大煞风景了。这不怪别人，只怪自己把她宠坏了。

白色的毡房出现了，炊烟在上空缭绕，一股若即若离的奶香扑鼻而来，引诱着胃的蠕动。

“黎华萝，你阿妈给我们做什么好吃的？”

“噢，奶疙瘩，你们一定没吃过吧？”

“嗯，铁枫，今天我们又有口福了。”

“驾……阿爸，阿妈，我们回来了。”

两位老人听到了女儿的叫喊声，一起走出了毡房，向越来越近的马队招手。

“阿妈，饭准备好了吗？”

“准备好了，快请他们进屋吧。”

大家一起进入了毡房，围着桌子席地而坐。黎华萝拿起冒着热气的铜壶，给每一位斟了一碗奶茶，乳白色的液体确实能得到胃口的垂爱，随后摆上了大家想象中的方块奶疙瘩，通体乳白，一吃酸酸甜甜，口感极佳。

“为咱们这份相识的缘分干杯。”

“咣一咣……”喜悦、兴奋、激动都凝结在这清亮的陶碗碰撞声中。

缘聚缘散，相聚乃是人生旅途中一处温馨的驿站，少刻便要话别，奔向属于自己的道路。铁枫让浮士胤留给二老的金币，在黎华萝严肃的推辞声中被迫收回。

“枫将军，请不要让黄白之物搅扰我们这份缘分的雅兴，若当我是一江湖朋友，就不必俗套了。”

“好气度，黎华萝，我这块虎玉就赠送给你当作纪念吧，有空来雁门郡。”

“如此，那我就收下了。枫将军，彦南菲，诸位将士，一路保重。”

“姑娘保重，后会有期。”

“黎华萝，有时间了一定要来雁门郡看我噢。”彦南菲挥挥手，转身催马前行了。

黎华萝和她的父母站在毡房前，久久地望着渐行渐远的马队，寂静的草原，又留下他们三个人了，这本来就是他们的生活状态，但还是会遥想着昨日的熊熊篝火。

第六节　离别徒添痛殇

“铁枫，你为什么不邀请黎华萝一家人来雁门郡居住，那样生活会比较富足，安稳点。”

“我邀请过了，但她不愿意。她说，就像鸟儿不喜欢待在华丽的笼子里一样，我们还是不了解他们的生活信仰。”

“是啊，我就感觉到黎华萝不像一般女子，甚至给我的感觉像是一个男子汉，了不起。”

“你说对了，她在草原上已成长起来了。”

“是不是所有的草原女孩都和她一样呢？”

“这个我可就不知道了，要不下次你问问她？”

“好啊，不过这个任务就交给你了。”

“为什么？”

“因为你呀，总喜欢往女孩子堆里钻。”

“什么，你有证据吗？”

“证据吗？有，梅雨嫣、黎华萝，她们看你的眼神就是不一样，这都是你招惹的。”

“梅雨嫣……”这个在大脑存储空间消逝的字眼又出来了，一股感伤从心底油然而生。铁枫洁净的心空涌上了一片乌云，沉默无语了。

彦南菲看到铁枫一脸的阴沉，感觉自己玩笑开大了，她了解铁枫是一个严肃的人。

“铁枫，对不起，我是不是说错话了？”

“噢，没有，只是肚子有点不舒服。”

“铁枫，其实你和梅雨嫣的事，我也看出了一些，只不过我怕你不高兴，没敢询问你，我不知道你们之间到底发生了什么，让你如此闷闷不乐。”

“南菲，我虽为将军，但我是一个心里极易受伤的人，有些事就让它尘封吧，没有任何提及的意义。”

“嗯。”彦南菲不再敢往下问了，铁枫毕竟是一名将军，他有他的自尊。

一路人声寥落，只有步调一致的马蹄声一直延伸到了雁门郡。

铁枫一进将军府便收到了一份来自邯郸寄来的包裹，打开包裹有两封信，都是彦大夫邮来的，一封是给自己的，另一封是给彦南菲的。

“把这封信交与彦南菲。”

“是。”浮士胤拿起信件走了。

铁枫拆开信件，大概内容说，秦军开始进犯赵国了，让他防范秦国间谍混入城内，整顿军务，加强操练，以防秦军从草原偷袭赵国，最后言及派人护送彦南菲回邯郸。当他刚看完时，便听到了一阵急促的脚步声，一抬头是满眼泪水的彦南菲。

“南菲，你怎么了？”

“我母亲病重，我父亲让我马上回家。”

“不要急，伯母的病会马上好起来的，我现在就派人护送你回邯郸。”

“可我舍不得离开你们，一旦分开不知何时才能再相见。”

“傻姑娘，我会抽时间去看望你的。”

“要不你陪我回邯郸吧？”

“不行，你父亲信上说秦兵开始入侵赵国了，要我严加防范，脱不开身啊。”

彦南菲一下子沉默无语，只是泪珠一滴一滴地往下掉，一边是病重的母亲，一边是割舍不下的朋友，心中犯难了。

铁枫刚才的言语镇定坚决，看似一副淡然的样子，只不过是掩饰心中的恐慌。那天从草原回来的路上，他就想到眼前这个伶俐爽快的女子终有一天会离开这里，从自己的视野中离开，世事无常，也许就是永远。有相聚就有分离，任何人难逃这份生活的宿命。但他没想到来得这么快、这么急，没有让他思考的余地。她的母亲病重，自己不能挽留，又不能陪她去邯郸，出于一种男子的稳重，他的情感不能出现在言语中，但内心涌动着一股无名的苦楚。

“南菲，一路珍重，有缘终会相见。浮士胤。”

“到，枫将军。”

“马上备车，挑选几名精明强壮的士兵，再去街上买一些上好的名贵药材。”

“是。”浮士胤应声而去了。

“铁枫，保重，有时间一定来邯郸看我。”

“会的，我一定会的，你赶快去准备一下吧。”

“好……”彦南菲转身缓慢地离开了。

南门外，秋风幽凉，日光明朗，一派北方的秋天。然而在这风轻云淡之日，充斥着一股游离惆怅的气息，让人心绪波荡。

“你们一定要将彦南菲姑娘安全送达彦府。”

“是，将军。”

“铁枫，珍重……”

“别哭了，小心路上感染风寒，代我向你的父母问安，并你父亲禀明，我会守护好雁门郡的。”

“嗯，再见了。浮士胤，再见了。”彦南菲擦拭着眼角的泪水，深情地望着铁枫。

“再见。”浮士胤也向彦南菲挥手告别。

铁枫望着渐行渐远的马车，胸中憋着闷气，心口开始慢慢发慌。那迷离的眼泪，那柔情的目光，在诉说着一份友情、一份关爱、一份让人难以抑制的感动，而自己呈现的是一副虚伪的面孔，没有勇气上前拥抱一下这位至诚至善的女子。责任、使命、礼制、秉性让他胆小、懦弱，为什么不能让这幅感人的画面再添几笔至诚至纯美的色彩，为什么一名男子不能洒脱地安抚那双企求渴望的眼神，仅仅是因为矜持、稳重吗？那代价太大了。目力所及的地方已是空寂一片，留下的只是蛇形的驰道及座座厚重的石山。心中日益加重的压抑使他难以释怀了，一种隐约的直觉，这或许就是一场永别，冥冥中再也不会出现那份灿烂的笑脸，那清亮的嗓音，那举手投足间的豪爽了。

“驾……彦南菲，你别走。”尘土飞扬，铁蹄碎土，身形激扬，五里……三里……二里……一里……眼前始终是一片空白，心力交瘁了，战马停住了，喘着大口大口的白气，马背汗迹涔涔，铁枫满脸的失落。

“南菲，铁枫永远不会忘记你。”声音歇斯底里，回音震颤着山谷，显得眼前的一切更加空寂了。一双忧郁的眼睛望着远方的路，也许曾经的一切都在此时终结了。

……

“咚咚咚”，寂静的院落传来了敲门声。

浮士胤推开门进来了，看见铁枫正在翻阅着几片木牍，全然没有发觉浮士胤掩门进来。浮士胤轻轻地走到案牍前，站在铁枫旁边注视着他的一举一动。

片刻，昏暗的光线刺痛了铁枫的眼球，流出了几滴泪水，他抬手去擦拭时，发现身旁有一人，一看原来是浮士胤。

“你什么时候进来的？”

“大约一个时辰了。”

“有什么事吗？”

“外面下大雪了。”

“什么，你怎么不早告诉我？”

“你太全神贯注了，我不敢惊扰你。”

“好，咱们一起去城头看雪去！”

又是一个大雪纷飞的冬天，洁白的雪花，漫天飞舞，飞落在树枝上，飞落在屋前房后，凝重而轻盈，贴在脸上，凉丝丝地化成了雪水。马蹄踩在积雪上，软绵绵的，发出“咯吱—咯吱”的响声。

一年多了，物是人非，一切美好的事物好像在眼前化作了泡影，留下的只是一味的回想，徒增太多的伤感和困惑。今天空寂的心灵只能独自感受这份初冬的神韵了。

“枫将军，我们去北城，那里更空旷，赏雪景位置极好。”

“走，我们上去。”下马后，他们直奔城头。

伫立在城头远望，白茫茫的一片，白得澄澈，白得遥远，已看不清哪一方是草原，哪一方是大漠，都消失在银白色的世界里。所有对它的记忆都淡漠了，留下的只能在心底慢慢地搜寻，希冀能重温那份淡淡的气息。搜寻那座白色的毡房，目力所及的地方，却找不到它的影子。她会在这样的冬天里干什么，还会去打猎吗？那黝黑的皮肤，红润的脸庞，粗壮的胳膊，她真是一位奇女子，有着男儿的风范。她为什么不来雁门郡看自己呢？动乱的草原，她们一家应该没事吧？她如果能接受自己的邀请来到雁门郡，在自己的帐下做一名副将，那样的生活不是添了很多乐趣，铁枫越想越激动。可是人各有志，她只愿意骑马在草原上驰骋，而不愿意伫立在城头看草原上驰骋的风景，自由、自立、自尊让她欲罢不能。

“枫将军，天黑了，我们回去吧。”

铁枫抬头看着天空，已有几颗星点了。雪色还难以让他走入夜晚，想挽留他波动的思绪。铁枫看着守城的士兵都换上了厚实的冬衣，满意地点点头。

“走，我们回去。”

“浮士胤，你还记得黎华萝姑娘？”

“记得，那位女中豪杰。”

“哈哈哈……”两人都不由得发出了笑声。

“几月不见，不知她现在怎么样了？”

“枫将军，明日我带一小队人马前去探望一下？”

“好吧，特殊时期，路上一定要小心。”

“明白。”

“驾、驾……”街道上已无人迹可寻，各家的小窗都亮起了点点灯光。雪还在下，只是看不到它飘飞了，只能感受到它飞来的气息。

天刚微亮，雪已停了，院内剑音切切。雪中练剑，融纳的是寒气，让剑锋更厉，心志更坚，搏斗的是自己和自己的心中之影，击败自己的影子，方能人剑合一，运练自如，行若游龙。两个时辰后，铁枫满脸大汗，头顶直冒热气，全身筋骨已活动开了。他停下来，用丝绢拭去额头上的汗珠，便走去伙房用餐。新的一天又开始了。

太阳升到半空，映射得雪花晶莹透亮，如珍珠灿烂一般。浮士胤挂着剑走向了将军书房。

“枫将军，我回来了。”浮士胤上气不接下气，脸面被冻得通红。

“怎么样？”铁枫放下手中的兵书，迫不及待地询问。

“我们深入了方圆三十里地也没有看见任何踪影，后来遇到一位追赶野鹿的猎人。他说，这儿附近一带的牧民在大雪来临前就都进山了。那里阳光充足，又避风防人畜冻伤，开春才能迁回来，所以我们没有打听到她的消息。”

“嗯，知道了，你们辛苦了，赶快去伙房喝点姜汤暖暖身子。”

“是。”浮士胤离开了。

来年春天，还有好几个月，都怪自己忙于军务而忘记去看望她，应该帮帮她，草原如此之大，现该去哪座山里去寻找？只好等了，等着来年再会。

整个冬天雪茫茫，人寂静。大雪隔几天便降临一次，雁门郡总是沉浸在银白色的迷幻中，忘却了世间的纷争和苦难，守候着它们迷蒙而安足的日子。西北风从远处一次一次地吹来，抚慰着这块黄澄澄的土地，告知着从远方搜来的悄悄话。雪花飘来飘去，遮盖着不易察觉的生活诡变，当最后的一场夹杂着暖意的南风吹过时，几丝绿意从土壤中冒出来，才感觉到季节又开始更替了。

庭院里静悄悄的，阳光明媚，微风吹荡。浮士胤急匆匆地又向将军书房走去。

“枫将军，今天的天气特别暖和。”

“是吗？”

“据守城的士兵说，草原上牧民的活动比较频繁了。”

“嗯，我明白了，黎华萝她们一家也该迁回来了。”

“对，你再派我去寻找她们一家的下落吧？”

“不，这次我一定要亲自去。”

铁枫拿起了军务计划表，端详了一会说：“明天咱们一起出发，不准告诉任何人。”

“明白。”浮士胤去准备明天的行囊了。

明天也许就能见到她了，一个冬季悄然过去了，不知道她有什么变化。

草原上灰蒙蒙的，偶尔冒出一点新绿，终究还是不能让人欣悦。骑马驰骋了一个时辰多了，还是看不见一点人烟。草原上真是飘无定所。

“枫将军，我们还是回去吧。我感觉今天的天气有点反常，这么热的天气，却没有一丝风，这好像不是草原的天气。”

“嗯，我们再往前走一会，若是没有人影，我们立刻返回雁门郡。”

“驾、驾……”

“枫将军，你看前面那是什么？”

“哇，不好，是沙尘暴，赶快调头，哇……”铁枫还没有说完话，他和浮士胤就被卷进了沙尘中。嘴里满是泥，呛得说不出话，眼前一片混沌，战马在地上乱蹦。忽然一声嘶叫，铁枫从马背上被摔下来，马从眼前消失了。铁枫摸索着找到一个低洼的地方蹲下，用衣服蒙住头，只听到耳边“呼呼”直响，好像这个世界就要结束了。半个时辰后，风停了，铁枫感觉自己的身体沉压压的，他身体周围已堆满了尘土。他用力抖落身上的尘土，放下头上的衣服，眼前寂静一片，没有一个人，浮士胤哪去了。

“浮士胤，浮士胤？”

“枫将军，我在这里。”浮士胤从土堆里爬出来了。

“枫将军，我们的马不见了。”

铁枫向四周一看，整个草原上只有他和浮士胤两个人，更可怕的是被风一吹，返回的路标都给尘土掩埋了。太阳躲在云雾里，怎么去估摸东南西北，只有可怜的一点水和食物，怎么走回去，铁枫有点犯难了。

“枫将军，趁太阳还在，我们就朝一个方向走吧，否则到了夜晚就更糟了。”

“朝哪个方向？万一走反了，我们就永远回不到雁门郡了。”

“那只有扔刀币，听天由命了。”

“拿来，我扔。”铁枫果断地接过了刀币。

刀币在空中一闪便落地了。刀头指着一个神秘的方向，那是回雁门郡的路吗？只能跟命运赌一把了。铁枫和浮士胤拖着沉重的脚步朝那个未知的方向前进了。

茫茫草原上，只有两个小黑点在缓慢地向前移动。他们目光坚定，神情刚毅，但有时嘴角还是难免浮现出一丝焦虑。他们不担心体力、食物和水，而是前行的方向是否能到达目的地。若不是心中的目的地，那他们将失去了所拥有的一切，甚至包括他们自己的生命。同时，他们在内心里已做好了心理准备，既然选择了，那就必须走下去，别无选择。即使错了，也要坦然去面对，因为这就是生活。

“枫将军，天快黑了，我们找一个地方休息吧。”

“前面有一个小土丘，我们去那边吧。”

“枫将军，这边还有一个小土洞，今晚我们就在这里过夜吧。”

“好，你去拾点柴禾，我去打点野物，一会在这里汇合，千万别走散了。”

“嗯。”

暮色中，两个人在匆匆行动，一个在拾树枝，一个在捉野兔。

黑色的天空，黑色的大地，遮盖了所有事物的真面目，唯有一堆篝火点亮了两个人在这片土地上的存在。

“枫将军，我觉得我们走错了。已走了五六个小时了，还是觉察不到一点来时熟悉的踪迹。”

“不要着急，那时我们是骑马，现在是徒步行走，不能相比，况且有尘土遮盖，我们是不易发现那些熟悉的标志。不要气馁，来，吃点兔肉，吃饱了，明天继续行走。”

“嗯，真香。”

“嘿嘿，赶快吃吧。”

月明星稀，几双闪闪发绿的眼睛瞅着那堆还未熄灭的篝火。在火光中，小土洞里是两张熟睡的面庞。火光的存在，让这几只小狼崽不敢贸然行动。

“嗥—嗥—嗥”为首的一只嘶叫起来，好像在呼唤同伴。

几声毛骨悚然的嚎叫打破了深夜草原的宁静，也给静谧的小土洞带来了紧张。

“枫将军，狼来了。”

“小声点，别乱动，静观其变。”

一会儿，又来了十几匹野狼，静坐在小土洞周围，好像在等待机会，篝火马上要熄灭了，一场激烈的搏斗马上就要上演了。

天马上要亮了，铁枫和浮士胤还是一动不动地静爬在那里，观察着狼群的举动。最终狼群突然望着土洞里的两个人悄然离去了。铁枫和浮士胤长长地吁了一口气，好险啊。

狼群为什么要离开呢？难道这里有异样的标志，还是惧怕他们的镇定。狼群在猎物面前能离开，应该是有原因的。一场虚惊暂时让心里踏实了，可又生出了很多的疑问。天已彻底亮了，虽然大脑中还是昏昏沉沉的，但睡意全无了，还是继续赶路吧。前方依旧茫茫一片，看不到一丝路的痕迹。铁枫按捺住心中的怒火，看着远方，试着冷静地想着该走哪一个方向。他最后解下腰中的玉佩，朝天一扔，地上溅起了小股尘土。玉佩的顶部还是指向正前方，这是上天冥冥中的指示吗？对于铁枫而言，说是上天的指示，还不如说是一种抉择的心理支持。

“浮士胤，我们一直向前走。”

“是，枫将军。”

周围是死一般的沉寂，只有丝丝风声偶尔穿过耳膜，能感觉到大自然的存在。铁枫的心里有很多的无奈。黎华萝没有找到，反而在这茫茫草原上迷路了，万一找不到回去的路，秦军来袭，那可怎么办，岂不是辜负了彦中尉对自己的一片期望，他越想越为自己的冲动和幼稚懊悔。现在再多的想法都是多余的，只能听天由命了。前方会给我们一片什么样的境遇呢？期盼的眼神在脚步的躁动中延伸。

第七节　迷途升腾梦魇

三天三夜了，前方除了茫茫一片还是茫茫一片，即使有一棵树也是一种心理上的安慰。视线中的苍白和单调碰撞着心中那点最后的希冀，绝望已开始慢慢地在心头升腾。铁枫的嘴唇早已干裂，像脱茧的蝉，是为新生忍受一种煎熬中的痛苦，还是颓废中的一种无奈，迷离的眼神渴望着前方能出现一户人家，安慰一下精神和肉体的双重折磨。但前方或许没有理解他的需求，也或许还在考验这些生活的斗士。只是面前闪烁着一些刺眼的白光，证明着这是白昼，不是黑夜。铁枫坚持不住了，摇晃的身体在艰难地挪动，模糊的思维中还在跳跃着一个最渴求的意识—水，嘴唇微微颤动了一下，身体向前一倾，白昼转眼间在铁枫的视线里变成了黑夜，黑乎乎的，什么也看不见了。

哪儿传来的呐喊声，这么熟悉，却想不起来了，在哪呢？原来是那火光通亮的地方传出来的，这种声音是人类最有记忆的声音，也是最悲惨的声音，那就是死亡的声音。

那冷冷的兵器沿着最优美的弧线轻轻地划过，一束鲜红带着热温的血浆泼向了天空，开放出了让人疯狂的花形，在时间的制约中最后躺在了干涩的泥土上，让大地吮吸这万物最有精气的汁液。扭曲的脸型还未停止诅咒生命的脆弱，疯狂的笑声又遮盖了一朵血形花喷射的嘶叫声。

在这个没有月亮的夜晚，火光在这个蒙昧的舞台上充当着最活跃的角色，指引一群来自乌孙的魔女在狂妄地舞动着那蛇形的腰肢，在房屋和树木间跳跃，舞动出最诡秘和妖媚的影形，让这迷醉的艺术猛烈地摧毁着那些只有生活气息的冷物，尽情挥舞的背影后是那浓重的干焦味，又叙写出另一份彻底的荒芜和聒燥。舞姿的精致辉煌热烈地冲击着眼球中的柔情，而更多的是带给心灵上的震撼和悲哀。呐喊声停止了，是被什么强大的力量震慑住了？是被满地的尸体和飘着血腥味的黏稠液体，还有那未充分燃烧完毕还冒着黑烟的木头给叫停的。随后一杆火红的旗面立在城墙的最高处。铁枫站在城墙侧面的山顶上，看了好久才看清楚那是一个他再熟悉不过最有怒恨的字眼“秦”。它又攻占了一座城池，为了一种它自认为合理的统治秩序，它又一次罪恶地沾满了无辜的血液。那一群闪烁着绿光的爬行黑影在干什么？它们在尸体的周围徘徊着，最后一拥而上咀嚼着那些没有了灵魂的肉体。

天快要亮了，一只毛色灰淡的嘶叫起来了，“嗥……”原来是狼群，它们在品尝这些尸体的味道。秦军太没有人性了，为什么不去掩埋这些可怜人的尸体，让这些没有了思维但有尊严的身躯能有一个好的归宿。也许在这些强悍民族的眼里，懦弱者是没有生存的权力和尊严的，死去的人就更没有资格做人了。随着嘶叫声的结束，又来了几匹体型矮小的狼崽子。

铁枫看清了，那群狼崽就是那天在土洞外围攻他们的那群狼，原来它们离开是为了这些没有任何付出的免费食物。铁枫从山上往下走，他想走近点看看这些可悲的面孔。怎么，眼前两副冷冰冰的面孔怎么这么熟悉。好好想一想，不可能，怎么会是海龙吟和奚梅令，他们是不可能成为这些尸体中的一员？他揉揉总是模糊的眼睛，赶紧望望关口。“雁关”这两个他在草原行走中盼了好久的字眼却在一场血腥的杀戮中看到了。难道雁关被秦军攻占了，不可能，不可能……铁枫正在愤怒中咆哮着，突然关口涌出了一股势不可挡的洪水，把他冲没在水中，浑身湿透了。

铁枫微微睁开了失神的眼睛，原来是淅沥的雨水把他浑身淋透了。他感觉到全身软弱无力，使劲抬起头看看四周，浮士胤在他的身后不远处无声地躺着。原来是一场及时的春雨把他淋醒了。他张大嘴，让雨水尽情地往嘴里滴，润泽一下干燥的喉咙。刚才的梦太可怕了，他没有勇气再去回想那些毛骨悚然的细节，那不可能是真的，是梦。但是那群离开他们出现在雁关的野狼，这个细节在他的感觉中却隐隐约约觉得是真的，不然狼群是不会离开的。他好像为那晚狼群的离开找到了一个合乎现实的答案，却又为它们出现在那样的梦境里感到困惑。喝了点雨水，铁枫感觉到自己有点力气了。他慢慢地坐起来，向浮士胤的身边滑去。在他的推动下，浮士胤也睁开了困乏的睡眼，张开嘴迎接着降落的雨滴。

“枫将军，雨停了，我们现在怎么办？”相互搀扶着，浮士胤问铁枫。

“只能继续往前走了。”铁枫望着依旧迷茫的前方。

“好。”浮士胤心里也知道他们只能往前走了，即使前方充满着恐怖的未知。

他们相互搀扶着慢慢地爬上了一座土丘，眼前一亮，前方二里地处有一片树林子。疲惫的眼神中终于有了一丝喜悦的光彩，他们俩搀扶着加快了前行的步伐。两个人的脑海中涌现出了一系列美好的想象，也许有一家猎户，也许有很多的野味，难忍的饥饿让他们的想象力只能停留在食物层面。近了，更近了，到了，他们分开来朝林子里爬去了。林子果然没有让这两位远到的来客失望。野梨、野苹果、野桃挂满了枝头，铁枫带着兴奋摘了一大通水果，坐下来津津有味地吃起来。虽然水果经历了严冬的洗礼没有了水分，但浅薄的果肉依旧是饥饿者的美食。

“浮士胤，吃饱了。”铁枫看着摸着肚子的浮士胤。

“枫将军，这可是我最饿的一次，也是吃起来最疯狂的一次。你的吃相也很疯狂。”

“嘿嘿，是啊，饿得快没力气了，现在才感觉有点精神。”

“枫将军，我们现在还是不能确定我们所处的位置，下一步该怎么办？”

“多摘采点果实，我们继续沿着树林往前走，也许能碰到一位猎户，一问就明白了。”

“好。”

他们俩背着两包袱摘好的果实，手拿一根结实的木棍开始在树林前行了。

树林里很少看到兽爪的痕迹，看来这里还是有人活动的。一路上鸟的鸣叫声多种多样，在心头悠然地荡漾，让行人在空荡的树林里少了一份寂寞，多了一份亲近，这是人与动物间的一种无声交流，只有人在孤独寂寞的时候才会感觉到这种交流的重要性。

“枫将军，你听，什么声音？”

“小溪流水潺潺的声音，前方有条河流，说不定有户人家，赶快走。”满脸兴奋的铁枫循着水声朝前跑，浮士胤紧随其后。

一条奏乐着“叮咚”声的淙淙溪流出现在眼前，将树林分成了两半。下游对岸是一片泛着银白色光泽的白桦树林，直挺挺地冲向天空，高端的枝丫间突显着几片新绿，装饰着它们修长的身材。大丈夫？没有那股勇猛之气，秀气十足；淑女？缺少了娇柔的底质，多了点深沉。那他们象征着生活中哪种人士的风范？高洁、伟岸、睿智，俨然是一副雅士的模样。

铁枫脚踏圆润的鹅卵石渡过小溪，一头钻进了白桦林中。蔚蓝的天空下是一片银白色的世界，白得柔和，白得纯洁，没有一丝突兀的迹象。轻轻地踩着厚厚的桦树叶子慢慢地向前走，在树木间寻找一种自己非常熟悉的感觉。它不在树身上，而在这种白色所烘托出的感觉中。脚步只想往前迈，不然这种感觉会停滞下来，失去了那种幽深古远的灵性。它好像又慢慢地出现了，在那棵树的背后，可走过去了感觉它又躲藏在另一棵树的背后，跟你一直在捉迷藏呢，心灵在这种白色的光圈中变得好静、好平，不再为那尘世的名利而劳神了，自己只愿一个人静静地和这些最高洁的生物进行一场人与物的无声交流。我们不须用任何形式来传达心中的感悟，只需在平静祥和中体验一份安然的生活态度。没有了尘世的种种累赘，身心就会变得轻飘起来，回归到自己所建立起来的精神家园，沉遁在自清自净自尊自洁的信仰中，达到物我合一的精神状态，幻化出一个超然的自我。

这个人在干什么呢？头发凌乱，身后还背着一把剑，衣服紧贴着身体，上面满是泥巴，还昏昏颠颠地在树林里找什么呢？真奇怪，哇，他的身后还有一个一样的，不过神情自然，只是好像浑身发抖，看样子他们俩是刚被雨淋过。正在树林里采蘑菇的汉宫羽突然看到了两个身形狼狈的武士。

铁枫凭着敏锐的视觉感知，他的右侧方有一个人影。他转过头一看，对方也在看自己，并且是满脸的惊奇。一位瘦小的小伙子手拿挎篮好像到这里采东西。在这种恶劣的外部环境下，能遇到这样的一位小伙，意味着可以帮助解决一下基本的生活问题了：几天了，还没吃点热的食物，衣服还湿淋淋的。

“小伙，怎么称呼呢？”

汉宫羽没有吭声。

怎么没回答呢？铁枫有点纳闷。

“枫将军，他会不会是哑巴？”

“有可能吧，那我们走近了和他说话，看他能不能帮助咱们。”

“小伙，我们俩迷路了，好几天没吃饭了，还被雨给淋透了，想去你们家暂住一下，我们会给钱的。”

汉宫羽看着他们俩疲惫的样子，有点同情，他们虽然身上带着兵器，但不像强盗一类的人。这位刚才好像有点昏颠样子的男子，外表脏乱不堪，但还是难以掩盖他身上的那种贵族气息，看来真的如他所说迷路了，暂时陷入了困境。虽然曾经父母告诫不要在野外和陌生男子接触，但今天看着他们的狼狈样子，心中还是不由自主地生发出一种善意，还是带他们到家里。

汉宫羽点了点头，在前面带路了。铁枫看到这位小伙能帮忙，心里涌上一股暖流，惨淡不堪的样子终于可以得到一下休整了，这几天的日子太折磨人啊。

“枫将军，这个小伙很秀气。”浮士胤靠在铁枫的耳边悄悄地说到。

“是的，一看就像一个儒生。”

他们跟着汉宫羽翻越过一个小山头，在山脚的一块平地上出现了几间小茅屋，掩翳在树林间，但周围视力所及的范围却看不到其他的村户，难道这里就住着他们一家，这里也太偏僻了。他们跟着汉宫羽进入了茅屋，屋里简陋多了，只有几个陶罐和一个大木箱子。汉宫羽去木箱子里拿了几件长衫交到了铁枫和浮士胤的手里，随后关住门出去了。铁枫和浮士胤赶紧换下还冷冰的衣服，穿上了长衫，坐在了炕头上，身体不冷了，精神上也感觉好了许多，但大脑中的困意越来越强烈了，铁枫爬到了土炕上，心里想着一切等稳定后再做解释吧，倒头便睡着了，浮士胤也跟着铁枫躺在了土炕上。

“你追我啊，快追啊，嘿嘿……”在白桦树林的深处，有一位身穿白色素衣的女子在一棵白桦树的背后使劲地呼唤他呢。那娇柔亮丽的笑音如这春天里的泉水涤荡心灵，让心头充满着醉意，但蒙胧的眼睛怎么也看不清她的面容，他想追上去，但脚却软了，任他怎么使劲也走不快。一束带着柔和的光芒照射到他的脸上，一下晃得他什么也看不见了，那份婀娜柔美的身影转瞬间像空气一样蒸发了。他很想问她叫什么名字，但他的嘴却说不出话来，阳光变得更刺眼了，他不知道怎样才能躲开它，肚子也突然间疼痛起来了……

铁枫揉揉肿痛的眼睛，原来午后的阳光正好直射在他的眼睛上。原来刚才自己又做了一个奇怪的梦，不过感觉挺好的，心里有一种美滋滋的感觉。他朝屋子四周望望，没有一个人，浮士胤还在“呼呼”地睡，这几天把他也累着了。

“咕噜……”肚子响起来了，梦里肚子疼痛原来是饿的感觉。铁枫没有惊动浮士胤，自己一个人下地，走出门外看有什么东西能充饥。屋外也是冷清清的，树枝上挂着几件洗过的衣服，他仔细一看是他们被雨淋湿的衣服，这个小伙真是善解人意，事后一定要好好酬谢他。他走进了另一个还冒着炊烟的茅屋，还是不见小伙的踪影。一口黑锅还冒着点热气，他掀开了上面的木盖子，里面放着做好的食物，两碗小米粥，一大碟咸白菜，还有一大碗萝卜汤，小伙已经为他们做好饭了，不过他的生活应该比较艰难。铁枫端起一碗米粥，狼吞虎咽地吃起来，真香，几天几夜了，今天才吃上了一顿热饭，能不香吗？当喝完第三碗萝卜汤时，肚子里那种异样的感觉没有了，全身热量涌动，有体力了。铁枫走出了院外，面前是一座大山，一条蜿蜒盘旋的小路从山脚一直延伸到山顶。他现在大脑中的第一个问题便是：这是哪里？他很想问那个秀气的小伙，可他现在不在眼前，只有自己亲自爬上山顶看看周围的地貌，知道自己所处的地理位置，才能了解这里离雁关到底有多远。

“啊，终于爬上来了。”气喘吁吁的铁枫站在了山顶上。在午后阳光的映射下，四周的景物尽收眼底，眼前不远处是一望无际的翠绿草原，经过雨水的滋润，它和自己经过时已是大不一样了，其余的视线中都是郁郁葱葱的大山，一座连着一座，找不到一点雁关的痕迹。

“雁关，你在哪里？”耳边响动的只是春风微微的吹拂声，没有等待着他的回答。他现在觉得上苍指引给他的已不是一条回归之路了，也许是一条新的出路，他好像注定要充当一个流浪者。

“公子，你在想什么？”

“嗯？”铁枫的耳边突然传来一句清亮的女音，让他沉浸在人生哲思的大脑还来不及处理这一信息。

汉宫羽出现在了铁枫的面前。

“原来你是一个女子，并且你能说话。”铁枫看着眼前的汉宫羽，大吃一惊。

“是的，你还没有回答我的问题呢？”

“太好了，我正有事想向你询问。请问这是什么地方？”

“这是辽西郡。”

“辽西郡，难道这里是燕国的地境？”

“你好像是赵国武士？”

“姑娘怎么得知？”

“我刚才听到你在喊雁关了，那是赵国在北方的一个关镇，不过它现在已落入了秦军的统治之下。”

“什么？这绝对不可能啊。”铁枫的脸上现出了惊慌的神色，难道那天在昏迷中的梦是真的，太可怕了，上苍对我确实有点不公平了。公平，你到底隐藏在哪里？你让我们这些生活在信仰公平中的人怎么再去面对生活，到底是谁在欺骗着我们这些可怜的人。

“公子，你怎么了？不要紧吧？对于自己国家被灭亡的心情，我能理解。”

“什么？赵国也被秦军侵占了，你是怎么知道的？”

“昨天我去郡市用蘑菇换粮食，在郡市的一个法家学社那里听到的。”

“吁……”铁枫长长地舒了一口气。他现在心情太压抑了，若不是有一位女子在身旁，他好想大哭一场发泄心中的怨恨。

“请问你知道雁关是什么时候被秦军占领的吗？”

“三天前吧。”汉宫羽看着这位神情萎靡的男子。

记住那一天吧，就是那个迷路的晚上，就是狼群离开他们的那个晚上。若是能跟着狼群，他们就能回到雁关，还可以和秦军决一死战。作为一个武士，这难道不是一份耻辱吗？自己现在狼狈地活在这里到底还有什么意义？

“嘿嘿……”铁枫无奈地苦笑着，自己无法在上苍面前责问，只能自己奚落自己了。

“公子，你现在一定对秦军充满仇恨吧，其实每个人都有自己的仇恨，我也有自己的仇恨。”

“你有什么仇恨？”

“我对你的国家有莫大的仇恨。”汉宫羽看着这位武士对自己的话做出如何反应。

“为什么？”铁枫面无表情。

“因为他们去年杀害了我们全家，现在就剩下我一个女子逃亡出来，独自一人孤苦伶仃地生活在这荒郊野外。”

“那你为什么不去找一个村庄住下来？”

“像我这种单身背井离乡的女子，一定会被不法之徒卖到酒肆里去，过那种没有尊严的日子。”

“嗯，所以你扮男装，装哑巴。那你也一定恨我们吧？”

“不，凭我的直觉，你们不像那种杀人如麻的武士。”

“谢谢，不过你也许有点不相信，我们俩并不是赵国人，而是韩国人。”

“我相信，因为你看上去是一个很难撒谎的人，况且我觉得你也没有必要在一个弱女子面前隐瞒自己的国籍。”

“我是流亡到赵国的武士，是雁关的守将，在秦军攻占雁关的那天在草原上迷了路，错过了一个守将应有的责任，我为自己的失误深深自责啊。”

“原谅自己吧，只有原谅了自己，你才能有信心去面对新的生活。作为武士，你还应该回到战场上去和秦军拼杀。”

“谢谢你的安慰，生活太沉重了，我现在真有点累了。”

汉宫羽看着铁枫，从那份深沉的面孔和他的生活经历中，她懂得“累了”这两个字所包含的意味。

“请问公子尊姓大名？”

“言重了，叫我铁枫吧。你呢？”

“乳名汉宫羽。”

“汉宫羽，很好听的名字。”

“枫公子，天色不早了，我们回去吧。”

“汉宫羽，你还是直接叫我铁枫吧，我已不适合这个称呼了。”

“好吧。”

第八节　形影红尘相随

枫都统、枫将军、枫公子，这些称呼在这里已没有任何意义了，它们的存在反而对自己是一种耻笑。现在自己什么都没有了，地位、权力已没有存在的土壤了，只有一把象征职业的兵器随风了。在燕国，自己是真正的一贫如洗了，吃饭、住宿都将是自己不得不面对的最现实问题。跟在汉宫羽背后的铁枫，对现在自己所处的窘境黯然神伤。

“枫将军，你们回来了。”站在院落的浮士胤赶忙迎上去。

“浮士胤，吃饭了吧？”

“吃了，这位小伙的手艺还挺不错。”

“嘿嘿……”汉宫羽为浮士胤还把自己当男子忍俊不禁。

“枫将军，原来她是个女子。”

“嗯，浮士胤，你以后别称呼我枫将军了，我现在什么也不是，称我铁枫吧。”铁枫说完一个人到屋里去了。

“枫将军，你怎么了？”浮士胤对铁枫刚才的话很吃惊，他一定受了很大的刺激，不然他是不会轻易说出那样的话，一定发生了什么。

“姑娘，你知道这是怎么回事吗？”

汉宫羽把刚才和铁枫的谈话向浮士胤叙述了一遍。

“我明白了，这确实对他是一个莫大的刺激。”浮士胤说完朝屋子里去了。

“枫将军，虽然你什么也没有了，但你依然是我的将军，因为韩国现存的武装力量也许就只有咱们两个人了。你不是将军，那谁是将军。你不能看轻自己，你身上流淌着贵族的血液，那就要去拼搏享受贵族的待遇，除非你自己放弃，否则谁也不能阻挡你。枫将军，你一定要振作起来啊。”屋外的汉宫羽听着浮士胤的言语，也为他们坚强不屈的信念所感动。

“浮士胤，你的心意我领了。你体谅我，我真的累了，我现在什么也不想思考，我只想一个人静一静。我已被生活所困，我需要冷静才能从这种困惑中走出来。浮士胤，我不能阻挡你，凭你的武术在燕国谋一份差事是没有问题的，你去吧。”

“枫将军，只要你不赶我走，我会永远留在你身边的，我跟着你不是为了金钱权力，是为了一份光荣的事业。”

“好吧，那你去帮助汉宫羽干活吧，我这里还有几块上好的玉璧，你拿去，明天去郡市上换些粮食蔬菜，我现在只想一个人静一静。”

“嗯，枫将军。”浮士胤怀着复杂的心情走出了屋子，他现在也不知道铁枫在想什么呢。

夜色遮盖了繁芜，也削弱了那些嘈杂琐碎盘旋在嘴边和心里的声音。天静下来了，心才能有稍许的平静。借着月色，铁枫躺在土炕上，没有一点睡意，也不再为未来的抗秦事业作打算了。对于这些事，他暂时已提不起兴致了，甚至开始疑惑自己是不是做将军的料。总而言之，他对自己目前的状态很不满意，对自己能建功立业有点失去信心了。

他冷静地想一想，这本来就不是自己追求的生活，自己永远向往着清新和谐的大自然，一座大山，一条溪流，几间小茅屋，再被一片不大不小的树林缠绕，这就是他所向往的最有情趣的生活了。眼睛里流露出的是自然丰富的色彩，耳边飘飞着最轻松优雅的天籁之音，内心的平静祥和让他不会感觉到单调和乏味，反而能真正觉得那是一种满足和感恩。

赵国被秦军侵占了，南菲她们一家不知怎么样了，是被秦军抓走了，还是流落他乡了。茫茫人世，再次相逢是何时呢？会有何时吗？失去了并不是知道了珍惜，而是明白了那是一种宿命，是一种事物相对的归属，就像一天太阳总会从东方升起，也必然注定要从西方落下，感伤的是一种心情，明白的是一种事理，自己只能在心底默默地祝愿她一切安好。

初春来得太猛烈了，来不及思考，已发现它走了很远，茫然中让你去抉择，抉择　份看似随意但必须抵达的一条征途，改变将要改变的。

仲夏是热烈的，就像所有的生物一样，在这个季节都要展现自己最蓬勃、最娇艳、最完美的一面，让岁月铭记住它们真正的风采。它们的一生只有这一次风华绝貌，所有的肆意、激情、狂野都是它们勃然生命力的象征，也表现的最合理，这就是生命的迹象。

清晨的阳光给人以清新暖意，到了中午它就狂野起来了，晒得头皮发麻。铁枫从山顶走下来进入了一片凉爽清快的树林里。斑驳的树影摇摇晃晃，迷离着干燥的眼睛，山雀的鸣叫声也呼应着这午日的聒燥。在一块树荫浓密的平地上，铁枫枕着树叶躺在了地上，两眼盯着上空这些密密麻麻的树叶和树枝。一只小松鼠在树木间跳来跳去，寻觅伙伴呢？还是在找食物呢？它也偶尔看看树下躺着的异类，不明白他在干什么，是睡觉呢？还是在想问题呢？

深秋的心情是安稳的，一切事物在这段时间内都成熟了，也回归于生命的必然——衰老。生命的迹象呈现出的是平稳的湖面下潜藏着的暗流汹涌，这是一种需要面对的生命思考，更直接地说是对生活的总结，因而在对生存的态度上会出现一个重要的转折。落红满地，是对美丽无情的摧残，还是洋洋洒洒的一种大气魄，让美的灵魂永驻大地去涵养下一代；也有枝头飘摇着枯萎的面容，再紧紧抓住最后的一点供养，试图掩饰心底的皱纹，亮出残存的那点风韵。她还在为秋的荒凉做着不屈的抗争，在风雨招摇中彰显对立，不是为自己，而是为了血统中的顽强，要活得有骨性、有气节。当又一阵寒风吹过时，她终于带着微含笑意的花蕊滑落枝头，掩露在草丛中，无声无息。

铁枫走在这软绵绵的落叶上，枯黄的树叶还在头顶上飞舞，似在为秋天举行一场隆重的葬礼，埋葬了所有过去的是是非非，喜怒哀乐。过去只是昨天的一场梦，今天也只不过是明天残留的表象，而明天充满了太多的未知，难道一切都是虚幻，一切都是生命旅程的一个奇妙幻影，而那自认为最神圣的情感只不过是梦醒时刻惊悸中的一个梦魇，而后归结于一场真正的永久的梦乡。秋季最能让生命了解生命的过程和归宿。

隆冬的心情是不易觉察到的，需要用过去慢慢地体验，因为它代表着衰亡和新生的交接。一场场鹅毛大雪遮盖了秋的枯容，却又给大地一份白色的殊荣，这是任何事物都平等享有的殊荣，可却让人的思绪在这白色的幕布上演绎着过去。这份孤寂的苍白把交织在脑海中所有对名利权的渴望映照出来了，而且是那样的彻头彻尾，容不得丝毫含糊，因为它马上要终结了。也许是白色的单调，让它无暇顾及色彩的等级了；也许是沉寂的气息，让它在此时此刻是最清醒的。那场悠长而又短暂的梦旅中，你的影子是真实的吗？虚假所造成的精神疲糜无聊有必要吗？难道在与时间和肉体说再见的时刻，你的一生真的没有真正在意的事物吗？

忏悔与责问间结束的只是一半灵魂的历史，另一半还在那白绒绒雪被下的深处。

他好像是带着一份特殊的标记来到这个精彩纷呈的世界，可他无意间选择了去发现这个世界的精彩，而不是去享有麻木，可心中那份激进的躁动早已无法等候时间的啰嗦了。

冬天来了，春天还是需要等很久。急切既是对时机的渴望，更是对生活的一种热爱态度。在他的理念中，他相信很少的时间里要做更多需要改变的事情，这样在生命面前才能更接近坦然。冬天的煎熬是对生命的孕育，还是对一份志向的考验，只能慢慢等候了。

铁枫走在结冰的溪流上，周围太寂寥了，跳动的只有自己的心脏了，此时才真正发觉到自己的存在。严冬带走了一切生活的情趣，封杀了想象的所有元素，因而心底只有孤单了，一个完整的冬天让他感受到了生活的完善和不完善，矛盾才会使生活变得富有生机。生命在于过程，而不是简单地误认为昨天的一场梦。这个过程是前行的，若不前行，你将更感受到无聊或者困乏。感受和享受是存在等级差别的，往往过于主观地把感受纳入了生活视角，其实它像偶遇美丽一样，单纯的是一种视觉上的冲击，而未延伸到心底的震撼，可享受让你了解生活中美的意义和价值。

一个完整的冬天让你在极尽荒芜中明白了一个你应明白的道理，你需要这个社会，这个社会也需要你，只不过它需要的是一个有能力主宰自己的你。所以在冬天面前，你才会忘掉了过去那简单的一部分，重新去发现一个新的生活视角，这就是冬天，忘掉过去并不等于背叛，而是新的开始。

转眼间，一年的时间在铁枫独来独往的静思中完成他身上的使命，完成了在社会时间上的冬眠，休养生息。

“枫公子，你回来了，快来吃晚饭吧。”汉宫羽看到神色泰然的铁枫从野外归来。

“汉宫羽，浮士胤哪去了？”

“他，砍柴去了，马上回来，你先吃吧。”

“转眼一年的时间过去了，我们给你添了很多麻烦。”

“客气了，有你们我也不孤单了，还有你们给的钱粮让我现在挺富足。”

“那不算什么，你的收留之恩，我们一定会报答的。”

“听枫公子的话，你们要离开这儿了。”

“有这样的打算，我们不能再给你添麻烦了。”

“其实我也知道，像你们这样的人，是不可能总待在这个偏僻之地，你们有自己的事业。什么时候走，我给你们准备一下行囊？”

“后天吧，明天我和你们一起进林子，再给你打点猎物。开春了，动物都养肥了。”

“好吧。”汉宫羽默不作声了。

第二日清晨，汉宫羽准备好了早饭，一起吃过早饭，大家带好干粮和水便进山了。

“枫将军，我们去那边的林子吧。听汉宫羽说，猎人们一般经常在那儿出没，并且每次都收获颇丰，且还有官兵来此狩猎。”

“好啊，咱们就去那边的林子，让汉宫羽姑娘也感受一下大丰收。”

“那我今天可要沾你们的光。”汉宫羽第一次和这么多的人一起去打猎，心中激动不已，今天在她的脑海中，孤独这个字眼还没有出现。

“枫将军，看，那儿有好几只山鸡。”

“好嘞，瞧我的。”铁枫拿起弓瞄准了不远处那只又大又华丽的山鸡。

“嘣”的一声箭响，山鸡就跌倒在地上了，其余的山鸡吓得赶紧飞走了。

“哇，好箭术！”汉宫羽高兴地直拍手。

“还愣着干吗，赶快去捡啊？”铁枫朝汉宫羽看了看。

“嘿嘿……”汉宫羽笑着跑上前去。

一会儿的工夫，汉宫羽身后的框子和手中满是猎物了，而铁枫和浮士胤还在使劲地射猎。

“两位猎神，够了。”

铁枫回头一看，今天汉宫羽可真富足，手里提的是野兔，框子上搁置的大多也是野兔，看来往后她的日子兔肉是家常便饭了。

“浮士胤，少杀生了。”

铁枫刚说完话，一只带箭的野兔倒在了他的面前，怎么又被浮士胤射中了。他捡起了那只带箭的兔子。

“嗯，这不是我们的箭，这是谁的箭？”铁枫端详这支箭，箭身被朱漆涂过，箭羽是鹤羽，一看就知道是来自名门贵族。

“驾—驾……”几匹快马朝他们这边跑来了。

“小姐，在那。”为首的女子下马后牵住另一位披兜风女子的马。

“公子，你手中是我射中的兔子，请还给我吧。”

铁枫看着眼前这位身穿素衣的女子，眉清目秀，一脸文静中还透着威严之气。

“给，姑娘。”铁枫把兔子交给了她身旁的女子。

披兜风的女子转身上马，带着她的随从一溜烟从眼前消失了，轻健的身姿留给了注视她的人。

“铁枫，她是燕国的翊娇雪公主。”

“翊娇雪，她怎么出现在辽西郡？”

“这位公主爱好军事，但在都城蓟受几个姐妹的嫉妒，便来坐镇辽西郡军务，不过她好像和齐国的一位王子快要完婚了。”

“咱们该回去了。”铁枫感觉天色不早了。

一堆熊熊烈烈的篝火在茅屋外的空地上跳跃，让此时的夜在这片低洼地上显得格外温馨。香喷喷的烤兔肉味让离别的气氛暂时得到了缓冲和静止。

“枫公子，你们明天将要到哪里去？”

“作为流浪者，漂无定所，只能跟着脚下的路走了。”

“能不能带我一起走呢？”汉宫羽低下了头。她觉得自己的这个请求有点不合理，但她还是想争取。因为她真的不愿再待在这里了，孤独、恐惧，她渴望群居，渴望朋友，只不过她一直没有机会，现在她感觉到自己的机会就摆在眼前，需要自己去把握。

“汉宫羽，我们是武士，不是怕你成为累赘，而是怕会给你带来伤害。”

“枫公子，我知道你们在刀尖上生存，可比起我心中的孤独和恐惧，我不怕，请你们带我一起走吧？”

铁枫陷入了窘境，明天将会在哪儿，他也很难明确给自己一个答案。若再带上一个女子，岂不是心理上的负担。他倒不在乎她会给自己带来经济上的困扰，而是不想去为另一个人操心了，因为承担了，就要确保不能给她带来伤害。可是看着她祈求的眼神，他也明白让一个女子生活在这荒郊野外是不合适的，而自己不带她走，心里更会过意不去，带她走吧，为了一份恩情，宁愿对不起自己，也不能对不起别人。

“好吧，那明天我们一起走。”

“嗯，赶快吃吧。”汉宫羽一脸兴奋的表情。

铁枫看着那份简单的兴奋，心里一阵感动，一个人确实不仅仅是为自己生活，也是为另外一个需要你帮助的人生活。为了这份相依，你不能小看自己，那个需要你帮助的人，也许因为你的存在才有了生活的勇气和信念。成为一个心胸博大的人，感受的不是那份狭隘的英雄主义成就，而是一个人应有的生活情感。

夜晚只是暂时让生命休憩一下，好从容地继续前进。而在铁枫眼里，夜晚是让他在等待，等待着黎明的出现。

“汉宫羽，你的房子怎么办？”

“让有需要的人去住吧。”

“那些猎物呢？”

“带上它们去郡市上换钱。”

“好，让我和浮士胤背着吧。”

“枫公子，你就不需要了，让我来吧。”

“汉宫羽，我是男子，让我来吧，什么也不需要说了。”

看着铁枫背起沉甸甸的猎物，汉宫羽默不吭声地跟在他们的后面，高兴地朝辽西郡走去。

第三章

月色正浓柳梢

第一节 良辰暖心坎

辽西郡处在辽水的西边，故而得名，也像其他边关重镇一样，这里是各种民族的集散地，因而那份热闹和聒燥是一个味道。汉宫羽很快找到了一个批货商，把所有的猎物降价卖掉了，减轻了身上的负担。

“枫公子，我们去法家学社吧，那儿可以听到一些时政军事。”

“好吧，你给我们带路。”

法家学社处在郡市的中心地带，那儿有个很大的集会场所，供各学派的知名人士前来讲学之用。

“哇，今天这么多人围在那儿看什么呢？”汉宫羽个子比较矮小，看不到前方发生什么事了。

“走，我们走近去看一下。”铁枫在拥挤的人群中开道，汉宫羽和浮士胤跟在后面。

铁枫走到擂台下面，看到一块大木板上贴着一张来自蓟的公告。

“枫公子，上面写得是什么？”

“秦军要入侵燕国了，燕王特在各郡市设比武擂台，选拔优秀习武之人，名列前茅者将会被封官派往各地驻守城池。”

“枫公子，那很好啊，你赶快去报名吧。”

“走，那我们去报名。”

天色暗了，辽西郡的大街小巷他们已逛得差不多了。

“枫公子，今天我们就住这家客栈吧？”

“好吧，浮士胤，你去要两间普通的房间。”

明天自己就要去比武了，能胜出吗？即使当不了第一，名列前茅应该还是没问题的。剑术，自己还是自信的。浮士胤已经睡着了，铁枫坐在灯下，抚摸着手中的随风，虽然一年时间它没有出鞘了，但拿着它，心中就有股亲切感。明天也许是自己人生的又一个转折点，自己与它只需等候一个晚上的时间。

……

“叮……”旗令官又敲了一下铜锣。

“接下来出场的是剑客铁枫。”

“铁枫加油，铁枫加油……”铁枫沉稳地从后台走出来了，看着台下仅有两位的呐喊者。他向他们点点头，那是一种自信，更是一种责任。

对手是一位满脸横肉颠着大肚皮的汉子。他看到铁枫骨骼清瘦，内敛秀气，认为不是个练家子，满眼的蔑视，觉得和前几位一样，三拳两脚便能把铁枫打倒在台下，他甚至在心里认为第一非他莫属了。

铁枫刚才注意到，此人只是一身的蛮力，机灵和技艺方面不值一提，他知道了该怎么取胜，和他必须速战速决，因为体力自己比不过他。

“壮士，请！”铁枫抱拳道。

那大汉一出拳便恶狠狠地朝铁枫的头部砸过来，铁枫轻轻一闪，他扑了一个空，然后换成腿朝后踢过来，铁枫机巧地朝后一跳，他又转换成另一条腿横扫过来，妄图扫到铁枫，铁枫向上一跃，趁他又换腿的间歇，使劲用右脚将他踢倒在地上，大汉笨重的身体还未爬起来，铁枫上前又是一脚将他压翻在地，随后便是拳头伺候，打得大汉“嗷嗷”直叫，直到求饶停止。不到一刻钟的时间，铁枫干净利索地把这头“笨熊”打败了。台下传来呼喊声，特别是浮士胤和汉宫羽挥舞呐喊的尤为激烈。

那天，铁枫以第一的成绩胜出了，也许在这样的小郡还没有高级别的武士，也许那天他才发现了自己在社会中还是有自己的一席之地。“将军”这个称号，今天他不再怀疑是否与自己相称了，因为他现在已是辽西郡的防务将军了，负责城楼上所有的军政要务。这一切靠得都是自己的能力，没有任何的政治背景。铁枫现在觉得自己是将军，是名副其实的将军。

每个夜里，铁枫带着卫兵在各城墙上走来走去，警惕不祥之像出现，最后一躺巡防快要结束时，迎面走来一位勤务兵。

“报，枫将军，公主有事相邀。”

“走，请带路。”

在南门的楼阁上，一位清秀的大帅手拿头盔，秀发随风飘逸，双目默默地注视着那皎洁的月亮，冰洁、玉润。

“拜见公主殿下。”铁枫抱拳对着眼前这位没有笑意的冷美人。

“你是铁枫，听说你是这次比武的第一武士，本公主特邀来切磋，还望赐教。”翊娇雪转过头来，拿起了手中的剑。

“公主殿下，末将浪得虚名，不敢在公主面前卖弄。”

“既然是浪得虚名，何以能成我大燕的将军？”

“那请公主指点了。”铁枫知道今天是推辞不过去了。

“枫将军，看剑了。”翊娇雪拿剑直冲过来。

“叮叮当当”的金属撞击声吸引着众多守城士兵的眼睛，大家都为枫将军捏了一把汗。无论胜负，铁枫似乎都会惹来一场麻烦。胜了，一定会招致这位心高气傲公主的打击报复；败了，将会以不称职降级处理。

“叮当”一声，公主的剑掉在了地上，铁枫的剑直指公主的眉心。众将士赶忙转过头不敢看了，怕一会儿被她训斥。

“公主，得罪了。”铁枫把剑放下来了，随手捡起了地上的剑，交到了公主的手里。

“枫将军，不愧是第一武士，今天本公主领教了，告辞。”翊娇雪领着卫队匆匆离开了阁楼。

铁枫目视着她远去的背影，心中的紧张释然了。

……

月色温润，为两颗初识的心铺上了一层淡淡的朦胧色。

“铁枫，你的剑术学于何人？”

“家父。”

“那你父亲一定是位剑师了，可否引荐一下？”

“恐怕不行了。”

“难道……？”

“不，也许还在秦国囚禁着。”

“嗯，你不是燕国人？”

“我是韩国人。”

“明白了，你来燕国也是为了抗秦，拯救你的家人和家园。”

“不瞒公主，这正是此行燕国的目的所在。”

“铁枫，你还是称呼我娇雪吧，我其实不喜欢这个称呼。”

“这有点不妥吧？”

“没什么不妥，有名无实，干脆不要罢了。”

“为什么呢？”

翊娇雪转头望望身边坐着的铁枫。

“如果不妥，就不需要说了。”

“也许和别人分享我的家世，能让我心中的彷徨和不安得到稍许安慰吧。”

“我也是这样想的。”

“我的母亲是一位身份卑微的宫女，是我父王当时还是王子的侍女，因她书法精湛得到我父亲的赏识。当我父亲登上燕王的宝座后，三千后宫佳丽让父王早已忘却了我母子的存在。在我很年幼的时候，父王听信谗言把母亲赶出了皇宫。只因我还流淌着王族的血液，让一个年老的奶妈抚养我。长大后，没有母亲的庇护，我在王族里没有一点身份地位，我的那些所谓的姨妈和哥哥姐姐弟弟妹妹给我的都是白眼和讥笑。在这个时局动乱的时代，一个人想有所成就，最直接的便是军事方面的才干了。因而我在生活的大部分时间里，研读兵法，苦练剑术，做着一个旁人看来不是女孩子干的事情。但我只是想奋发图强，希望通过自身的努力得到别人的尊重。”

“很感谢你对我的信任，把你不愉快的经历和我分享。”

“我们好像以前在哪见过，那天第一次见你就有种熟悉的感觉。”

“是的，在一片树林里，我捡到了你射中的野兔。”

“噢，我想起来了。这也是一种缘分，没想到偶遇也能相识。”

“那你为什么来这里坐镇边关？”

“在王宫里，我发现越优异，遭受别人的猜忌和打击就越多，我发现自己原来的想法错了。我终究是一个女孩，我的未来已经被我的姨妈们设计好了，通过政治联姻把我嫁给哪个王子，实现我对她们的最后一点利用价值。而我没有躲藏在闺房中把弄胭脂刺绣，而是舞枪弄棒违背了她们的意愿，因而处处提防我，打压我。我实在受不了这种不公平的境遇，每天都想方设法离开那个让我伤心痛苦的地方。于是借这次秦军进犯我国，便向父王请求准许我到辽西郡管理军务。现在心情释然了，可心里又变得茫然了。一个女孩子是不可能把一生的精力投放在军务上的，自己也应该有一个生活的归宿。”

“是的，听说你马上要嫁到齐国去了？”

“嗯，他是齐国一位庶出的王子，我们很小就认识了。”

“这么远，你们是怎么相识的？”

“说来有趣。燕齐两国联盟对抗赵国的侵犯，出于联盟政治上的信任，双方各派王子前往作为人质。他作为人质来了燕国，因他在齐国的地位低微，父王便让他和我在一起生活。那时我们一起练剑，一起讨论兵法，开心极了。我因能有这样的一位小哥哥陪我玩，暂时忘却了生活的种种不幸；他也因有我这样的小妹妹陪他说话，缓和了异地他乡的思念之苦。这样的生活持续了四年，后来燕齐联盟攻破了赵国的军事威胁，他就被齐王招回去了。他走的时候赠送了我一把玉剑，用坚定的口吻对我说，他喜欢我，回去后会让他的父王来提亲。他那时和我说过，不会再让外界来伤害我了。我感动地哭了，我终于觉得在这世界上还有另一个人关爱我。这次秦军入侵，燕齐再次政治联盟，便以我们俩的婚姻作为以政治保证。”

“娇雪，衷心地祝福你们。”

翊娇雪脸上现出了茫然的神色，默然无语，抬头看着天空中的月亮。

“铁枫，月亮那么孤独，为什么还总是那样的晶莹透亮，没有黯淡之色呢？”

“因为它即使有照射不到的地方，也总会有人在关注着它，爱戴着它，那它就不会现出黯淡之色了。”

翊娇雪猛然低头一动不动地看着铁枫，心里还在细细揣摩着那句富有启迪的话语。

“你是说在生活中还有人关心我、体贴我，只是我还没有发现而已。”

“是的，只要你真诚付出，坦诚对待别人，一定会有知心的朋友围在你身边的。”

“我以前很急切盼望他早日把我迎娶到齐国，因为我在燕国太孤独了，我需要一个人去爱我。可当这份爱真正来临时，我却开始怀疑它的真实性了。我为什么会爱他，难道仅仅是他关心我，给我驱走孤独，带来欢乐吗？我感觉到那不是一种爱，而是一种朋友间的关爱。当我听到他在齐国还有很多红粉知己时，他在我心中高大的形象霎时倾倒了。我虽然孤独寂寞，但我发现自己并不真正爱他，可心里又觉得亏欠他，心中充满了矛盾。”

“虽然你的过去充满了太多的无奈和苦闷，但那并不代表着你就是一个缺少爱的女子去迁就自己的感情，再次把自己陷入没有爱的岁月，那可是一辈子，你要慎重思考；也不要仅仅因为他有几个红粉知己，你就觉得他感情不专一，对于一个情感丰富的男子而言，那很正常，并不会影响你在他心中的特殊性，你现在需要思考自己的婚姻大事，不要盲目下结论，毕竟你们是有情感基础的。”

“铁枫，非常感谢你，你让我今天又感受到了温暖。”

“客气了，分享是一种快乐，我今天也多了一份收获。”

“天色不早了，我该回去了，告辞。”翊娇雪站了起来。

铁枫也站了起来，目送着她远去的背影，心中泛起了阵阵涟漪。

翊娇雪公主，冷艳、高傲、威严，第一次见她时，自己的男子风度被压缩得找不见踪影了，便开始仰慕她的高贵和风雅。而今天的一席谈话，揭开了她那层神秘面纱背后不为人所知的故事。她竟然有着这样不幸的身世，与她身上所流露出的气质反差太大了，不知道这是生活锻造的结果，还是她自身追求的需要，总之，铁枫对女性的感情世界有了另一番深刻的认识。

初秋的早晨有着不易察觉的寒意，总会认为离寒冷的日子还很漫长。一阵凉凉的秋风吹过，卷起枯黄的叶子漫天飞舞时，才感觉到脖子间缺少一份温度。铁枫站在北城楼上静静地感受着这个有点异样的早晨，寒冬快要来临了。

“枫将军，公主让你马上去南城门口。”一位军士走到铁枫的面前。

“嗯，你赶快去备马。”

“驾……”铁枫快马加鞭。

在南城门口，他看到了翊娇雪，她的身边还有许多没有见过的羽林卫，难道是蓟城来人了？

“公主。”铁枫下马走上前。

“铁枫，我要走了。”翊娇雪一脸的平静。

“公主，你要到哪里去？”

“秦军已占领了燕国好多城池了，为了让齐国尽快派兵出战秦国，我父王已决定明天就把我嫁到齐国去，现急招我回宫。”

“嗯，公主，你一路保重，后会有期。”

“我还没有做决定，生活已经帮我做了，我只能认命了。我羡慕月亮，虽然孤独，但却能主宰自己的命运。告辞了，保重。”

尘土飞舞间，乌黑的秀发，白色的素衣在轻轻地飘逸，她一定有泪，但她会在心里默默地流淌。她嫁的是一位爱他的男子，而且是一个能满足她需求的贵族男子，她应该满意了，生活是不会太让人万事遂心愿的。也许她还是对感情有点太理想化了，不能和别的女子共同分享一个男子的情感，认为那样会玷污一份纯洁的爱，只有二人世界才能孕育出一份美满的婚姻。童年的不幸确实给她的心灵留下了阴影，也许日子久了，她自然会明白生活的大爱。

那天晚上，平静的他却做了一个不平静的梦。梦中曾经在白桦树林里出现过的那位秀发飘逸、白色素衣的女子又出现了，不过还是掩盖着她的脸。

“嘿嘿，你为什么不追我呢？你难道真的不认识我吗？”

“我真的没有见过你，你长什么样我都不知道。”

“我在你的意识里出现过，我的样子也在你的意识里存在着。”

“那我为什么要去追你呢？”

“我在引导你寻求你的爱，因为我是你潜意识中的需求而幻化的。”

“那我怎么没感觉呢？”

“你会有感觉的，你会有的……”

清丽的身影恍然间消失了，铁枫来不及去释放心中的疑惑。

……

清晨，阳光爽朗的气息迎面扑来，今天又是一个好天气。严冬马上要来临了，好天气也是生活对心情最后美好的馈赠了。铁枫背着剑骑马朝一个缓而高的山坡走去。

远处的树林是色彩的海洋，这是萧瑟来临前最后的极致耀眼，用一种高昂的姿态等待摧残的降临。大自然的美丽总是无声地和你的眼睛在交流，述说着美丽背后雍容、多情、妖娆的景象，让你在心底默默地被它的博大所震撼。相似的美景，可已非旧日的美感了。惆怅间，铁枫在心底油然生发出一股从未有过的孤独感。她，心中的她现还在何处？良辰美景，也需佳人相伴才会有一种被读懂的美感，在单纯的视觉美中融入爱的情调，这份美感会穿越季节岁月冻结的封锁，超然地定格在回忆的相片中，保留很久很久。

铁枫在想象着美对爱的解读时，耳边朦胧地听到了一声悠扬的竹笛声，但却没有感知到，这是哪里传来的幽幽之音，又将会飘飞到哪里寻找到它的知音。难道是从心底发出的，纤珣的竹笛声在他的意识里是最美的。翊娇雪今天要远嫁他国了，丝竹之声会在她的身旁谱一曲最温柔的爱之曲。爱情，突然间发现自己淡忘了它很久很久了。第一个倾慕的女孩纤珣，让他在对自我的不安中畏首畏尾而走上了陌路。今日回想起来，那也许只是情感的一段小序曲，因为年幼，因为感性，惧怕理智中的颓废，品尝了情感的惊悸之伤，但感受到了那份情的细腻和兴奋，那种感觉是难以忘怀的感触，让你时刻快乐着。时至今日，这份情感的需要不以意志为转移，一下子就跳跃到了意识里，且在内心闪现着一个急切的信号：需要爱情。可自己真正喜欢什么样的女孩？内心浮现着一个自己不知道现实中是否存在的女性的轮廓，如果梦中的那个女孩出现在眼前该多么美好，那样的女孩是自己喜欢的女子，可隐隐约约在心底涌现出了翊娇雪的模样。她一脸的清秀，满身的高洁，举手投足间流露出的优雅气质让他可望而不可求。可她是公主，并且已有一个和她感情深厚且爱她的王子，并且今天也许就是别人的新娘，有缘无分了。况且自己这种对她的钦慕到那种真正的爱也许还有一段很长的距离，来不及去培养就相隔两地了，只能说相见恨晚啊。现在猛然间才发觉，翊娇雪的离去在自己的心里还是有点难舍的。

第二节 柳暗花又明

今日的城楼上没有往日的威严，守城的士兵三三两两地在一起不知嘀咕什么，看到铁枫走来了，赶忙端正了军人的姿态。

“你们在干什么？”

“枫将军，大事不好了，秦军已攻破了都城蓟，燕王与太子丹移驾辽东郡去了，秦军马上要攻占辽西郡了。”

“那齐国的军队怎么还不到呢？”

“刚听到军报，三天后才能到达辽西郡。”

“那我们边战边等候齐国的援军，你们在这里慌什么，没有一点军人的样子。”

“枫将军，大帅现召集郡市的行政官员正商议准备献城呢。”

“什么，不战而降，他们对得起这块生养他们的土地吗？”

“枫将军，燕王都逃走了，他们只能献城自保了。对于他们而言，只要自己的利益不变，给谁为臣都是一样的。”

这难道就是所谓的政治，自己只是一个武士，也许永远不会明白的。抗秦，抗秦，当秦军真正来临时，总是有一些没有料到的原因阻挡着这一行动的实施。铁枫的肺都要气炸了，他长长地吁了一口气，慢慢地冷静下来，他毕竟只是一个外籍武士。事不宜迟，趁秦军未来前，今天晚上必须离开这里，否则就走不了了。他看了看周围的士兵，士兵们也看着他，他们也是一脸的无奈，对于军人而言，能去保卫自己的家园，这是一种荣光，用生命去换取的荣光，可是他们只能去服从上面的安排。铁枫在心里默默地说：“别了，燕国的勇士们。”

铁枫买好了三匹膘肥体壮的马和一些干粮，急匆匆地赶回家。

“浮士胤，快去告诉汉宫羽，今天咱们必须离开这里。”

“发生什么事了？”

“你去告诉汉宫羽，一会我告诉你们。”

浮士胤赶忙去喊汉宫羽。

“铁枫，发生什么大事了，我们必须离开这里吗？”汉宫羽脸色慌张。

“燕国要灭亡了，秦军马上就要来到这里了，辽西郡的行政官员们准备献城投降，我们只能离开这里去别的诸侯国。”

“怎么会这样？铁枫，我听你的。”

“嗯，你们去准备一下，晚上我们出发。”

夜色中，三匹快马轻悄悄地离开了辽西郡，离开了这个没有气节的城邦。它也许充当的就是一处人生中的驿站，在那里没有快乐，只有一些沉重的思考。

“铁枫，我们将要到哪里去？”

“现在我们只能去齐国了，没有其他路可走了。”

“去了齐国我们也许可以见到翊娇雪公主了。”

翊娇雪，那个在心底似熟悉又似陌生的女子，不知道还可否帮助我们这些流亡的剑客。她脸上的冷傲让她很难捉摸。若是南菲，即使远在天涯海角之处，心中的距离近在咫尺，不会在是否有隔膜上费思量。难道是相处的时间短，不尽然，和南菲在一起，从开始到分离，始终不需要一点拘束。也许翊娇雪是一个冷色调的女子，因而呈现给别人的便是寒冷的冬天，让人望而生寒了。或许在她的内心里一直渴望着一个夏天的到来，这个夏天属于一位真诚的人。这是铁枫的猜测，一种介于直觉和臆想之间的感觉，但更多的是对她的期望，实现只能靠冥冥中的注定了。为别人想了那么多，其实在自己的内心里是非常渴望理想中的异性出现。那天的梦让他沉睡的情感苏醒了，渴望爱和被爱一直萦绕在心底最柔软的空间。

五天的行程后他们听到了“哗哗”的流水声，宽几百丈，气势非凡，有纳百川之像，浩浩荡荡地一直延伸到太阳升起的地方。这就是地图上的黄水，渡过黄水，离临淄的路就不远了。

“汉宫羽，你怎么了？”浮士胤发现汉宫羽在马上摇摇晃晃的，脸色苍白，精神萎靡。

铁枫听到浮士胤的声音，赶忙回马走到了汉宫羽的马前。他伸手在汉宫羽的额头一摸，好烫热。

“长途跋涉，她感染风寒了，我们现在急需给她找个巫医。”铁枫把自己的兜风披在了汉宫羽的身上。

“铁枫，我没事的，咱们继续赶路吧，你还要赶紧见到翊娇雪公主呢。”

“病得那么重，还没事，你应该早点告诉我们。翊娇雪公主该见时一定会见到的，但不是现在，现在是必须给你看病，明白不？”

汉宫羽沉默了，只是静静地爬在马背上。

“浮士胤，你去附近看有没有船家，打听一下找个巫医。”

“是。”浮士胤骑马沿着河朝前走去。

铁枫下马后，牵着汉宫羽的马，沿着一条小路慢慢地行走。

前方一块干净的岩石上，背坐着一位吹长箫的女子，长发迎着从黄水吹来的晨风随意飘逸，一把精致的宝剑斜挂在肩膀与腰部之间，一看此举就知道是豪爽放达之士。她的眼睛一直注视着那奔流不息的黄水，也许她没在意耳旁传来的陌生马蹄声，也许她太专注于那份箫声所营造的氛围了。齐鲁多才俊，果然有趣。

“姑娘，打扰了，请问附近可否有村落？”

“公子，可是远道之客，不知有何贵干？”

“正是，马上的女子身患重病，需要一个落脚的地方。”

“公子，你随我来吧。”吹箫女子迈着轻健的步伐在前面引路。

“请问姑娘怎么称呼？”

“琅琊士霓瑛。”

“在下铁枫，幸会结识剑友。”

“看枫公子衣着，可是将军？”

“那已是旧时虚名了，霓瑛姑娘身居何职？”

“报国无门，手中之剑只能当作防身之用，一腔热血感慨于竹箫之音。”

“当下秦与燕齐交战，朝廷正是需要武士之才，姑娘怎会说报国无门呢？”

“齐国社稷乃世代贵族相袭，岂会让寒士立于庙堂之上。不知是怨其命相，还是怒其世风，现且只能行走于山水之间。”

“姑娘可另谋它国，一展宏途。”

“天下终是王侯贵族之家，别居亦此居，我一女子因此还会受更多的轻薄，还是在麻木中去适应，做回一个普通女子吧。”

铁枫抬头望了一下身旁的霓瑛，一张白净俊俏的脸，大大的眼睛里深藏着积怨已久愤世嫉俗的神色，让女子的柔情在她的双眸间多了点深沉，在她的脸上徘徊。生活另一面的不堪在她的内心世界中显现的是那样的无奈和悲哀。

女子同样有着自己的情感和事业，并且和男子一样充满着志向和理想，去构筑自己辉煌而令人自豪的人生。为什么她们总是在生活和信仰间徘徊，而最终却只能接受俗世给她们的安排。是谁无情地让她们在精彩纷呈的生活面前黯然失色？是谁让她们在奋斗追求的征途中凄切止步呢？很明确的答案，不需要冠冕堂皇地用世俗和生活秩序来做幌子了，两性世界里难道必须只有一方倾倒才能维持社会天平的平衡吗？双方平等难道能让社会天平的平衡失重吗？在那深宅大院中，枯萎了多少花容之貌，黯淡了多少双眸间的润玉之色。在男权统治的政权里，女子仅仅被赋予了一条通向人母的道路，相夫教子，在默默地付出中感受无法再延伸放大的幸福。

在理智和文明的教养中，我们懂了，可是又在懂得了平等自由需要在社会进步中才能走向理智和文明后，接受原来苦难是制造出来让人去铭记的，铭记它的不易和不幸。当我们无法改变外部环境时，我们只能改变自己的心情，当改变了心情，我们也就适应了，当适应了，我们就没有痛苦了，但我们已麻木了。这就是生活中存在的一种也许称之为聪明的生活逻辑吧。改变和不改变间完成了两种人生使命，各得其所吧。

“枫公子，随我进院子吧。”

“这是你家，好大的院落。”

“这是我一个远房亲戚的住宅，不过全家都移居临淄了。我一人帮着看家护院。”

“宫羽，慢慢下马，进屋休息一下。”

“她还昏迷着，让我来背她进屋吧。”霓瑛背起汉宫羽走进了自己的住房。

“她病的严重吗？”

“不严重，是风寒引起的体虚。这种病我见过，我去抓点药就能治好。”

“霓瑛，这是钱袋。”

“你拿走吧，只需一点小钱，我去抓药了。”霓瑛走到院外骑上铁枫的马一溜烟去了。

约莫半刻钟时间，霓瑛带着药包回来了，和铁枫打过招呼就匆匆去煎药了。

“宫羽，给你喂药了。”霓瑛端着药碗。

昏迷的汉宫羽微微张开颤抖的嘴，喝着味重的汤药。

“喝完了，让她好好睡一觉。”

“多谢姑娘了。”

“举手之劳，不足挂齿。你们将要到哪里去？”

“临淄，你可听说过燕国远嫁而来的翊娇雪公主？”

“她，全齐国都知道这位即将来齐的冷美人，只是还未曾听说她嫁到齐国。”

“不可能啊，走了都快半个月了？”

“这么重要的王族婚礼，不可能举国上下不知道啊，一定是还没有到达临淄吧。”

“也许吧。霓瑛，我去外面找一下我的朋友，有劳你照顾宫羽了。”

“你去吧，汉宫羽有我照料。”

铁枫骑着马来到了黄水岸边，看见浮士胤正在岸边寻找他们俩。

“浮士胤，我在这里。”铁枫向浮士胤招手呐喊。

“枫将军。”浮士胤骑马奔跑而来。

“枫将军，我打听到一个重要消息。”

“快讲。”

“刚听一个船家说，最近黄水上渡客很少了。秦军到了辽西郡后，停止了对燕齐的侵犯，逃亡临淄的人就不多了，并且说秦军已逼向了魏国，很多流亡的武士都投向魏国，并得到了重用。”

“嗯，这个消息很及时啊，看来我们须从齐国转向魏国吧。我刚从这里获知，翊娇雪公主还未嫁到齐国，像咱们这样的武士在齐国是没有任何地位的。”

“好吧，汉宫羽现在怎么样了？”

“暂住在一个偶遇侠友家中，已服药了。咱们现在过去吧。”

“驾、驾……”黄水岸边远去的身影还要回来的，但已不是顺水而前，渡河后变为逆水而行了。

“霓瑛，宫羽康复大概还需要几天？”

“把身体养好大概一个月多，她的病三天后可好，但她身子骨弱，需要补养，不然不适宜长途跋涉。”

“一个月时间？”铁枫的脸上现出了忧愁的神色。

“枫公子，有急事需要处理吗？”

“作为武士就须去战场上杀敌抗秦，今魏国烽烟滚滚，我想赶过去一展所长。”

“那你去吧，汉宫羽我帮你照料，有她在，我也不孤单了，她在你身边会让你分心的。”

“霓瑛，这有点不合适吧？”

“萍水相逢，缘分即恩情，没有什么不合适的。宫羽跟我也讲过了，你们之间也是非亲非故，走在一起就是朋友。当我是朋友，就什么也不说了，你安心去魏国吧。”

“好吧，那我去和宫羽告个别吧？”

“去吧。”霓瑛点了点头。

铁枫从院外向汉宫羽居住的房子走去。

“宫羽，感觉好多了吗？”

“好多了，铁枫，我给你们添麻烦了。”

“宫羽，怎么会呢？都是我没有把你照顾好。说好了，我们在一起，可现在我们要暂时离开你了。”

“你们是要丢下我先去临淄吗？”

“不是去临淄，而是要去魏国的大梁抗秦。因时间急迫，你目前的身体不适合长途跋涉，所以只能暂时寄住在霓瑛家。我向你保证，我会活着回来看你的。”

“不准说这样的话，你一定会回来的。都怪我身体不好，不能和你们一起去。那你一定要报重，一定要回来看我。”

“宫羽，我一定会回来看你的，保重。”铁枫心里一酸，转身离开了。离别总是有一股伤心的滋味，但也是一种感动的滋味。

黄水边，一艘宽大的木舟停泊在岸边，船家在船尾整理着渔网。岸边，三匹壮马也像刚结识的朋友一样，在低声寒暄，感慨这短暂的相聚，何时再相见，心中也是一片茫然，只有“哗哗”的流水声在耳边徘徊。壮士之别，应着几份志同道合，总有一番慷慨的豪迈。

“枫公子，此去一路保重，他年相聚再喝我大齐之甘酿！”

“霓瑛姑娘，幸会幸会，你和宫羽保重，我们一定会回来的。”

“枫公子，放心吧，我和宫羽相识虽然没有几日，但我们已情同姐妹，我会帮你照顾好她。”

“霓瑛，告辞了。”铁枫和浮士胤拉着马登上了木舟。

“枫公子，你们一定要回来看望我们。”霓瑛望着已行驶到河心的木舟，心中突然隐隐约约中有股担忧的感觉。缘分的迟到，并没有让那等待了很久的情谊发觉它的陌生感。朋友，没有时间和空间上的距离，有的只是心灵上的默契和人格魅力的相互仰慕。

舟在水中游，心在想象中驰骋。魏国，一个并不陌生的名字，它是韩国的邻国，也是姬绒母亲的家乡。虽然离别是一种游离的伤感，但远行中还是有着一份急切的期望，在期望中寻找新奇和未知。沉沦了那么久，一个武士应该在战场上实现自己的社会价值，在那血和痛的信仰中承担上苍赋予的职责。回首遥望，已看不到岸边那些熟悉的面孔，铁枫才意识到了自己又开始远行了，去另一个也许能让他实现理想的地方，也许在那里将会找到了永远的归宿。

“枫将军，我们到岸了。”

“嗯，牵马上岸。”

“几位客官可是要去魏国？”船家把船桨立在了水中。

“是的，船家有何吩咐？”

“据我所知，齐王下令封闭了所有通向魏国的关口，以防止秦军入侵，我建议你们走那边的山路吧，穿过那片树林，就到了魏国的地界。”

“谢谢船家了。”

“一路保重吧。”船家已开始往回摇船了。

动荡的社会，最诚挚的话语莫过于“保重”二字。和平，那是一个不可企及的梦吗？

“驾—驾……”急切的心想马上到达魏国的战场上，建功立业，成为一代名将。

军营里，一位老将军带着一名清俊的小将在巡查士兵的哨岗情况。

“父亲，为什么我们总是抵挡不住秦军的进攻呢？”

“秦军很彪悍啊，将领也都是亡命之徒，我们的士兵在还没打之前，心里已恐惧了。”

“我们应该设法调动起士兵的信心，这样我们就不会次次失败了。”

“唉，为父老了，在朝堂上说话已没有人相信了，还总是打败仗，还有什么资格去要求精兵强将。”

“难道我们就这样一直败下去？”

“薇儿，生活中总有很多你不能改变的无奈，你长大后会明白的，为父也很苦恼，看着自己的士兵遭受无情的杀戮，甚至为父也可能要命丧秦军之手。”

“父亲，不准你说那样的话，有我在，你会没事的。明天你就让我去攻打秦军吧？”

“不行，你一个女孩子家怎么能带军出战呢。你母亲来信了，让你明天回家去，你还是回去陪伴你母亲吧，她很需要你。”

“那好吧，不过我明天不回去，我要好好跟父亲学几天兵法再回去看望母亲。”

“好，女孩子家不待在家里做红妆，却爱好兵法，看你怎么嫁出去？”

“父亲，我今生不嫁了，永远陪着你和母亲。”

“薇儿，你还是没有长大。”

“父亲，你太小看你女儿了，怎么会没长大呢，今年我都二十岁了。”

“那你长大了就要学会懂事。”

“是，父亲大人。”

父女之间温馨而亲切的谈话让沉寂的军营多了些许轻松的气氛。凌薇感觉到父亲老了很多，她这次来就是想能多和父亲说说话，舒散一下父亲心中的郁闷，让他虽处军营，但心情能开朗一点，即使是那么一点点，做女儿的也就很有成就感了。这是子女对父母一份独特而诚挚的爱。

“报，将军，发现在前面的山谷里有秦军正在抢劫我国的商队。”

“赶快集合一队人马，随我前去营救。”

“父亲，我也要去。”

“不行，你待在军营，小心敌人的调虎离山之计。”

“父亲，你要小心。”

“出发！”

凌薇望着父亲远去的身影，她感觉出生在这样的武士家庭，既让她引以为傲，又让她忧心忡忡，刚才还和父亲聊得挺惬意。转眼间，父亲就奔向了那个潜藏着生命危险的地方。心中的担心不仅没有减轻，反而越来越强烈了，她的心情总是在父亲不在身旁的时候就难以平静。

“枫将军，我们已到魏国的边境了。”

“那我们去那边的山谷间休息一下吧。”

“好的。”

山谷间正在上演着一场生与死的较量，兵器的撞击声甚是欢跃，好像这种声音在鼓动着一种深藏在内心的杀欲。

这次抢劫商队的秦兵不是普通的士兵，而是经过严格训练的高级武士，经过半个小时的拼战，凌薇父亲所带军队已损伤过半了，他的体力也渐渐难以支撑了，想撤退又无法脱身，看来今天真的要命丧于此。正在这即将要绝望的时刻，他看到山谷间多了两位白衣男子，跟他们一起与秦军拼杀。他一下子感觉到有突围出去的希望了。他边战边注视着那位剑术高超的武士，他的剑锋利而决绝，秦国武士在惊悸声中倒地，嘴角没有难言的悔恨，更多的是一种安然，倒在这样高超武士的剑下，他们也死得其所。

对于武士而言，他们从手中拿起剑的那天开始，就清醒地知道，有一天会倒在剑下，只不过是时间上的问题，他们服从这种武士的宿命，并且还会对那位持剑武士报以敬畏。铁枫积存在心底的仇恨爆发了，心中那份隐忍的痛只有在血色的闪亮和血沫飞溅中才能得到一点安慰。他忘记了周边的一切，意识只能识别秦国的武士。随风剑在他的手中惬意地舞动着，心中的快感让他忧郁的神经终于得到释放。这红色，他难以忘怀的色彩，因它忧，也因它乐，也许它就是自己生命的底色，符合着一个武士的灵魂色。命运中注定一份使命，也就注定了一份符合使命的色彩。

“壮士，请问怎么称呼？”

铁枫顺着声音望去，是一位老将军。秦军武士已被消灭干净了。

“在下铁枫。”

“枫壮士，多谢你前来相助，不然老朽命尽于此。”

一位副将走上前，向铁枫介绍道：“这是我们的凌将军。”

“凌将军，客气了，我们就是来抗秦的。”

“是吗，我的军中正好缺乏你这样剑术高超的武士，来我的大营吧？”

“好，我们愿为将军效力。”

“爽快，走，去我大营”。

第三节　血色染流年

薇凌站在瞭望台上，期盼着父亲的身影出现，已经走了一个多小时了，她真担心父亲会出什么事，焦急的心思一阵比一阵强烈。猛然看见一队人马走来，她高兴地跑下去见自己的父亲。

“父亲，你怎么才回来，快让女儿焦急死了。”

“哈哈，薇儿，给你介绍两位远到的武士，枫壮士和他的朋友浮士胤。今天多亏他们及时营救，不然为父见不到你了。”

“父亲，你又说那样的话。”

“薇儿，快见过两位壮士。”

“凌薇见过枫壮士和浮士胤。”凌薇抬头瞧了一下那位气质不凡的枫壮士，一脸的深沉与刚毅，眼睛中透显着无限的疑惑和追问，这种疑惑和追问自己也有过，现在还一直存在着。

“凌薇姑娘，幸会。”

“走吧，咱们一起进帐痛饮几杯。”凌将军带着众人步入了宽大的营帐中。

“凌薇，枫壮士是韩国人氏，并且游历过赵燕诸国，立志抗秦以终止杀戮，这次是来为我大魏效力的，这下我们的处境会有所改善。”

“枫壮士，我们现在就需要你这样的将领之才，你们的到来，我们抗击秦军就有希望了。”

“凌薇姑娘，过奖了，尽己之力吧。”

“枫壮士，请见谅，你称呼我凌薇吧。我也要像你们男子一样，干一番轰轰烈烈的事业，为国家和民族效力。”

“我很欣赏的你的志向和风范，不愧是将门之女。”

“枫壮士，你挺会说话的，行走江湖多年，已历练出来了吧。”

“让你见笑了，一点拙言罢了。”

“哈哈……枫壮士，谦逊之态，让老朽刮目相看。来，一起举杯庆祝我们这份难得的相遇。”凌将军带着对铁枫满意一饮而尽。他感觉到此人绝非等闲之辈，也非世俗之徒，他的谈吐和气质凸显着一股大道之风，和善之美，此人日后肯定有一番不平凡的作为。

舒心惬意的晚饭后，铁枫已被凌将军任命为先锋将，将军的身份又一次降临到他的肩膀上，与众不同的是，这次是真正的带兵将军，带领千军万马奔赴那血腥的战场，展示一位威武将军的风采，想想就够味。躺在床上的铁枫兴奋不已，今天和秦国武士的交锋，使他淤积在心底已久的闷气得以淋漓尽致的发泄，所有的痛和伤在那血色的光泽中得到了安抚，一位武士终于找到了他应该享有的荣光。领兵打仗的日子终于来临了，他对未来充满了期待和憧憬，封侯入相又有何不可？此时的铁枫忘却了曾经的痛和伤，泪和血，似乎找到了他人生闪光的突破口，不必再为事业的方向而徘徊，纠缠在理不断、剪还乱的情丝之中，忘记并不是逃避过去，而是需要为了更好地面对未来，给别人一份安心，给自己一份快乐。

军号嘹亮，战鼓雷鸣，秦军踏着激进的步伐开始攻山了，闪亮的兵器映射着刺目的光芒，他们又要开始触摸那滚热的血浆了。

铁枫带着魏军早已在山头一字排开，建好了防御体系，等候秦军的到来。今天机灵乖巧的凌薇也跟来了。

“枫将军，一会你们冲锋陷阵的时候，我来当击鼓手，好吧？”

铁枫看着凌薇期待的眼神，答应了她的请求。

“放箭！”魏军的箭“嗖嗖”朝秦军的队伍射去，瞬时一大批秦军倒在了血泊中。转瞬间，一批拿盾牌的秦军走到了最前面。

“滚石头！”一块一块的巨石顺着坡势滚到了拿盾牌的秦军阵中，打乱了秦军的阵势。

“杀！”随着铁枫的一声大叫，魏军操起兵器朝山坡冲下去，还没有从慌乱中缓过神来的秦军大多做了刀下鬼。

“咚—咚……”强而有力的擂鼓声更加催长了这猛虎下山般的气势。

铁枫骑马回头瞭望擂鼓的凌薇，凌薇也在深情地看着他，那是美女对英雄的崇拜之情，更是对勇士的期待和祝福。

有时一种简单的幸福就是你在前方作战的时候，背后有一位深情的女子在默默地注视着你，给你祝福和祈祷。虽然铁枫知道那是一种纯粹的鼓舞，自然的情感流露，但依然能在心底激荡起阵阵暖热的洪流，美美的感觉传遍了全身。

铁枫带领着魏军杀入了秦军的阵营中，在血滴的飞溅中穿梭在生命的界限上，秦军被杀得人仰马翻，嚣张的气焰此时变成了满脸恐慌，纷纷调头逃命去了，铁枫趁势追击，一直把秦军追到了百里外的秦军大营，才鸣金收兵。今天好痛快啊，铁枫此时才感觉到了一位将军的威风，千军万马在自己的统领下，勇往直前，所向披靡。征服，在男子心中是引领他前行的魔杖，没有任何的理性可言，是心中最强烈的原始欲望。

“枫将军，你太帅了！”凌薇早已在军营外等候铁枫的归来。

“哈哈……过奖了。”铁枫下马走向了凌薇。

“你今天可为我们魏军出了一口气，终于把秦军打败了一次，鼓舞了魏军的士气。”

“这也是我应该做的，秦军和我有不共戴天之仇。”

“嗯，我想起来了，你是韩国人，你们的国家已沦为秦国的国土了，你也一定经历过一些生离死别的事情吧。”

铁枫沉默了，对于亲人的离散，他的心中充满了太多的感伤和无奈。在生活面前，有些事情太琐碎了，琐碎得让你无法去回想，以招致心中的阵阵疼痛。自己到底是为什么而生存，丰功伟绩能减轻生命的沉重吗？那是不可能的。痛是永远会痛的，也许痛是为了记忆那些不能忘却的亲情。

“我是一个流亡的武士，我已没有一个完整的家了。”铁枫不想正面去回答这个伤感的问题，从侧面告诉了凌薇答案。

这么大的年纪，他就没有一个完整的家。他是怎么从温馨亲情的摇篮中走到这孤独的荒原上的，难道那副深沉的面孔就是伤感的寄托吗？自己是一个浪漫理想型的女孩，在自己构筑起来的幸福美满精神家园里，就是和自己的亲人无忧无虑地生活，希望父母健康、快乐，一起迎接晨光，一起送走晚霞，然后在欢声笑语中做一个甜蜜的美梦，懒洋洋地等候第二天的到来。然而有一天，她起床后，发现今天的日光没有往日的温柔，空气里弥漫的是燥热的气息。父亲对她柔柔的一笑，穿好铠甲，骑上马消失在院落里的紫藤花前，消失在期盼的眼神中。

父亲要去打战了，母亲的额头涌上了担忧的褶皱，明亮的眸子中一下子找不到了那柔情的神色。母亲开始变老了，因为她心底有了负荷，她在担忧怕永远失去她的丈夫。她问过母亲，我们可以不让父亲去打战。母亲说，他来到世界上是要承担相应的责任和义务。她又问，为什么要打仗呢？母亲说，欲望要去征服它所需要的。是欲望打破了今日晨光的柔美，剥夺了一个美好而天真的梦想，那天她流泪了，她失望地问，为什么会这样呢？平平安安地生活不是很好吗？幼稚的童音放大了生活的苦难，她只想要一个简单而快乐的家庭，她不渴求大富大贵。然而在今天，她的内心里还是缠绕着很多解不开的心结。

凌将军已在大帐内设好了庆功宴，这是他带兵抵抗秦军以来的第一次胜利，全军人心振奋，在心底开始消除秦军不可战胜的神话。

“枫将军，本将可要好好奖赏你，你想要什么，我向魏王上奏。”

“将军，末将没有什么要求，抗秦也是我的职责，我还挺感激将军能重用末将。”

“枫将军，将才风范，我就不再说什么了，来吧，今晚咱们痛饮十几杯，一醉方休。”

“将军，请！”

战场上的血与汗在这滚烫的酒里和香气撩人的肉味中得到了些许安慰，为幸存者，为这些从战场走回来的胜利者，其实在那不易察觉的脸上还有一丝假笑，那是心底的悲伤顺着敏感的神经爬到了脸上。他们熟悉的一些面容从此刻开始再也看不到了，永远看不到了，他们也不明白今天战争的胜利到底是不是应该高兴，只能用蛮劲一味地喝酒，来麻木那敏感的神经，求得心灵上的平静，安慰那心底地动山摇的震撼。酒香、肉香不仅仅满足的是物质的需要，也是精神上的安慰剂。

铁枫躺在地毯上，望着窗外皎洁的月亮，今天它是那样的温润、宁静，看不到丝许暗淡。铁枫的心里暖烘烘的，今天他终于在战场上一展他的雄姿了，痛快，豪爽。今天，他才感觉到了一个男儿的骄傲，曾经的不堪和郁闷在此时化为云烟了，心底的自信在此时得到了证明，在内心不停地闪动。

成就，能证明你在这个世界中所处的位置，让你心中的豪气一泻万里。看着秦军的头颅和身体堆积在地上，他为国恨和家仇找到发泄的窗口，积攒了三年了，让它的一部分从心底涌出来了。虽然秦军并不是他直接的仇人，他也只能在仇恨的意识里给他们绘上卑劣的色彩，让他们为他们的君王去承担那份罪孽。经历过这么多的苦难和忧伤，他在生死面前已很难表露心中的同情和怜悯。生活的异化，他感觉到自己在成长的过程中获得了很多，也失去了很多，至于得失，那已不是他能所控制的，只能一步一步往前走了。

魏国大梁是姬绒外婆的家乡，他不由得又想起了姬绒，三年不见了，她现在应该是大姑娘了吧。也许去她外婆家能知道她的下落，可是眼下战事吃紧，这里离大梁有几百里远，他很难脱身啊。离别是一种心底永远的疼痛，只有相见才能祛除这种乱麻麻的感觉。铁枫静静地望着窗外的月亮，一会儿便在梦中出现了。

第二天，派出去的士兵回来报，秦军的大营紧闭，没有出战的迹象。看来秦军在商议对策了，我们需要严加防范。凌将军对这样不正常的情形，心中着实没底，以静制动，将会出其不意，攻其不备啊。他马上回去看地形图，看有什么地方需要派重兵把守，留下铁枫和凌薇巡营观其变。

“枫将军，昨天睡得很好吧？”

“嗯，你怎么知道的？”

“我从窗户外看到你一直盯着月亮，想家了？”

“是的，漂泊他乡三年了，身边除了浮士胤外，几乎没有一个亲人。”

“你在魏国有亲人吗？”

“没有，不过大梁有一个朋友的外婆。”

“是吗，你能告诉我他的名字吗？”

“姬绒，很久没联系了，不知现在见了她还能否认识。”

“是一个女子噢，是你的心上人吧，看不出来，你的感情还挺细腻的，嘿嘿……”

“不，她是我一起长大的伙伴，可以说是没有血缘关系的妹妹。”

“那她能有你这样的一个哥哥，那可是一种幸福。”

“是吗？何以见得？”

“文武双全，有人疼啊。”

“哈哈，那你哥也一定疼你吧？”

“我没有哥哥，我们家就我一个孩子。但我渴望有一个哥哥。”凌薇说完话后，用眼睛注视着铁枫。

铁枫猛然面对她这专注于自己的表情，一下子不知该怎么回应，赶忙找了一句题外话，“你怎么喜欢这种无聊的军营生活？”

“我不甘顺从于上苍对一个女子命运的安排，我鄙弃现实生活中一些男子的品性，高傲、虚伪、无知、贪婪，把爱情只是当作了肉欲享受的一种形式，喜新厌旧，把女子完全当作了他们的一种附属品，让我们没有尊严可言。我们的喜怒哀乐决定于他们的支配，我痛恨上苍给了我们这样的生活角色，所以我要通过自己的努力和奋斗，找到自己所追求的一种生活形式。我们女子也有自己的梦想和追求，为什么男子就那么霸道，不给我们一份平等的生存权，还要硬生生地要求我们去爱他们，并且是全身心的爱。我真不知道爱从何来？我觉得你们男子有时挺荒唐的。他们被自己的女子从心底抛弃时，在大声号哭着，说我给你这么优越的物质享受，你还不满足，难道还不能说明我对你的爱吗？说他们无知，他们还以为自己是世界的主宰者，连生命里的爱都无法理解，女子的爱岂是仅仅能用物质所能承接的，彼此的相敬相知那才是甜蜜蜜的爱，在生命的过程中才不会感觉到孤独和无聊，而是享受着美好二人世界的丰富多彩与爱和被爱的感觉。这些我觉得我有必要去追求，否则会受制于社会，在隐忍和绝望中走完余生，可悲可怜。若找不到心中的他，或者本来这个社会这样的男子还没有出现，那我就孤身去闯荡红尘，现在只能内修品质，外练英气，让自己活得坦然、淡定。”

“是的，不管是女子，还是男子，起码生活的要有尊严，每个人都有自己对生活一份特殊的憧憬，应该在生活面前去勇于追求。我很欣赏你作为一个女孩子刚才的想法，魏国的女子就是有个性。”

“你不会生我的气吗？毕竟刚才我对你们男子有很不满意的评价。”

“不会的，你说得很符合现实情况，我不会认为自己是男子而遭奚落，我也对那些有着丑陋嘴脸的男子厌恶，但你要相信生活中还是有很多优秀的男子，他们正用自己的言行去维护着正义的道德和生命的尊严。”

“我觉得你应该就是其中的一位吧。”

“不敢自居，但我正朝这个方向前进，不是出于一种荣誉，而是作为一个人应有的尊严，自尊自爱，不会在心底生出自己是肮脏的意识。人要活得高洁、高雅。”

“对，我很欣赏你所说，有你做我的榜样，我更坚定了自己的追求。”

“哈哈……还是不敢自居，只能说共勉吧。”

“好，共勉。”

“咚咚咚”，军营传来了擂鼓的声音。

“枫将军，走吧，吃午饭的时间到了。”

生活的偏见让很多信念和理想在困惑中徘徊，语言上的共鸣会使踌躇的心得到理念上的安慰。这样她才会发觉，你的存在让她不会在寂寞的精神家园里显得孤独，因为你们都是为一份信仰而努力奋斗，有着那不能被轻易发觉的共同默契。

夜静如山，月似钩。铁枫伏在案头，埋头沉思着秦军这反常的军事行动，不禁让他回想起了在上党郡的那一晚，也是在平静中深藏着一股暗流，等待着生活中的破绽。阴谋和反阴谋在心机和谋略上进行着最后的角逐。

“铁枫，在思考什么呢？”凌薇出现在了窗口。

“没想什么，感觉秦军的行动太诡秘了，不知道会隐藏着多么大的阴谋。”

“武士就是武士，思维和常人就是不一样。我父亲让我给你带来点水果，犒劳你这位英勇多谋的将军。”

“又拿我开玩笑了吧，小胜一战，不足挂齿。”

“来吧，我们这里的水果，汁多味甜，在这清凉的夜晚，那可是一种享受。”

“看来这份美意我一定要领了。嗯，味道就是甜丝丝的。想必这个时候北方已经雪花飞舞了，而这里还依旧还停留在初秋。”

“也许吧，我没有去过北方，但我听长辈们说，北方这个时候到处是白茫茫的一片，那种感觉一定挺圣洁吧。”

“是的，在圣洁中让你体悟一种无言的震颤，感知生命的静止。在寂寥中存在着一种真实的本来面目，无法掩饰也没必要掩饰，直接直白地去面对生活中的是非。”

“听你这么一说，我好想去北方，去体验那种无言的真实，感受一下自我的存在。你能带我去吗？”

“现在可不行，战事吃紧，动乱的局面是不允许我们随便出行的，等社会安定下来，我一定会带你去北方赏雪。”

“那好吧。”凌薇兴奋的深情瞬时变得低沉了。

“天色不早了，你该回去休息了。”

“好，明天见。”凌薇静静地走出了屋子，悄悄地回到了房间。

女子是有点感性，在这样残酷的环境中还想着冬天雪飘的浪漫，很难想象今天上午那些具有生活理性的话是她说的，难道自己把她想复杂了？有着生活奋斗的理念，又有着单纯的处世思想，难道是自己用男子的眼光去打量着一个现实中的女子，角度太苛刻了？还是她年纪尚小，入世阅历还是有限，她身上矛盾的地方太多了。铁枫感觉到她太追求完美了，然而在失望后又表现出了太多的伤感。

第四节　风声惹人醉

秦军的大营还是依旧如故，只看见哨台上的士兵一动不动。这种反常状况的时间越长，越让人心里恐慌，感觉阴谋离身边很近了。铁枫要带兵主动出战攻击秦军大营，但凌将军怕秦军有诈，没有授意采取行动。对此，铁枫有点闷闷不乐，一种直觉告诉他，危险就在身边。他去找凌薇，想和她聊聊自己的感触，得到的消息是凌薇离开这里已经好多天了。铁枫在心里一算，就是那天晚上，她不辞而别了，看来自己只能在时间中慢慢疗伤了。

黄昏中，铁枫拉着马一个人在原野上行走，心中的孤独只能在这广袤寂静的空间中放大释放，才能彰显出内心不安被感化的平静，与自然共处，在超然的生活之外和这些无声的精灵交流，在陶冶中得到启迪和感悟，去发现那份独到的感触，疗化心中的病痛，一种生活独处中的空淡和静默。

那些熟悉的身影现在在何处？是什么把我们分开呢，是时间吗？不是，是生活的信仰让我们无法保持一种群居的心态，而是想在找到憧憬中的幸福后，再去料理这份团聚，可是又在每一个人心中时刻萌发着一种相聚的思念，在那沉静后的心间萦绕，连接遥远的远方，让人不禁回首凝望那方有着她们影子的方向，驻足良久。天边的晚霞又一次燃烧着一天的余华，竭尽那份风华情韵。马在山坡上悠闲地品尝着草汁的鲜嫩。铁枫坐在山顶上望着周围的景色，一切都是那样的陌生。他甚至怀疑他是怎么来到这里的，这里的一切是为谁存在的，今天他的到来在他的生活中会具有怎么样的意义，经历了很多事，他总感觉到一些事是有一定的特殊意义。它们好像在完善和补充着生活中的种种情节，让他感觉昨天就好像是一场梦后多了一些留恋的梦境。

昨天的梦境又一次让他心里美滋滋的，白桦树林里的那位素衣女子又出现了。她带着笑脸迎面扑来，秀发在肩头飘逸，双目流露出浓浓的爱意，好似一对佳人重逢。他上前努力抓住她的手的那一瞬间，终于看清了那娇美的面庞，一张熟悉的美，大燕公主——翊娇雪。她静静地偎依在他的胸旁，倾听着一位痴情男子挚爱她的声响。翊娇雪的娇美动人到了极点，冷艳高贵的公主身份换上柔情少女的淡妆后，那份靓丽的美感就随着乖巧冒出来了，一笑一颦显现着刻意的弱不禁风，让人疼，让人爱，使得男子胸腔中蓬勃出大自然最激情的力量，能顶天立地。

难道自己孤独中的怅然若失需要的就是这份朝思暮想的靓影，铁枫在心里问自己。

翊娇雪，从看到她的第一眼起，心中其实就勃发出了一股爱的冲动。只因她贵为一国公主，又天生丽质，自己实在不敢贸然去倾诉这份爱意，只能把她的美无声地压抑在心底。自己虽然也是贵族出身，但随着大韩的衰落，那份特有的尊荣只能在心底保留了。爱是没有距离的，但是需要爱的双方走在一起，生活的距离才会不存在。他把那份爱默默地藏在了心底的某一处，可是还是被敏感的神经发现了，在朦胧的夜晚涌现出来，又一次证明了情感不以人的意志为转移而客观存在。一种感觉一旦产生了，那就是一份情感宿命的开始。那晚跟她在城楼上一起交谈时，他的脑海中其实一直有一种思想在跳动：相见恨晚。为什么自己不是那位王子呢？其实他也很清楚，公主之所以告诉他这些她的往事，只是简单和他分享她的往日年华，让她心中的痛和伤能得到稍许安慰，并没有其他特殊的暗示。他也清楚自己精湛的剑术吸引了她，她身边也需要这样的剑客为她征战，在彼此利益需求中达成了一种心理上的信任，从而让他充当了一个聆听者的角色，仅此而已。自己这样熟悉这种似是而非的情境，可是在心里为什么还会有爱怜的感觉？难道是幻想？是一种从相处中生发出的一点情丝所幻化出的感觉在心底呼唤，还是她身上的那点高雅的气质触动了自己视觉上的需要，而只不过自己没有勇气去表白，更不情愿在异性面前表现所谓的缠绵而在内心一直压抑对她的感觉。

在质疑中，一种从来没有过的感觉开始在心里升腾起暖融融的气息，甚至涌动着一股接一股的感动。他明白了，爱，一种浅显的爱，但思念也是一种幸福。从她离开辽西郡的那天起，对一个漂泊的武士看似没有什么大的变化，聚散在他的生活视野已成了一种习惯的生活形式，可是一种异样的感觉始终在心头缠绕，令他不能自已。有时他悔恨过，一个流亡的武士是没有资格在情感的世界里闯荡。抗秦，在他的生命里占据了太重要的位置，已不能容纳其他的生活形式。而这不争气的情感神经却让他这个铮铮铁骨的武士踏入了温柔乡，斩不断，理还乱。到今天，时间不仅没有让他淡忘掉翊娇雪娇美的笑脸，反而在胸腔里积聚了她太多的美。

夕阳西下，断肠人在天涯，一个悲情的伤情的柔情的男子在呆呆地顾盼着一份美好的爱恋，一片朦胧的游移的迷离的云朵将要遮盖整个天幕。爱，好沉重，在心里沉甸甸的，却在心中散发着一种静谧的幸福感。

翊娇雪，你还好吗？不知在生命中，缘分还能让我们再见一面吗？期盼在心里慢慢地浓缩，一种真实的感觉，铁枫心中需要爱。

天亮了，睁开慵懒的睡眼，铁枫穿好盔甲，再去观看生活的血与泪，战争无非不是你死就是我亡，但在生死还在较量的时间内，非生死的日子还得过，好像对于武士而言，他们生活就是去等候一场轰轰烈烈的死。

“枫将军，我看到凌薇了，她刚骑着马回来。”浮士胤走了进来。

“走，我们去瞧瞧！”

“嘿嘿，你们来了。”凌薇看着眼前熟悉的两位，为自己的不辞而别尴尬。

“回来了，有什么令人激动的消息，匆匆去，匆匆来？”

“想我母亲了，就回家了。”

“那你怎么又回来了？”

“又放心不下我父亲，赶快就来了，不过我还给你带了一个好消息，想听吗？”

“好消息，难道我上次跟她说的姬绒的事有线索了。”铁枫马上在大脑中高速运转起凌薇的这句话。

“快说，是不是你获知了姬绒的情况？”

“对，她现在就在大梁，跟她外婆在一起呢。”

“太好了，总算有她的消息了。凌薇，太感谢你了。”

“那现在还埋怨我的不辞而别吗？”

“将功补过吧，这里前往大梁需要几天呢？”

“我早就猜到你会问这句最有价值的问题，骑马往返大概需要十天。”

“嗯，不是很远吗？”铁枫开始构思着前往的计划。

“怎么了，是不是想去了，但又不知怎么去跟我父亲提起？”

“我觉得你一下子就能猜透别人的心思。”

“不是我能猜透，而是你表现得太明显了，你身旁的浮士胤也能看出来。”

“是吗？其实我真的还需要你帮忙。”

“好吧，相信我父亲会体谅你的，那我现在就去找我父亲。”

“嗯，我等你的好消息。”

凌薇小巧的背影在铁枫兴奋的眼神中淡没了。他快步走回自己的卧室，心中早已升腾着一份难以言及的感动和喜悦。时间淡漠的只能是生活的背影，是不能隔断心头间凝结着太多喜与乐的情丝，曾经的一切在此有着最特殊的意义，都为今天的激动聚集了饱满的感情因子。

姬绒，娇气乖巧的她见到自己会是什么样子呢？一定是满脸的吃惊和兴奋。她一定做梦也不会想到他的铁枫哥会能找到她。曾经那个豪情万丈的男子今天已是一名将军了，嘴角的胡须会让她很难想象岁月在他的身上竟然诉诸了这么多的风风雨雨。曾经的小情小调在今日成熟的情感背后会有怎样的视角？也许一切都是一种岁月的痕迹，眼角注视的总是前方的路途，曾经的点滴往事只能是作古的历史。姬绒一定是一个大姑娘了，但心中停留的她也许还是那个可爱机灵的女孩。经历了这么多，感受了这么多，他好想找一个心灵贴切的女子倾诉自己的种种境遇，分享岁月积淀在一个男子心中的情愫，太多太多的感慨要对她讲。这一天不远了，彼此的距离开始趋向了最短。不管怎么样是不能错过了，一旦错过，相见的日子就是遥遥无期了。铁枫期待着，并在心里感动着。

一个激动的下午再加一个失眠的夜晚，铁枫等候着一个充满喜气的早晨，凌薇该给他带来那个有着兴奋因子的回复了。铁枫开始急躁不安地在地上走来走去，不时望望窗户，期盼着那小巧的身影。

“铁枫哥，我父亲同意了。”凌薇急促地走进来。

铁枫听到这个消息后没有凌薇想象中的那样高兴，反而是突然间呆住了，恍然地望着她，脸上显现着疑问的表情。

他怎么了，他应该高兴啊，现在终于可以去见自己分别了多年的邻家小妹了，或许曾经的心灵感应走到今日会步入到爱情伊甸园，感受那份心与心的触摸，情与情的融合。可他现在有点反常，难道自己有不正常的举止。噢……“铁枫哥”这句称呼，自己还没有征得他的应允，在高兴中就冒失地脱口而出，可那也是自己心中最真实的声音。

在她的内心里，铁枫就是他的哥，一个可以给他生活勇气和鼓舞的哥。在他的身上有着她所仰慕的学识和情操。生活的种种目睹，让她对世俗中的男子有着一种极端的厌恶，为他们的虚伪和龌龊而不耻。可和铁枫的相处中，让她感受到了他身上所散发出的阳刚之美，可信，可敬，可爱，一个男子该具有的温文尔雅，这一切让她忘却了女子的婉约，不知不觉中在他的面前开始直爽起来了。她抬头看了一下铁枫，疑惑的眼神还没有从自己身上转移开。她耳根一红，一片红晕扩散到了整个脸庞。她越来越尴尬了，感觉周围的气氛好像快要凝固了，无奈之下想走，但还不能失掉一个大家闺秀的风范。她微微一笑，用无声的行为为自己争得了一点轻松，然后羞赧地离开了。

她怎么今天突然间称呼我“铁枫哥”，看着凌薇远去的背影，他才茫然地想起应该说一些委婉的话，为她缓解一下窘迫的处境。可是来得太突然了，他一下子也有点不适应。原来在她的内心里，她把自己当作她的哥哥了。记得她说过，她好想有一个哥哥，难道那时就是针对自己所言，但自己在这方面的悟性实在太差了。况且想让自己当哥哥可以直说，有她这样的小妹实属幸事一件。也许内敛的她很难直言，只能在旁侧试口风了。嘿嘿，这小妮子还真是可爱。刚才听她已言及她的父亲同意了，太好了，那明天就去辞行，去赶赴那场回荡着笑声的相约，为岁月，为情感。

又是一个月圆之夜，铁枫坐在油灯下，从上衣口袋中取出那条白色的丝巾。四年了，丝巾上的芳香早已被岁月冲淡了，但它凝聚着的往事和感情对当事人依旧放射着永不暗淡的情感之光。

“枫将军，你还有一个小妹名叫姬绒，可你一直没有对人提起过？”

“她是我心底一个有着乐与痛的情节，在她的身上记忆着我曾经美好的童年和岁月的无常，是那段尘世开启了我人生道路上的跋涉。它无疑充当着我生活的方向标，我只能在内心里独自去思考它的内涵，无法向别人叙说。”

“理解，我们明天一早起程去大梁？”

“是的，你早点去休息吧。”

“好，其实我内心也挺激动的。对于我而言，我将见到的是一个老乡，感受的是久违的乡音。”

“浮士胤，我理解你的心情，多年的漂泊，我们一颗完整的心已被生活撕扯的快要碎了。我会让你好好感受久违的乡音。”

“嗯，枫将军，我去休息了。”浮士胤拉开门出去了。

一个漂泊的人，完整意义上说是一个流浪的武士。没有故乡了，犹如一片深秋的树叶飘落在了水面上，接触不到大地，也融解不到水里面去，只能随波逐流，没有了故土的归宿，情感也在心中晃荡，找不到慰藉，孤独的心灵不敢也不能敞开去面对坦诚的爱，注定了一个孤独的夜里有一个寂寞的人在做着一个单调的梦。

“吱”一声，门开了，浮士胤走了进来。

“枫将军，凌薇给你的信笺，她已经离开了。”

“噢，我知道了。”铁枫打开了信笺，清秀的字迹上，朱砂的气息还幽幽尚存，看来是刚写完不久。

铁枫哥：

我不能欺骗自己的想法，所以还是称呼你为铁枫哥，想必现在你已经适应了吧。其实在我的内心深处，我也是孤独的，因为我是一个不能融入群体的女子。我感觉到我周围的人不是散发着铜臭味，就是戴着一副假面具。我想追求高洁，慕名风雅，成为一个雅士，达到一种超然的人生境界，成其自我。但我也在寻求着一位志同道合者，去分享一份人生的成就过程。你的出现让我看到了志向的曙光，也在征途上少了一份孤独。对于你的修养和魄力，我一女子无法企及，只能在你的不远处默默地关注着你的风采。你这个能充当我哥哥形象的想法便与日俱增，只因出于一种简单的相知，所以不敢贸然有所求，但还是阻挡不了它的出现。唐突之言，还望海涵，还希望你能认可我这个小妹，知道你已有一个，相信多一个会更好。

小妹　凌薇奉上

铁枫看完后，心中不禁涌上一层笑意，直率，耿直，但更多的是一份理解。作为女子有这样的理想和情怀确实难能可贵，对于自己的评价也还有一定的独到之处。

但也从中看到，自己严肃的举止言行对她还是有一定的陌生感，使她觉得很难在内心里真正了解自己。在给她答复的同时，还是简单向他介绍一下自己吧。

凌薇：

首先言及你这个小妹我内心早已认可，这样大梁的那个小妹也就不会孤独了。你的勇气可嘉，想法更是难能可贵，为了活出一份精彩，相信你会完成自己的人生使命，哥当然会一直在你的背后支持你。

寥寥数十日，也许你还不能在短时间内了解我。我是一个流亡的武士，你应该能想象到我身上所肩负的使命和职责，也就注定了我性格中无法有着随和平淡的元素。你现在是我的小妹了，我觉得有必要诉说一下我的家世。我是韩国贵族世家的后代，我的身上流淌着贵族的血液。虽然韩国被秦国占领了，但我身上的精英意识并没有坠落。我是一名男子，我要做一个大丈夫必须做的事情。相信你读到此时，对我应该至少有点真正的了解吧。

铁枫哥

“浮士胤，你现在就把它交给凌薇。”

“嗯，还有嘱咐的吗？”

“没有了，赶快去吧，不然她睡了。”

浮士胤拿起信笺赶快给凌薇送过去。没想到他一出门不久，凌薇就在那里等候了。

“浮士胤，给我信笺吧。”凌薇迎面走过来。

“给，我还以为你回去了。”

“嘿嘿……辛苦你了。”

浮士胤对她笑了笑，到铁枫房间回话去了。

凌薇看完信后，满意地笑了，踩着节拍回到了房间。今夜在她的精神世界里，她不是一个孤独的赶路人了，在不远处有一双鼓励的眼神在为她呐喊助威。

大梁，一个陌生而又熟悉的地方。陌生，在生命的迹象里，它是第一次出现在眼球中；熟悉，在梦里，在脑海里无数次地出现过，只不过那是一个虚幻的大梁，里面却总是存在着一个可爱乖巧的女子在向他开怀大笑。眼前的大梁显现的是魏国一国之都的气魄，没有想象中的温柔与浪漫，更多的是它的威严和高贵。铁枫也明白是自己的主观感情把魏国都城审美化了，只因这里有他的伙伴姬绒居住在此。

“铁枫哥，先去我家给你接风洗尘吧？”

“这里离姬绒的外婆家有多远？”

“我就知道你心急，故意不回答我问题是吧？不远，但你也不能风尘仆仆去见她吧，听我的，先去我家休憩片刻，再去看你的姬绒。现在首要的是让我尽地主之谊，看看你伯母去。”

“嗯，听来惭愧，听你的，先去拜访伯母”

“嘿嘿，姬绒能结识你，是她一生的福气。”

“言重了，童年的伙伴是永远不会忘怀的。”

生活的镜头转瞬停留便转向了下一站。在别人眼里，她们很难懂他和姬绒的情感，他们之间融汇更多的是一种亲情。凌薇在铁枫心里是模糊的，因为姬绒的形象占据了他所有的情感空间。他期待着时间能赶快在这一情境中跳跃过去。虽然他觉得这种心境对不住凌薇，但这是他最真实的心境，他更不想欺骗自己。他此时认为自己应该出现在姬绒面前，而不是停留在这里。只因她们不懂，不懂这种特殊感情的存在。只因时间的发酵，时间积淀了情感的厚度。他承认在凌薇家那段时间里，他的脸上戴着一副假面具，却没有伤害凌薇，没有伤害自己的真情，但也许伤害了他所坚持的道义，对生活妥协了，那天他知道了生活确实充满着很多的无奈。

满地的黄花，堆砌着一种惨败和荒芜，但那鲜亮的色泽还在守望着初春的来临。在铁枫心里，初冬在燕国就来临了，此时又在魏国经历了一次。生命的惨淡总是一次又一次地出现在他的生活中，练就他的刚毅和沉稳，还是故意给他呈现一种凄凉的境界，麻木不仁还是处事不惊，他已很难读懂大自然的博大，只因流浪让他不得不面对一切。急促的马蹄从靡丽的花丛中飞驰而过，溅起了几片迟暮的花朵，搅乱了芬芳的祥和，粘走了一股飘移的余香，香醇中透着一丝清凉，不知会在何时何地消弭，淡化闻香人心中的迷醉。

“凌薇，这么远，你是怎么打听到姬绒的？”

“这你就欠考虑了，我父亲可是为官之人，吩咐一下各地的百户长，不就搜索到了。”

“嗯，明白了，那里你去过没有？”

“铁枫哥，你是太心急变得糊涂了。我若没去，怎么去确认姬绒真实的身份。只不过恰好她外出了，我和她外婆攀谈起来，知道了她就是你所要寻找的姬绒。”

“呵呵……太激动了，大脑就变得迟钝了。大概还有多远呢？”

“看到了吧，前面的那个小镇就是了。”

“驾、驾……”铁枫加快了马的步伐，心中默想着，“姬绒，我来了，你的铁枫哥终于找到你了”。

第五节　沧海难为水

奔驰的马队在一座庄严肃穆的房舍前停住了。高大的一对石狮守卫着朱红漆的大门，青砖绿瓦相衬，一派大户人家的气象。没想到她的外婆家同她家一样有钱有地位，看来她过得一定很好吧。铁枫心里的第一个担忧如释重负了。一个女孩子家千万不能让命运像安排自己一样经历这么多的苦难。她们是花朵，呈现的是美丽和优雅，拥有的是快乐和富足，不应遭受生活的奚落和冷视。

“浮士胤，你上去敲一下门。”

“不，还是让我亲自去敲门。”铁枫走上前去。

“枫将军，这不妥，还是让我去吧？”

“不必多言，一切听我的。”铁枫走到大门前，轻轻地扣动了门环，在那一瞬间，他的心里充满了不可抗拒的紧张、不安和躁动。心底传来了一阵轻盈的脚步声，稳重、矫健、悠然，看来她已长成一位少妇了。猜测、激动，在即将要开门的那一刹那要迸发出它的热烈和激情。

“吱”，随着开门声，一缕秀发首先进入了铁枫的视野里，紧接着滑过一副清秀的面庞。

“你……”姬绒的红唇半张着，再也说不下去了，一切在记忆，一切在打量着岁月所装扮的形象。时间在此刻倒退，一下子跳跃到了他们分别的那个晚上。姬绒在门缝间扮了一个矫情的鬼脸，铁枫欣慰地回应微微一笑。此时，铁枫和姬绒双目静静地相对，语言表达的速度太慢了，几年风风雨雨的往事只能在传神中才能相通、相融、相知。

满眼的柔情，满脸的爱意。姬绒已经出落成亭亭玉立的少妇了。岁月在她的神态中注入了丰满的母性，那份纯真、乖巧、娇柔在双眸间淡去了，在铁枫的心里换上了温逊、端庄、优雅的底片。变了，第一眼的直觉告诉他，姬绒变得让他有了陌生的气息，但心中的亲近又让他为她的变化而欣喜，长大了，应该去为自己的生活掌舵了。

铁枫哥，是你吗？你怎么来了，你为什么来得这么迟，你可知道姬绒的心里已承受不了思念的沉重了。胡须都那么黑乎乎的，英武之气是你与其他男子最大的区别，深沉、忧郁，你还是没变，变的也许只是你的阅历，看你身后跟随的庙堂之人，得知你已经是功成名就之人。你有自己的理想和壮志，生活的小天地是容纳不下你的雄心，只适合我们这些小民去做一些寡淡的美梦，去找一份归宿，享受简单生活的馈赠。我以为今生再也见不到心中的铁枫哥了，因为我清楚相聚只是生活的一个小插曲，曲罢音消，很难再捕捉到那些动心的情感音符；做梦也不会想到你还能从冥冥中的另一头能寻找到这里，我太感动了。可是我们现在都已长大了，都拥有了自己的生活，在已经设定好的格子里生活了，平淡也许才是生活的常态。对于你的出现，我又盼，又想去回避。毕竟你是我曾经的铁枫哥，情真意切，难以忘怀的美会让我眷恋一生；可现在我已是有夫之妇，从你刚才的眼神中相信你已有稍许发觉吧。既然生活让我选择了他，我就不能还在心里想着另外一个男子，这只会给自己带来痛苦和烦恼，只能让时间把你从我的心间慢慢祛除掉，不要说我心狠，我已没有资格再去做你的妹了，甚至是那个梦想中的位置：你的妻子。生活有太多的无奈，我不想也没必要向你叙说了。

“姬绒，我是你的铁枫哥。”

“铁枫哥，你是怎么寻找到这里的？”

“我的一位朋友帮我查找你的地址，就是她，凌薇，魏国人，那位是浮士胤，也是韩国人。”铁枫向姬绒介绍着自己的朋友。

“你们好，快随我进院吧。”

“姬绒姑娘，你好漂亮啊，铁枫哥找你找得可费心了。”凌薇上前端详着这位富丽的女子。

“凌薇姑娘，非常感谢你把铁枫带到这里来。”

“客气了，他是你哥，也是我哥，咱们可是一家人。”

“是的，我们都是一家人。”

大家边高兴说话边走向了庭院，院里一个约两岁的小孩出现在大家的视野。小孩今天看到这么多人，赶忙朝他的阿妈跑来。

“阿妈，我怕。”小孩跑来抱住了姬绒的腿。

铁枫被这一举动震撼了，这个孩子是姬绒的儿子，她已经嫁人了。姬绒此时向他投过一束难言的目光，凌薇和浮士胤也为眼前的这一幕不知所措，他们也静静地注视着铁枫的神态。心中的姬绒此时已是别人的女人了，曾经构筑起来的温馨家园感觉要轰然倒塌了，把那份纯真的梦彻底地撕裂了。

婚姻，这是一个什么概念，它竟那样绝情和冷漠把他美好的憧憬破灭了，没有一丝挽回的余地。铁枫脑海中一片空白了，他不知该想什么，又能想什么，想又能怎么样。心头有丝苦笑在涌动，他矛盾到了极点。他认为自己在生活面前是一个清醒者，可对眼前的现实他蒙了。是生活欺骗了他？哈哈……自己是不可能让姬绒永远待在自己身边，她应该有自己的归宿，不然那样对她太残酷了。可自己为什么不能从心里放下她？从内心的感觉，自己对她是没有情爱的，亲情占据了他所有的情感空间。原来在进入成人生活前，自己还没有做好思想准备，还沉浸在童年清纯朴实的精神家园里，不求相爱但求相知，朦胧中启蒙的是遥远的遐想，还未曾给现实做过规划，注定过去将会带给他太多的沉重。

“枫儿，别怕，这是你枫叔叔，喊叔叔。”姬绒面露不自然的神色指着铁枫。

“叔叔，我是枫儿。”稚嫩的语音让人听后满是怜爱。

“枫儿乖。”铁枫在小孩的头上爱抚地摸了一下，心中隐隐浮现出了有一个侄儿的高兴，但更多的是对岁月飞逝的蹉跎。

凌薇走过去也抚摸了一下小孩的头，“姬绒，孩子长得很像你噢，虽是男孩，却很是秀气。”

姬绒只是“嘿嘿”一笑，好像大家的言谈都是为了避开此刻的尴尬。大家从铁枫口中得知所设想的境遇都因这个小男孩的出现而失去了期望的意义。铁枫的期盼和思念因没有这个孩子的出现而充满了各种幻想，只是他没想到是姬绒会这么早就嫁人，并且有了小孩，这是发生在他生命中第一次切身感受到的另一种生命形式的出现，有点始料不及，但又合乎情理之中。让他疑惑的是姬绒不应该过早地开始这样的生活，她也是有理想的，不应该这样让生命的激情沉没在婚姻的琐碎中，应该让自己的精彩在人生的舞台上尽情地挥洒，尽情地张扬，才不枉为青春大好年华。而自己之所以会这样想是因为姬绒是他的“小妹”，一个希望自己能给她带来幸福和快乐的“小妹”，而她现在只能深处小镇一隅，过着没有大风大雨的平淡小日，衣食无忧，且大富大贵。但按铁枫的认识，终究是不可能拥有大视野，领略生活的千姿百态，婀娜多姿，不能真正意义上成就生活的自我。但也许女子梦想中需求的是一个风平浪静的港湾，而不是充当生活浪尖上的弄潮儿。

姬绒，那副弱不禁风的模样，你忍心去让她充当行脚僧的角色去艰辛跋涉吗？所有的想象好像只有在现实面前才能更合乎情理，但自己还是希望自己的女人有自己翱翔的天空，想到这里，女子的形象竟然又不由自主地呈现出翊娇雪的模样，难道她就是自己心中所要找的女子吗？困惑中隐藏着困惑。

铁枫哥，看你幽怨的样子，我能理解的你的感受。你一定对我目前的现实吃惊吧？我已不是你心中那个纯情的少女了，爱在你面前撒娇，让你宠着，才能发觉生活竟是这样的美好动人。可是女子必然会成为女人，这也是我后来才知道的。我也从来没有想过在女子前面还摆着女人这么一个不得不接受的角色。你若不出现，我的脑海中还不能回忆起我曾经纯情的一面，和你无忧无虑地在大自然的怀抱中奔跑、唱歌、呐喊。曾经的理想和你信誓旦旦的憧憬，在今日看来早已麻木不仁了。女性是有很多的无奈和不堪，终究是要面对现实，少了曾经的浪漫，但多了一份现实的安宁。

“枫儿”，孩子的名字就是为纪念我们的曾经私定的，相信你刚才听到也应该明白我的用意。除了自己的丈夫外，我知道不能在心里想着另一个男子，但是我不能忘怀我们曾经的情感，即使是痛苦我也愿意，这也许是我对我们曾经岁月的最后一点铭记吧。以你的个性，相信你也会在疼爱你妻子的闲暇之余会想起这个远在他乡的绒妹，这样我们曾经相识的缘分也算是找到了生活的真正大爱，不求相见但求相知。姬绒只能走姬绒的路了，铁枫哥，相信你会为姬绒祝福和祈祷的，因为你一直是疼爱姬绒的。

相顾无言，太多的记忆，太多的不堪，太多的困惑让这对“兄妹”只能在心里默默地想着。社会生活角色的悬殊，一位是流亡武士，一位是已为人母，对生活理解的隔膜，共同的语言不知从何处侃侃而谈。时间就一直在那沉默着，以神传神，凭借心中曾经的记忆来对接现实的感慨，总结今日的是是非非。旁人只能屏气凝神，在原地静默着。

“孩子的父亲呢？”铁枫还是理性地清醒了。

“在县衙里做文职，这些天抄写的文书很多，所以不在家。”

“这是他的书房？”铁枫看着满屋的竹简，但井然有序，干净整洁。

“嗯，和你一样，闲暇时喜欢舞文弄墨，吟诗作赋，表其心志。”

此人也是谦谦君子，有情调，有理性，有这样的男子陪伴姬绒一生，自己还有何担忧的，自己应该在心底为他们祝福。

“你们还在外面站着干吗？来了姬绒家，大家要随便点。”铁枫看到凌薇和浮士胤还在外面为他们的相见而猜测着种种境遇。

“你们赶快进屋吧，只顾和铁枫说话了，忘了招待你们了。”姬绒也一下子醒悟过来，尽量不要让外人看到他们之间的隔膜。

凌薇和浮士胤走进堂屋，在姬绒的安排下坐到了围桌前。“翠儿，给客人沏水。”从屋外走进了一位年龄约莫十五六岁的女孩，双手端着一个放着水碗和糕点的木盘，步伐稳健，神态悠然。

“大家请喝水，这是我家主人亲自做的糕点，请慢用。”满脸的笑意，让人感受着她的热情和聪颖。

“姬绒，你的糕点我已四个春秋没见它的踪影了。”铁枫拿起一块黄灿灿的糕点，心中是满腔的感慨，故乡的气息在他的身旁弥漫着。

“铁枫哥，那你一定要多吃几个。”

“嗯，好吃，是家乡的味道。”浮士胤脸上洋溢着满脸的激动。故土丢失了，但故乡的情感将永远渗透在骨子里。

“酥软，甜腻，很有地方风味，比我们魏国的好吃多了。”凌薇慢慢地品尝着，不时看看铁枫。

“你们先吃着，今天我亲自下厨，给你们做几碟家乡菜，满足你们久违的口福。”和家乡人在一起，暖融融的家心情在姬绒心头涌动，淡然的心态在今天有了一丝激情的波动。

情愈浓，心愈纯，时间就放肆地飞跃。浓浓的乡情，美美的爱意就被约定到夜晚。庭院里，一堆闪烁的篝火还在发出“嘶嘶”的低语声。枫儿睡着了，凌薇和浮士胤也各自回到安排好的房屋。朦胧的月色下，还有两位涌动着太多心思和话语的人，在静静地注视着火光中自己所看到的艳丽，为其中的热烈和激越而欣然。

“一晃四年的时光飘逝了，说说你的经历吧。”

“我的经历很平淡，你今天所看到的就是我生活的全部了。我倒很想知道这么多年你是怎么度过的？”

“我，一个流亡的武士，辗转了好几个诸侯国，一直在进行着抗秦大业，生活一半的滋味也许都让我尝过了。这次也是因为抗秦，来到了魏国。心中充斥着太多的感慨，但又不知从何说起。”

“看得出来，你忧郁的眼神更忧郁了，成熟中的深沉已深深地在你的脸上雕刻上了岁月沧桑的痕迹。你，要争当生活的智者，要做命运的掌舵人，更要为一方带来你所传播的福音，这注定了你要承受之不能承受，担当之不能担当。你累，但你浩气长存。”

“姬绒，几年不见，还是你了解我。因为自我，所以需要我成就自我。”

“你是贵族的后代，在你身上只能流淌着精英的血液。你是不可能屈从于简单而古朴的生活。在你的意识里充斥着万人之上的尊容，历史书写着你的英雄传奇。别人不能去拯救你，你拯救的却永远是别人，你的降临就是为完成一份使命而存在的，这都是我来到魏国后才意识到的。那时你已经去了上党郡，开始了你自己的征途，我只能默然地选择离开。纯情只因年幼缺少了一份清醒，那是生命过程的使然，妩媚只因成熟多了一份抉择，那也是生命过程的使然。经历过婚姻的人，才能真正懂得爱与情。在生活面前，我们总得为自己寻求出路，不求为一份年幼的执着而冒天下之大不韪，只求感恩曾经生命情感中那绽放出美丽花朵的情怀。”

“淡忘吧，它已经遗失在岁月的尽头了。生活在抛给我们一副精彩的画面时，却黯然地封杀了它背后的美丽。怀念只是为了能可怜地抓住那残留的气息，而终究一手空蒙陷落在痴情的感伤中，徒增一份延伸得自我都无法感知的美感，这就是生活的记忆和怀念。”铁枫望了望头顶的月色，一片光亮。

“铁枫哥，回忆也是一种幸福，正因为回忆才能发觉今天的故事充满了曾经旖旎的影子，不会觉得索然无味。”

“嗯，夜深了，不要再让月亮还在等候我们这两位沉浸在过去的睡客了。梦终究是会醒的，让岁月的精彩还是留给白昼吧。月色亮爽，火光诡秘，牵引着遥远中的遥远。姬绒，去睡吧，你生活得美满，哥就安然了。”

“铁枫哥，夜终究会过去的，明天的太阳还会迎候你真诚的笑脸。你也早点去睡吧，我走了。”姬绒起身朝着自己的房屋走去了。她的房间还亮着灯，因为翠儿还在等候她的主人。

夜更深了。铁枫还呆呆地坐在篝火旁，熊熊烈烈的篝火此时已是一堆灰烬，只有一块还未燃烧彻底，显现着一点余红。红得微弱，但在这个黑乎乎的夜晚却是那样的醒目，足让人从心底生发出一种战栗。它引发了所有岁月红色的鬼魅，让一颗孤独的心在它的面前不知何去何从。温馨构筑起的憧憬此时在摇摇欲坠。他刚才清醒的理智此时却又沉陷在迷乱的感性中，难道一切也终究难免虚幻一场，不可能，不可能。他在心底咆哮着，为自己，也为整个迷惑的世界。

那一夜，铁枫不能控制自己狂乱的感情，只能任它恣肆地窜动，导引着他疯狂地仇恨现实，仇恨自己骨子里柔情的髓质。你要去称霸一方，要成为人上之人吗？那你还迷情地看着石榴裙。为什么，到底为什么？难道不能找个山清水秀的地方定居下来，娶妻生子，当一个快乐的农者，而不是去挑战生命中生活的极限。颓唐、荒废、消极把他玩弄了一夜。凌晨时，鼓皱的眼皮困乏地不得不合上了，但心里的悸动还在梦里张牙舞爪，试图吞没一个情感的脆弱者。在迷迷糊糊中听到了一个人的脚步声离自子越来越逼近了。

“枫将军，大将军派人传来了命令，说秦军有所动作，让咱们三日内尽快赶回军营。”

没有必要再去睡觉了，自己即使困乏。难道自己真的能睡着吗？还是尽快走吧，回到自己生活的原始状态，在那里心也许才能真的平静下来，不再留恋过去，不再沉浸在美好的回忆中，只能直硬硬地去面对现实。

“嗯，你去准备一下，一会我们出发。”

浮士胤看看铁枫，他只是两眼直望着屋顶，好像在回味着此行最终的味道和气息。他默不作声地出去准备行囊了。

姬绒看着院子里已多了几名卫兵，浮士胤在急匆匆地给马添草料，已明白什么事了。她抬起头，看到凌薇满脸笑意朝自己走来。

“姬绒姐，我们马上要走了，很感谢你的热情款待，还让我品尝到了香喷喷的大韩糕点。”

“时间不留人，待了一夜你们就要离开了。你们都是铁枫的至交，就别跟姐客气了。铁枫还没有起床吗？”

“起来了。”铁枫从屋内走了出来。

“哥铁枫，你马上就要离开了，我去给你装点东西，知道这一别不知什么时候才能相见。”姬绒双眼泛着泪珠，低下头不想让别人看到，然后回屋去整装东西。

铁枫心里也别有一番滋味。姬绒虽不是他的亲人，但此时胜似他的亲人，心中太多的话还没有倾诉，现实却突然不允许他去倾诉了。能无言地相处几天也好让他陪伴一下心中的姬绒，感知这份珍贵的情谊。现实还是不能满足他一个流亡武士的奢求，让他总是背着生活的灰淡上路。

那天雪又开始下了，它积蓄的情感太浓太重了，重荷让它不得不释放心中的忧郁和伤怨了。片片晶莹玲珑的雪花在空中洋洋洒洒地漂落，低缓的速度在空中尽情展现它精美的弧线。远方的道路上已浅显着些许白晕，眼前秀发上点点滴滴的雪花，给朴质的形象镶嵌上了一丝华丽，让人觉察到那份恬淡的自然之美。

铁枫正要上马，他又放下手中的缰绳，轻轻走到姬绒的面前，柔柔地捋了一下姬绒秀发上的雪花，直到干净才停止了那轻柔的动作。姬绒静静地感受着铁枫哥给她也许是最后的一次温暖，嘴里轻轻地念到“铁枫哥”。轻的铁枫在心中才能听到，感受着一份情感的温馨与缠绵。

“姬绒，回去吧，小心冻坏了身子，我们要走了。”

正当铁枫扬起马鞭要抽马的时候，姬绒大喊一声：“再等一下。”说完后朝院子里跑去了，一会儿气喘吁吁地出来了，手里多了一件锦袍。

“天冷了，你的衣服还那么单薄，这是给他新做的锦袍，你穿去吧。”

“这怎么行呢？我自己可以回去买一件的。”

“拿着吧，他若在，也一定会让你拿走的。”姬绒把锦袍塞到了铁枫的手里。

“代我感谢他，改日有时间专程再去拜访他。回去吧，后会有期。”

几匹飞驰的骏马在雪中穿行，在轻飘飘的雪花中，弥漫着勇士矫健洒脱的身影。

“铁—枫—哥……”身后传来了姬绒凄切而温情的呼唤声。

铁枫听到了，又一次触动了心底那根柔软的神经，转过头想回望那雪中的姬绒，但雪景阻挡了那完美的反射，只是在历史的光阴中定格了铁枫一个完美的笑脸，转瞬消失在漫天的飘雪中。

雪落无声，消逝了人影，遮盖了凋落的花朵，更消匿了那温润香怡的花香。一场冬雪又结束了一段岁月的尘缘，寒碜了一颗滚烫的心，冒出了丝丝游离的寒气，顺着眼神游荡了好久好久。一切皆属枉然，麻木了太多太多的憧憬。

第六节　荣光旧曾谙

铁枫和凌将军伫立在山头上，望着秦军的驻营。里面人影游移，不知在忙碌什么。据探报，刚不久，秦军运来了很多庞大的辎重，猜测不到是什么东西，但可以肯定的是武器装备。

“铁枫，我感觉秦军这次要对我们动大手脚了，可眼下我们既调不来兵马，也得不到军事物资上的补充，特别是弓箭奇缺，真不知该怎样去应对。”

“凌将军，怎么会这样呢？”

“所有的精兵良将和强弓劲弩都被调去加强大梁的军事装备了。”

“那我们还是以退为进吧，和其他区域的守军联合在一起来加强实力。我的一种预感，这些辎重一定是秦军的新式武器，我们肯定会受挫的，还是避其锋芒为上策。”

“是啊，可是丢失领土一定招致朝中一些士大夫的弹劾，带来牢狱之灾。”凌将军满脸愁容，心里在思量着这次劫难在所难免了，把眼睛闭上了。

有阅历的老臣和大将军在自己人生的转折期来临时，心中会升腾起一种紧迫的危机感，不过他们早已做好了心理准备，荣辱生死在他们的眼里成为了一种境遇，这一关总是要过的。

“我们会胜利的！”铁枫坚定地说，此时死在他的心里也是一种豪壮的信仰。

“那我们回去准备战斗吧。”

那一天，天灰蒙蒙的，没有风，但冷飕飕的。它的出现让人感觉到了生死的界限就在眼前闪现。约莫午后，那隐藏和密谋了很久的行动露出了它可怕的面目。山脚下，摆放着二十张强弩，还有数百人的弓箭手队列，这阵势一下子让魏军的心起了鸡皮疙瘩，那意味着什么，心里慌乱地只能想到一死了之。铁枫看到山下的阵势，心里却没有一丝震动，甚至平淡的连他自己也不相信，自己会有这么大的定力。想在英勇就义中获得心灵上的抚慰吗？不知道，只是不想面带战栗之色，觉得那对武士而言是一种莫大的耻辱。

那一瞬间的记忆在铁枫的脑海中留下了极深刻的映像。一柄小红旗飒爽地一摇，一阵箭雨朝视线的逆向飞驰而来，那样的势不可挡，那样的决然恣肆，然后是持续不断惨烈的呻吟声，血泊中的魏国士兵两眼还在怒视着没有太阳的天空，难道死也是暗无天日吗？没有语言，没有行动，短短几十分钟的时间，大部分魏国士兵充当了箭靶，恐怖的状况早已超出了铁枫的想象。凌将军手拿军旗，挥舞着正准备带领最后的士卒去迎接死亡。眼前的形势只能让他必须选择就义，这样他曾经的一切才有意义，有风骨。铁枫也拔出了随风，默默地看了一眼凌将军，毅然地走在了这支队伍的最前面。

“父亲，不，你不能出去。”凌薇哭喊着冲到了她父亲的面前，拦住了那一冒死的行动。

“凌薇，让开。为父是武士，只能以死来殉国，你回去好好照顾你的母亲。”

“父亲，你知道我最大的幸福是什么，就是有你们二老陪伴在我身旁，所谓的名利权势，我不在乎，我最在乎是你们啊。你走了，我和母亲怎么能活下去的。父亲，生是最大的信念，你放手你的名节吧，也让这些跟随你的士卒回家团圆吧，别让他们去送死了，难道死得还不够吗？你看看，满地上是什么？都是父母亲的儿子啊，父亲。”

名节，没有责任感的名节还是名节吗？自己一走了之，自己的妻子和女儿该怎么办？他转头看看身后的士卒，满脸的憔悴和困顿，可怜啊。也许此时撤退，也许能让更多的父母亲看到自己的儿子。自己不应该主宰士卒的生死啊。不能意气用事，还是想想自己的亲人吧。他又转头看看铁枫，铁枫默然地向他点点头，刚才凌薇的一番话也让他恍然醒悟，自己曾承诺一定要回去看望汉宫羽。她现在却成为了自己在关键时刻心里最放不下的一个人了。

凌将军仰天长叹了一声，心中充满了无限的感慨。“撤吧，我们还会回来的。”他把旗一收，带着那群满脸游移的面孔沿着一条小道撤出了阵地。当他们到达安全之处时，山巅上那狂妄恣肆的笑声在他的心底发颤啊，这是一种耻辱吗？在他的内心里好像是又好像不是，可失败的责任肯定是要他承担的，杀头还是流放，他不清楚，只知道是活下来了，可一个完整的家可能暂时还是不属于他的。

“父亲，你在想什么呢？”凌薇走到父亲的身旁，想试着安慰一下父亲苦闷的心理。

“我们现在不知何去何从？”凌将军望着前方的人字路。

“凌将军，我们去大梁吧，那里也需要我们。”

“大梁，能去大梁吗？”凭着一个从政治舞台上走来的老将，那里也许已经不需要他了，甚至还要拿他做政治的牺牲品，逃离战场的罪责只能用死罪才能相抵。大丈夫一死有何足惜，但要死得其所，自己真的要以一种罪臣的身份离开人世吗？这好像不公平啊，凌将军心中涌动着一份难堪和悲哀的气息。

凌薇看出了父亲的心思，凭着她对政治的理解，大梁是不能去的，那样父亲还是难免一死。况且去大梁干什么？还要去打仗吗？看看父亲斑白的双鬓，已是一个垂暮老人了，应该让他安享晚年了。国家兴亡，匹夫有责，可是对父亲而言，那太残酷了。社会应该把一部分责任分配给有能力的人，不能太苛求父亲在社会面前的责任感。不行，人应该顺势而变，既然选择了撤离，那就彻底地撤离出政治生涯。

“父亲，我们哪也不去了，我们直接回家吧，找一个我们能安详过日子的地方。政治是属于贵族和君主的，我们没必要再为他们奔波了，秦军是不会杀害普通老百姓。”

凌将军很惊讶自己的女儿会说出这样的话，她竟能看透政治的本质，不愧是自己的女儿，有这样的女儿，自己自豪啊。他何尝不想早日解甲归田，过一种平淡安然的生活。这种沾血的生活，让他在生活面前开始怀疑生活的意义了。功名利禄，能抵得过生命的重要吗？人老了，心也就跟着老了，曾经建功立业的激情此时早已异化为麻木了。自己的使命应该交付于像铁枫这样的年轻人，他们有激情，有理想，有朝气，功业应该是属于他们的。

“将士们，你们跟着本将军出生入死十几年了。人各有志，我已厌倦了这种血淋淋的沙场生活了。今天你们愿意回家耕田，还是加入其他的守军，大家自行选择。从今天起，你们自由了，我已不是你们的大将军了，你们也不是我的士卒了。大家赶快走吧，一会秦军会追来的。”

将士们相互看看，再看看大帅，心中一片空蒙，不过大家各有各的想法。他们一起抱拳道：“大将军，保重。”随后纷涌到了人字路的两边，各走自己的路。

阴沉的天空下，人生的人字路口上，留下的不只是凌薇父女俩，还有铁枫和浮士胤。他们已被这父女俩的举动震惊了，难道在生活的外延还有这么一种解释，大义凛然地解释着生存观。现在一切又从铁枫身上不翼而飞了，只有那把随风剑还在手中是属于他的。

“铁枫，你们怎么还不走呢？”

“我们不知道该去哪里，凌将军？”

“我知道你现在有很多话想要和我说，但我觉得还是我跟你说吧。”

“请凌将军赐教。”

“将军就免了，还是称呼我叔吧。在政治的舞台上，没有对和错，只有胜利和失败，刚才的失守已结束了我的政治生涯，我若去大梁，等待我的不是东山再起，而是死罪一条。对于一个从死人堆里爬出来的人，我并不惧怕死，但我不能随便让死亡草率地结束我的生命。明知不能为之的事情，却让重荷的生命去承担，这不是对生命的轻视吗？政治永远是君主的政治，民众只是国家的民众，谁成为君主，都是需要民众的，我应该为凌薇她母女俩多想想，我可能让你们两位异国武士失望了，但我认为自己的选择是正确的。”

“叔，你说得对，人是不要勉强自己。我其实也看到了，在你们最需要的时候，而你们的君主却把精锐用来拱卫自己的京都，自私自利的嘴脸，确实让臣子寒心啊。我觉得我们也不需要为这样的君王维护他的统治了。我听到了一些朝论，秦军的一部分主力已入侵楚国了，我们想去楚国再谋大业，还请叔指一条前往楚国的路线。”

“铁枫哥，我建议你还是不要去楚国了。楚王昏聩至极，他听信谗言，信任小人，把大忠大贤的三闾大夫屈原都流放荒蛮之地。像你这样性格的人，他们是不会容纳你的。听言及齐王正招纳贤臣良将，你们还是到齐国去吧？”

“那你们呢？可否找好了去处？要不跟我们一起去齐国吧，那里有我认识的朋友。”

凌薇看了看父亲，一丝苦笑涌上了嘴角。“天下没有不散的宴席，一切只能随缘了。像我们这些过平淡日子的人，哪里都是一样的。故土，它也是我们生命的一部分，离了它，心底就缺少了一份生活的色彩。我想你们也是一样的，一块韩国的糕点也让你们激动了好久，相信你们会明白这份深厚的故土情感。”

“是的，没有故土的人是一个情感不能完整的人。那你们保重了，他年再会。”

“铁枫哥，保重了，缘在，心还会相约的。”

铁枫正要扬起马鞭时，感觉到在魏国还有一份思绪在萦绕不前，他看了凌薇一眼。

凌薇看到铁枫迟疑的目光，马上明白了他的疑虑。

“铁枫哥，是不是还放心不下你的姬绒妹妹？有我呢，你安心走吧，我会照顾你的姬绒妹妹。”

“好吧，那我就拜托你了。”

“铁枫哥，有时间了还是要来魏国看望我们啊。”凌薇柔情的目光中饱含着极大的期望。

茫茫人海中的一别，还能希冀下次再重逢吗？为什么要把不太可能的事情付诸予一种幻想呢？难道仅仅是为了寄托此时难舍难分的一种情怀而生发出的挽留之意，既然是一种愿望，那就让真诚的人有一份期待吧。

“会的，我会的。”铁枫坚定而热忱地说，虽然他感觉那也许是一种枉然。

话落情切，灰蒙蒙的天空此时突然惊现出一道亮丽的白光，随后没有任何前兆，久违的雪花又在视角中飘摇了。原来阴沉的心情到此时才终于释怀了，血与泪的交织也感动不了那冥冥中深藏的情感，然而此时的分别却颤动着内心的温柔，整个心绪沉浸在漂泊的感伤中。

漫天的雪花是挽留远行的脚步，还是为脚下的远行营造一份浪漫的情调，说不尽的原委，道不尽的情由，任随飞舞的雪花一路漂泊吧。

“驾—驾……”战马随着马鞭的高扬，那跳跃的线条在风雪中尽显一份极致，志士跋涉的身影又开始上路了。

凌薇，生活道路上一处驿站相逢的过客，豪气冲天，可还是难以褪去女性自身的娇柔，但在她的身上看到了女性的那份独立和自我，这一意识会慢慢觉醒的，她的路很远，也很近，愿那洒脱的笑脸能找到笑的真谛。女孩子，应该有一个可以安然熟睡的避风港。一路的遥想，一路的飞驰，在记忆中回顾，在憧憬中追寻，一路的感慨与惆然在心境中跋涉着。

“浮士胤，我们先暂不去齐国，我们去我们的国土吧。我想回去看看那里是什么样子。”

“枫将军，不知现在境内是否还在通缉你？”

“通缉我，四年的岁月了，也许他们早已忘记我了。一个没有一兵一卒的将军，谁还在乎的你的存在。走吧，我们也该回去了。”

马头一转，马蹄踏上了一条前往郑城的驰道。眼前的景物是那样的熟悉，那样的情有独钟，只是多了一点欲哭无泪的感觉。秦国的武士大摇大摆地在街道上直来直去，盛气凌人，骄横傲慢。自己只能紧握刀柄，不能怎么样。铁枫第一个想法就是去自家的房子看看，看能否得到一些重要的消息，虽然那里早已不是自己的家，但家的感觉只有在那里才能追寻到。

在急匆匆的马蹄声中，院落的外廓出现在了视线中，还是老样子，只是大门朱红的颜色现在已显现着亮澄澄的黄色，看来这里已住着一位达官显贵，大门紧闭，无法看到里面的场景了。这时路边走过一位年龄较大的货郎，注视着眼前两位凝神的青年。

“小伙子，羡慕这豪华的宅院吧？这可是大秦一位将军的府邸。”

“噢，老人家，看来你对这里挺熟悉的？”

“那当然了，我一直在这条街上做小生意。”

“您可知道，这里原来的主人哪里去了？”

“你指的可是大韩的南司寇？”

“对，您可知道？”铁枫面露急切的神色。

“在秦军攻占后的第二天，被赤炎那伙奸贼投入了监狱，后来被一帮武士救走了，好人有好报，后来就没有流传关于他家的消息了。”

“谢谢您了，浮士胤，赏钱。”

浮士胤把一把金币放到了货郎的手中，货郎高兴地点点头，带着钱走了，大概是向家人报喜去了。

“枫将军，那司寇大人还在人世了。”

“是啊，他们二老还在人世，我的心总算暂时能平静了。”铁枫心中暗自庆幸啊，可心里又在思索着是哪位江湖朋友把父母救走了。

“枫将军，我们去那边的店铺喝点水吧？”

“嗯，几天的行程，你一定累了吧？”

“有点累了，但回到自己的故乡，精神焕发着呢。”

“哈哈，这就是人逢喜事精神爽。”

“枫将军，你笑一次不容易啊。”

“是啊，今天我也高兴，父母毕竟没有落入奸贼之手。”

“枫将军，咱们以水代酒干一杯，为咱们能重返故里。”

“干！”铁枫一饮而尽，家乡水有一股特殊的家乡味道。

“枫将军，你看，来了一辆马车。”

铁枫顺着浮士胤所指的方向看去，一辆装饰华丽的马车停在了那座府邸门前。车上先下来一名身穿官服的男子，紧接着男子抱下来一个粉团团的女孩，最后走出了一位雍容华贵的女子，在男子的搀扶下走下了马车。

“枫将军，那个女子比较眼熟噢？我感觉咱们俩好像在哪里见过，叫什么珣来着。”

“薛纤珣，上党郡的那个女子。”

“对，是她，我们上去前打招呼吧？”

铁枫一动不动地站着，看着眼前延续的情景。

“小月儿，告诉为父，玩得高兴吗？”男子抱起了女孩儿。

“高兴。”稚嫩的声音软绵绵的。

“纤珣，你呢？我感觉你今天神情不是特别好，是不是着凉了？”

“没有，只是有点累了，看把你担心的？”

“哈哈，那咱们赶快到家休息，小月儿也一定累了。”

多么美满和谐的一家，自己上去打招呼不是太唐突吗？她现在已是大秦一位将军的妻子了，还有一个可爱美丽的女儿，她找到了属于自己的幸福。最让人不可思议的是她却成了这座房子的女主人，这让铁枫心中哭笑不得，生活竟然这样和他开了一个玩笑，转来转去又和她转到一起了，并且无意中说明了一个事实，她目前贵妇人的地位，今天也许足以在自己面前无须再有曾经那种不自信和懦弱了，反而是自己为曾经的那种多虑而无地自容了。命运就是这样安排的，假如，那份心中的爱能正常地表达出来，今天的这座房子的女主人也是她的，当然是指限制在一定正常的社会秩序下，秦军没有侵占韩国，那个抱孩子的男子应该就是自己了，给孩子和自己的女人一份关爱，这也许就是家的感觉吧，温馨、体贴、安实。

“吱”亮黄色的大门关闭了，薛纤珣一家的身影从铁枫那漂移的眼神中消失了。似乎刚才的情景是从铁枫内心中幻化出来的，转瞬湮没在游移的思绪中。

“枫将军，她们已经进去了。咱们也进去吗？”

进去吗？应该进去，毕竟也是老朋友一场，叙叙岁月的喜怒哀乐，也是一件人生之乐事。倘若转头离去，薛纤珣只能是自己永远记忆中一个符号，甚至在忙碌的红尘中遗失这个符号，更感觉到纤珣曾经竟会对一个薄情寡义的男子投入了一份真挚的爱，为自己的懦弱和胆怯而使心胸无法再坦荡起来。可是，可是自己将带着怎样的神态进去呢，将军、故人、武士。将军，无兵可带的将军；故人，没有家园的故人；武士，说白了，你就是杀人的工具，在心里实在找不出一种合适的身份进去见一位故交，只因曾经自己自私的伤害，虽然她早已原谅了自己，可自己的心底还是很难坦然去面对。自尊重要还是情义重要，这已不是一个选择的问题，胆怯和狼狈的心理真的是不愿意去面对那种有伤自己所认为的形象，自己不需要别人的同情，甚至是可怜。不为什么，即使是善意的，自己也永远不会低下高昂的头颅去认可。

“浮士胤，咱们走吧。”铁枫淡淡地说道，起身解开马缰径直地朝前走去。

浮士胤看着不动声色的铁枫悻悻地离开，心中已猜测到了其中的原委，赶忙起身拉上马追上去。

当太阳从遥远的东方又一次地升起时，铁枫和浮士胤已伫立在黄水岸边。归国回乡的感觉是那样的惨淡，只因那里一切都变了，父母流落异乡，可恶之人充斥视线，更因淡然的情怀中又迸出了一份不能祛除的狭隘。薛纤珣尊贵富庶的生活场景更加刺激了铁枫现在的落魄，虽然他心里也明白这之间没有必然联系，可存在就说明了很多事实，不然自己的心里为什么不敢去面对那一切。铁枫在恍然间踏上了驰往齐国的路，并一股闷气地直奔到黄水边，自己从不服从命运，更不会服从世俗的现实，却又在心底还是祝福薛纤珣一生幸福。

第七节　脚步声声慢

破冰的河水清新亮丽，浩浩荡荡地朝远方前进，气势依旧，雄心依旧。铁枫站立在场面宏大开阔之地，方能感受心胸隐匿已久的凌云壮志，与天地同在，与河流共勉。浩然之气，生于斯，发于斯。困顿和压抑太久了，让心神顺着这河水自由地舒展、流淌吧。河风，你尽情地吹吧，心中的疲劳需要你的抚慰。我该去哪里，又将去往哪里，怎样才能为自己的生活找到希望的平衡点？齐国，我又来了，不知在这块土地上，我又将做一场怎样离奇的梦。

“船家，渡我们过河吧。”

“好喽。”

“船家，齐国有什么重大新闻吗？”

“政治联姻的翊娇雪公主最近失踪了，齐王下令全国寻找。”

“嗯，公主怎么会失踪呢？”

“还不是和齐公子闹矛盾。我们这位齐公子可是一位怜香惜玉的主，身旁的佳丽名媛太多了，作为一国公子，那没什么可新奇的，可是刚来的燕国公主不适应这种贵族生活，没来几日便消失在华丽的帷帐中，急的齐公子亲自离宫寻找。”

“齐公子可是很少见的贵族重情男子，公主有点矫情了。”

“我觉得他们结合是个错误的决定，毕竟政治掺和进太多的无可奈何，做知己才是最好的选择。”

“何以见得？”

“实不相瞒，我曾是都城临淄的一名卫兵，只因一次玩忽职守被赶出了临淄，所以才来到这黄水旁打鱼渡人为生，所以对齐公子和翊娇雪公主的事有一些耳闻，相识于患难，共勉于两地，却缠着政治的锁链走到了一起。可终究脾性不合，一个不拘小节，喜欢热热闹闹；一个谨小慎微，安于古朴平静。婚姻是过日子的，不是相互的玩味和欣赏，即使找回来，有一天还是会离开的。咱平常人过日子那可是按着世俗来，他们俩是公子公主，随性而为，难为一家啊。”

翊娇雪，原来你还是没有想通那个爱与情的问题。情感问题终究琐碎，需要的是相互的理解和宽容。如若一份情感没有必要花费太多的精力去理解爱，那只能从深层次上证明了爱的源头阻塞了。只愿你的选择不后悔。

在凝思中，木船已把这些风尘中的游子从生命的一端载到了另一端，在岁月的弧线上游移着，好似没有方向感，却恰恰说明了那是一种生活的方向。

“靠岸喽！”船家把船停稳了。

“谢谢船家，这是给你的船钱。”铁枫把一小包刀币塞到了船家的手里。

“壮士，太多了。”船家看着这么多的刀币，心里有点难为情，更多的是感激，今天遇到好人了。

“不多，你还提供了很多我们所需要的消息，拿着吧，后会有期。”铁枫拉着马走到了岸上，翻身一跃坐到马背上，一挥马鞭，两位白色的人影消失在黄水边。船家还呆呆站在那里，看着远去的人影，心里在思量着，我刚才说了什么重要的消息，难道他也是翊娇雪公主的追求者，也许吧，那位女子确实非同一般，对于男子而言，拥有她无疑拥有了自己最幸福的归宿。可咱是一般人，想都不敢去想，因为想了也是白想，修养、地位、财富，拥有这些事物才能去匹配她的美貌和气质。还是和自己的糠妻平平淡淡地过日子吧，和那样的女了在一起也注定了生活的不安心。

“你晓得天下河水几十几道弯哎？

几十几道弯上，几十几只船哎？

几十几只船上，几十几根竿哎？

几十几个那艄公嗬呦来把船来搬？

我晓得天下河水九十九道湾哎，

九十九道湾上，九十九只船哎，

九十九只船上，九十九根竿哎，

九十九个那艄公嗬呦来把船来搬。”

漂泊的日子暂时又能有了一处岁月歇息的驿站，汉宫羽、霓瑛，我回来了。铁枫内心涌动着一股急切的归依感，回到那两位没有任何情感纠葛的女子身旁，此时他好像又有种平平淡淡才是真的感觉。为什么要给那么多的言行举止赋予那么多的情感内涵呢？只因那是心灵上的共鸣，还是注定要以那样的方式定格在彼此脑海中而生生死死？

早春已在地面上铺上了一层浅绿色的光泽，驱除着心房中的虚无和灰淡，在心头焕发些许孱弱的活力，眼中的视景一下子都朗润起来了，这一切都因为春天的到来，也因为寒冬的过去。

那座朴实小巧的院落又出现在了久违的视线中，它还是老样子，它的主人霓瑛总是让它保持着像她一样的高洁和淡定，突出在这片生存视野中的独立和自由。她们现在在干什么呢？明媚的院落中怎么没有见到她们窈窕的身姿，是去踏青了？这样的春光最适合去踏青了，在惬意的心空尽情展示自己的想象力，在这个灿烂盎然的情调中能想多远就想多远，规划自己的未来，编织自己的理想，模拟自己的憧憬，让生命的精彩和辉煌在这一刻找到它的自由和高贵。越想，铁枫越激动，春日的暖意唤醒了他儿时游玩的情景，更让他在颓废中寻找着曾经的激情和豪爽。

春日的暖流在消释着严寒，也在呼唤着一种情感的归来，等候看似遥遥无期，但在等候人心里却能看到那份日益逼近的归期，心中更是洋溢着激动。

“霓瑛姐，看看我这双新做的布鞋怎么样，是不是更漂亮了？”

“嗯，你的铁枫哥穿上更是气度不凡了，并且再也不愁没鞋穿了。”

“霓瑛姐，你又拿我开玩笑。”汉宫羽的脸颊涌上一片红晕，能给自己爱慕的人做一点事情是自己的荣幸。

“哒一嗒……”院外的路上又传来了那清脆的马蹄声。

“霓瑛姐，你听，是不是马蹄声？”

“是，你再快去看一下，是不是铁枫他们回来了？”

“这次你去吧，我怕又不是，心里落一场空，好几天缓不过来，总担心那可怕的事情会发生在他和浮士胤身上。”

“好吧，我去，别担心，铁枫毕竟是将军之身，吉人必有天相，不会有大难。”

“马蹄声已在院子里啦，肯定是他们。”汉宫羽拉开门跑出去了，霓瑛紧随其后。

果然是她的铁枫哥，他拉着马正笑盈盈地看着她们俩，她好想奔跑过去躲到他的怀里去，就像曾经见到自己远行的父亲回到家奔跑过去拥抱的场面一样，这样才能表达那种重逢的喜悦和兴奋，可他不是自己的亲人，但是自己的“哥”。男女毕竟还是有别啊，况且还有霓瑛和浮士胤在眼前，要不然自己敢去冒这个大不韪，在自己的“哥”面前，偎依在他的怀里，那是最纯洁的，最真挚的，没有一丁点胡思乱想。此时她有点恨自己是个女儿身，不能尽情地表达心中那积蓄了已久的炽热情感，让心中的期盼和思念在此时得到最彻底的慰藉和补偿。只是太可惜了。汉宫羽一下子愣在那儿，在错综复杂的情感面前，她不知道该以何种最完美的方式去迎候她的铁枫哥。

终于见到她们俩了，秀气的容貌总会隐现着芙蓉出水的感觉，激动和兴奋让语言不知所措了，静默让心底的情感无声地传递着，直到那份清醒复苏这份无言。

“铁枫，你们终于回来了。”霓瑛让这份局促回到了现实。

“回来了，你们还好吧？汉宫羽，几个月不见，你也变成了大家闺秀，秀发翩翩了。”

“到今天为止，你已走了一百零六天了。”

一百零六天，这个数字怎么这么确切，在自己的心底却像是恍如昨天。生命在岁月里穿梭，记忆和数字的跨度区别在哪，一个在展望，展望岁月的前行；一个在遥望，遥望日子的逼近。远行和归去都在执着着自己的一份信念，那就是等待。

“铁枫，汉宫羽从你离开的第二天起就倒数着你归来的日子。你再不回来，她可就要去找你了。”

“霓瑛姐，你怎么什么都说。”

“嘿嘿，一见到你的铁枫哥就变得乖巧了，快进屋吧。”

“汉宫羽，有劳你了。”铁枫感动地看了看汉宫羽。

小小的屋子里，整洁干净，还弥漫着一股淡淡的荷香味，给铁枫迎面的感觉就是家的气息，真实、安心。漂泊的心灵得到了休憩的抚慰，全身找到了一点轻松的影子，铁枫的身心变得飘逸起来了。

“铁枫，你们一定饿了吧，你们先聊着，我去给你们准备一下饭菜。”

“霓瑛姐，我也去帮你吧？”

“今天你就不用了，和你的铁枫哥好好叙叙旧。”霓瑛乐呵呵地出去了。

“桌子上怎么有这么多男式鞋，谁做的？”铁枫看到了那层层叠叠的鞋子。

“我给你做的。”汉宫羽说完后不自然地低下了头。

“这么多，难道我走后，你用做鞋打发时间。”

“嗯。”这个字眼轻的铁枫也只是刚听到。

“谢谢你，汉宫羽。”铁枫心里涌动着一股强烈的感动暖流。他没有想到，真的没有想到，他在百里之外的魏国，在这里还有一位女子为他祈求平安，在默默地等候着他的归来，在为他做着她能做的一双双鞋。此时，他才发觉自己其实并不孤独，只是他没有发现还有一个人在心底默默地关心着他，关注着他，这个人就是汉宫羽。一个把他当作亲人的女子，在默默地承受一种简单的付出。她没有复杂的人际交往心结，没有那种敢爱敢恨的豪情，也没有那种独立自我的生存理念，更没有想在生活的尽头树立起一块自己的招牌，去呼唤自己的魅力，这就是简单朴质的她。但她总是在心里承载着别人的喜怒哀乐、荣辱得失，实现着别人的理想和享受着别人的情趣。这是一种怎样博大的爱与情，自己从来没有想过还会有这样的女子存在。在她的这种博大面前，自己汗颜啊，自己一直在走着一种精英式的道路，希望的是通过自己的强大去救助别人，但追逐的理想和愿望越来越大，什么才是真正意义上的强大，只是一直往前奔波，而往往在前进的过程中忽视了自己会对别人产生的影响和作用，这在别人看来会是自私和冷漠，可自己身边这些善意的她们还是认同和理解着一个志士的情操，而自己却还骄傲地认为它就是精英与大众的有所不同。

内心掩盖着是孤独和寂寞，只有在夜深人静的时候傻笑自己的虚伪和荒唐，简单、淳朴却能在内心留下最真诚的话语和最感动的痕迹。自己给自己构筑的孤独是孤独吗，还一味地在里面滞留着一份高洁和自赏，想来有点迂腐。大丈夫应是敢爱敢恨，从容不迫，重情重义，站着是一棵树，躺下那就是一座山。风雨中走来携带着一颗疲惫感伤的心，就让彩虹洁净它满身的尘埃吧。大爱无言，倾听大自然的声音，倾听那些躲在视线背后的声音，还有那些隐藏在心角处的回音。

在河水“哗哗”的流动声中，霓瑛一曲笛音过后，每个人脸上洋溢着一种安然的神情。在水光粼粼的映衬下，在柔和日光的抚慰下，所有的美在每个人的脑海中盘旋、幻化，想象和被想象顺着河水奔向了遥远的未来。

长途的劳顿让铁枫在晚饭后早早地进入了梦乡。在梦中，他见到了那位在生活中差点淡忘了的女子—彦南菲。她已是一方的富贾了，站在华丽的柜台前，嬉笑时，那浅浅的酒窝还是那样的明净洒脱。

“铁枫，你可来了。你的父母在我这里等候你好久了。”

“他们怎么会在你这里？”

“嘿嘿，这你就不知了，我带领一帮武士把他们救出来的。你放心吧，就让他们在我里住吧，我会好好照顾他们。你安心你的抗秦大业。嘿嘿……你还是那样的英武。”

爽朗的笑声让铁枫一下子从梦中醒来，心中涌上一股莫名的感动，是对好友的一种怀念。难道是她救了自己的父母，可这毕竟是梦境。无言但承接太多的感激，可茫茫人海，她在哪里。梦里她没有告知他一点信息，梦就醒了，他有点恼怒这个梦太短了。太阳已爬的老高了，铁枫愣了好久才穿好衣服走出了门外。

“霓瑛，有没有翊娇雪公主的消息？”

“她来到临淄还未举行大婚就消失了，现在还没有她踪影的传闻，这对于齐国王族而言可并不光彩。她这样的奇女子真是少见，不知她在想什么，应该要对自己的行为负责任。对于我们女子而言，能有一个美好的归宿就不错了。公主下嫁公子，这难道还不是最完美的结局吗。”

公主和公子是天生的一对，那公主有喜欢的普通男子，她是否能去为自己的爱重新做选择吗？可往往公主是政治的牺牲品，她们要被作为政治的筹码去敷衍了自己的归宿。翊娇雪，她难道不就是那样做去争取自己的未来吗，可在别人的眼里，出于不了解和世俗角度，她的行为却要受到大众的指责。

“是不是她有相好的，和别的男子私奔了？”

“汉宫羽，你怎么会那样猜测呢？”铁枫对汉宫羽说的话感到吃惊。

“以前在村子里，有很多女子在大婚前会逃出来跟自己心爱的男子远走高飞。”

“汉宫羽猜测的有一定的道理，这种情况很有可能。”霓瑛也赞同汉宫羽的猜想。

私奔，和自己心爱的男子一起远走高飞。难道翊娇雪不愿意嫁往齐国，不单是因为齐公子的花心多情，更主要的是她已重新找到了自己的爱，有了自己所仰慕的男子。可她为什么离开辽西郡时只是和自己挥手别离，却没有看到那位她所爱慕的男子出现，肯定另有隐情。在铁枫的认知里，他感觉翊娇雪不可能会出现那样的情况。至于为什么，他也说不清楚为什么会有那样的认识，其实他们之间并不熟悉，只是曾经和她在一起的感觉而延伸出来的直觉。

“齐国现开始招纳武士吗？”

“开始了，都怪重逢的兴奋，忘了告诉你这件重大的事情。”

“那我们明天一起去临淄应试，顺便看看富庶的临淄是一个什么样子。”

“你们去吧，我就不去了。生活中是永远不需要女性武士。”霓瑛刚才高兴的神情一下子变得暗淡了。在现实面前，她总是不快乐。

“霓瑛姐，你可以跟着铁枫哥上战场。”

“那终归不是自己的战场，不会得到社会认可的，甚至更会带来一些嘲讽。”

铁枫能理解霓瑛所说的话，在这个男女有别的时代，作为女性，你再怎么争取也是徒劳，甚至还会带来不守妇道的苛责。

“那你日后有什么打算？”

“守着这座房子过简单的生活吧，随风逐月，一曲箫音任平生。”

未来是什么，未来在哪里？大家对未来是一片迷茫。在这兵荒马乱的岁月，未来确实是一个令人眩晕的词。谁还敢祈求明天会让自己有多大的变化，只期望今天的日子过得稳当一点。

日子在不知不觉中流逝，等你蓦然回首时才发觉自己已经走了很远很远，恍恍惚惚间才想到曾经的一切都变成了回忆。只能用一颗伤感的心去叩响那闪烁着点点滴滴温情的思念，把忘却重新拾回到记忆的口袋，当作一份永久的纪念。

临淄，一个陌生的都城，和邯郸、大梁没有什么大的区别，只是它的外衣比较更华丽一些罢了。这就是一个漂泊武士对它的直观感受，他们都不能和郑城相比，因为他有一份特殊的感情系在那块热土上，永远也变不了，这就是故土情节。几个月了，铁枫在临淄还是没有找到自己合适的社会位置。很多的流亡贵族、公子都涌到了这里来，一下照射得掩盖住了铁枫身上的光泽，他只能是一名普通的高等武士了。身上的盘缠用得差不多了，只能投宿在临淄的一家“烟花巷”酒楼当爪牙（爪牙，在战国时期定义为打手），维护酒楼的正常秩序，浮士胤和汉宫羽也在此找到相应的职业，一个当酒保，一个当下厨，算是各得其乐吧。

“烟花巷”酒楼，听其名便可知其中的内幕。每天夜晚便是它最风流倜傥的时刻，花花公子哥都来此找乐子，一进门槛就被早已等候的女子招手揽住，你出钱，我卖笑，浪荡之态在灯红酒绿中尽显其颜，充斥着的是满耳的不堪和秽语。铁枫站在门外听着这些“莺歌燕语”，感受着生活的不可思议。原来人的肉体和灵魂都是可以出卖的，并且出卖得是那样的淋漓尽致，没有半点羞赧之态。在欲望中丢掉了人性，便可无所顾忌，尽情地及时行乐，不要错失了青春的躁动和饱满。男女可以冲破那神秘的界线，用简单的肉体享受遮盖了这温文儒雅的缠绵和柔情。那明眸的一笑，那婀娜的身段，那温柔的情态都在这糜烂的笑声中消失得无影无踪，只留下一段风流的情欲和生活的麻醉。不懂品味和欣赏的人只能用粗暴的方式发泄着自己的欲望和情感，可悲而且可恨。感受的只能是生活的空虚和无聊，最后在欲望的腐蚀中迷失自我、放大自我，终究走向极端。

第八节　相逢若初见

“噔、噔……”一阵清亮的脚步声打乱了铁枫的思考。铁枫抬头一看原来是店主的女儿静怡，一个不爱说话的女子，见面只是淡淡一笑，给人一种温馨的感觉。铁枫正要开口向她问好，没想到她主动说话了。

“枫公子，你在想什么呢？”

“没想什么，这么晚了你还出来逛，你家人会担心的。”对于她家的一个仆役，还能被礼貌地称呼为公子，想想这段日子在临淄的冷遇，铁枫心里还是有一丝感激之情，足见大户家的女儿还是有修养的，跟里面的红尘女子是不可同日而语。

“呵呵，没事的，有枫公子这样的武士在，我想是不会有麻烦的。”静怡轻轻地笑着。

“静怡姑娘，过奖了。”没想到沉默寡言的她还有点小幽默。

“你刚才是不是在思考里面的不雅之声和不雅之徒？”

“嗯，看来你来了已经很久了。”

“其实里面的女子不见得都是水性杨花之人，她们也是很凄苦的。她们也渴望把自己的甜言蜜语留给自己最珍爱的男子，把自己最骄傲的身体和柔情献给自己的所爱。可是现实的无奈逼迫她们放弃了尊严和高洁，成为了别人享乐摆弄的工具。呈现在你眼前的是满脸的笑意，而内心的苍白却留给了夜深人静的哭泣声，心灵上的痛苦只能在绝望的麻醉中才能得到缓解。她们也清醒地知道自己也有花容枯萎的那一刻，名誉、家庭、丈夫、孩子只是一场奢望的梦。什么都没有，有得只是凄凉，没有尊严地走完人生这漫长的旅程。只是她们若今天走出这块地方，明天就有可能饿死在街头，所以为了能延续生存的时间，她们只能丢掉灵魂中的一部分东西，这就是她们的命运。想必你以前没有想到吧？”

“嗯，确实没有想到，我也没想到你竟然懂得那么多。”

“这是我家的酒楼，我能接触她们的生活和身世。并且我还知道，爪牙这种工作不适合你，因为你的心思根本不在这寻常的酒楼里，更不愿意去听这些莺歌燕舞。”

铁枫一下子愣住了。他注视着静怡，那双清亮的眼睛也在注视着他。她怎么会看出自己的心思。从她刚才的一番话中，他已重新认识了这个店主的女儿，她不太爱说话，但是她对事情的认识常常超出人想象之外。

“嘿嘿，你怎么会说那样的话，那我的心思在哪？”铁枫开始对眼前的这个女子感兴趣了。

“从你来我家酒楼的第一天起，你的神情便说明了你的一切。你在等待机会吧？”

“是的，我在等待。你也应知道像我这样有着忧郁眼神的男子是不适合这种场合的。那天也多亏你收留我们，要不然你父亲是不会雇佣我们这些人的。”

“但我好奇你这种忧郁的眼神，作为男子，是不应该有这样的眼神的。你看其他的男子，即使有什么大悲大哀，他们有的也是那种豪情和淡然。但你又不像那种脆弱的人，因为你的脸上又刻画着深沉。相信一个深沉的人是不会脆弱的吧？”

“嘿嘿，你分析得很有道理，但在我的内心里充斥着一种不甘情节。我要改变我能改变的，珍重我认为珍重的，走一条自己喜欢走的道路。忧郁，那可能是一种唯我静思的外化，感觉这个大千世界只有我在为芸芸众生思考，思考生命和生存的出路，承载了太多的情节和心思吧，因而催化了面部的神经生长，渗出了丝丝深沉。”

“有意思，你为芸芸众生思考生存和生活，这种情怀很博大，可是你现在的处境却还不尽如意呢？你们这种心结很是耐人寻味。”

“现在的不如意并不代表着将来，志向是不能因为一时的不如意而发生改变。只要选择了，那就必须一直执着地走下去。”

“好！”一阵单调的掌声献给了铁枫，为他刚才所说的话，和他要完成的志向。

夜色苍茫，那油腻的欢歌笑语在迷情的热浪中开始走向了低潮，夹杂着的是那迷迷糊糊的颤音，来告别这个迷醉的夜晚。而在心空下的另一端，一份喜欢的心思开始柔柔地展开了，在那个不喜欢说话女子的心底，只因为他的忧郁，他的博大；而在这一端，铁枫还在惆怅着这进入低谷的岁月，偶尔想想那个素衣秀发的女子。虽然她好像是那样的遥不可及，但他在等待那份机缘，只因为别离时那份幽怨的眼神。

大海，它有着河流不可比及的宽广与博大。蔚蓝色的海面与天际相接，总会给人一种到了海的尽头，也是天的边缘的错觉，让遥想的人站立在海边远远地注视着那缥缈的尽头会出现她心中所熟悉的影像，然后一步一步地走到自己的面前。对天的企及只是为了走近与神秘的距离，从而能改变时空的距离来满足自己急不可待的愿望。一位素衣秀发的女子站立在海边，白皙的脚丫触摸着柔软的沙滩，身后是一串串小巧的脚丫印。黑密的秀发任凭海风随意抚弄，臆想着心爱之人的手在抚慰一颗埋怨的心扉，你怎么还不出现？发丝一会儿集体朝后飞扬，露出那张秀美的脸，幽怨的眼神中正在迸发着一束向往爱的光芒；一会儿几搓调皮的发丝在她的脸部回荡，隐现着半边脸，映照出一份朦胧的妩媚。迎面扑来海风的咸味，吸入鼻腔是那样的惬意，犹如曾经和他近距离站在一起，感受着男子的别样气息，阳刚的味道。

波浪一层又一层地向她的脚丫处涌来，骚动着她心底的痛痒。枫，你现在在哪？辽西郡已落到秦军的手里，可却不见你的身影。短暂的相识也是刻骨铭心的，你让我找到了生活的信仰，更在你的身上看到了我所仰慕的品性和节操。我的冷傲、平淡欺骗了你，也欺骗了自己的感情。每次和你在一起，心中总是涌动着一股激动的热流，可出于身份和矜持考虑，自己尽力地去掩饰和压抑。当我得知自己马上要嫁往齐国时，那夜我彻底失眠了，我在爱与世俗间做抉择。那天晚上，我好想和你在一起来驱散我体内的恐惧，很想让你知晓我这份来得快而急的爱。可是，我更害怕这只是自己的一厢情愿，无法接受那种冷遇的场面，更在事后无法再从容地面对这直率行为所带来的隔膜后果，我只能还是以缄默结束了那晚我所有的躁动，带着一份游移的心结离开了辽西郡，离开你这位相识恨晚的男子。一路上，我对自己的一切都失望透了，开始怀疑自己不安的想法，为什么不能服从生活对我的安排，那样所谓的烦恼和失望不是烟消云散了。想到这里，我暂时被生活麻痹了，觉得我们俩是有缘无分了。我不应该对你再抱有任何幻想了，走到现在这一步，感觉一切是不再可能了。可是，可是我又欲罢不能，爱情的复苏让我也惊诧自己身上所隐藏的叛逆意识，我不能带着对你的思念和那位我的大哥哥走入洞房，同床异梦，不仅是对自己的折磨，也是对我那位大哥哥的伤害。毕竟他对我有恩，我不能欺骗我对他的感情。我只能这样说，除了爱情和身体，我什么都可以给他来报答他的恩情。为了继续追寻心中的爱，我逃出了临淄，逃离了他，来到这个没有人打扰的荒僻小渔村，希冀上天能恩赐良缘，让你我重逢。我不知道冥冥中是否真的有一种暗力量，如果有，那请它一定要把我刚才想到的能传达到铁枫的梦中，我爱他，为了他，我可以放弃一切阻碍我们在一起的条件；若没有，我会等他，让这份浅薄的爱经受一次世俗的考验，真情不足以感天动地，但我相信它能融化一切世俗的歧视。

枫，你在哪里……阵阵颤音在空旷的沙滩上游荡。海面上波涛汹涌，它也在责问着那个呆头愣脑的家伙，你在哪？不要再让一颗柔情的心受伤了。

“我在这，我在这……”铁枫一下子从睡梦中坐了起来，满脑的伤感在心头萦绕。娇雪，真的吗？难道碍于世俗，我们都在欺骗着自己的内心感受，我的内心里何尝不涌动着你秀丽的身影。

“怎么了，做噩梦了？”静怡在屋里走动着。

“是你……”铁枫很惊讶一个女孩子一大早竟然走到了自己的房间。静怡的行为真是捉摸不透。

“吃早餐了，这可是我亲手做的。”

“这不太合适吧，我只是你家的一名仆役。”

“不准这样说，我愿意。”静怡说完，噘着嘴对铁枫笑了笑走出了门外。

这份美丽的责问动人心弦，铁枫更多的是对她这份关怀的感动。娇雪，你现在在哪？我会去寻找你，不会再让你孤单了，我要给你寻觅一个休憩的港湾，让你枕着我的胳膊甜甜地做一个美梦，梦见两只蝴蝶在花丛中调皮地飞来飞去。

院落里静悄悄的，几棵海棠正值仲夏开得热闹，满树挂着白晶晶的花瓣，一阵阵清香直扑鼻孔，在心头萦绕着夏的热烈。铁枫拿着麻布正轻轻地擦拭剑身，白亮亮的剑身让整间屋子亮堂堂的。

“枫将军，我回来了。”浮士胤兴高采烈地走到的铁枫的面前。

“有什么好事情让你这么高兴？”

“今天我升职了，不是酒保了，而是酒管了，是酒保的上司了，嘿嘿。汉宫羽也升了，负责配菜了，而不是下厨了，轻松多了。”

“是吗，祝贺你们荣升，我可就没有你们这样的福气了，嘿嘿。”

“嘿嘿，这还不是沾了你的光了，这可都是静怡小姐的主张，明白了吧？”

“明白什么了？我可没有那么大能耐。这都是你们自己的功劳。”

“嘿嘿，也许再过段时间，你要荣升少掌柜的位置了。”

“别瞎猜，我还没有那份闲心。”

“真的，店里的很多伙计都在议论你呢。”

“不可能的事情。”

“枫将军，我在街上还听到一个消息，说秦和齐已结成了联盟。”

“什么，那齐国最后会更遭殃的，难道他们还没有看出秦国的狼子野心，齐王建真是昏聩。”

“听大家议论，这都是齐国丞相的主张。”

“他必将是齐国的小人，也将是齐国的罪人。”铁枫心里恨着这个虽然未曾谋面的人渣。

“枫将军，那我们还在齐国待下去吗？”

“待下去已没有任何意义了，咱们也不是在酒楼里做活的人。走吧，现在也只能去楚国了。魏国已被秦军占领了，燕国虽未亡，但那只是时间上的问题了。”

“那什么时候动身呢？”

“事出突然，所有的计划被打乱了，容我思考两天吧。”铁枫在心里想着一个他不愿启齿的事情。昨晚的梦让他一下子强烈地思念着翊娇雪，好像他们在梦里经历过一次缠绵悱恻的相爱，心头难以割舍那位美丽的姑娘—娇雪。离开齐国谈何容易，还没有见到她，一旦离开，那也许就永远分开了。不行，应该尽快找到她，得到那份爱的答案后再坦然离开，否则他的心即使到了楚国也不会平静，甚至难以自拔。经历过那么多不堪言的往事，这次决不能再犯同样的错误。

齐公子下令封锁了城门，那她一定还在临淄。那她会去哪呢？一个女子不可能走得太远，她出行应该是有方向选择性的。铁枫一个人骑着马在大街上晃荡，焦急的眼神不停地扫射着四方，希望那份秀气的面容能一下子出现在视线里。

翊娇雪也一个人在街上漫步，查找她的诏令已取消了。齐国已和秦国结盟，作为岌岌可危的燕国，它的公主地位已没有那么重要了。她还听到，齐公子马上要和秦国的一位小公主订立婚约了。自己现在已是一个流浪的没落公主了，曾经能拥有的那么一小点特殊也没有了。这都是自己不珍惜所酿成的，后悔吗？不，因为爱，所以爱，我会找到他。铁枫不知你是否来到了临淄，昨晚梦中我看见你满脸笑意出现在了临淄。你没有骗我吧，你在哪？

那是谁，那是谁？所有的视线在此没有转弯，时间在这一瞬间凝固住了。两双迷离的眼眸中终于出现了彼此最急待最急迫的身影。是她，是他，想念中的那个人影终于跳出了心口浮现在了眼前。你还是那么美，只是消瘦了，知道你吃了很多苦，都是我的无能，不能勇敢地大声说出心中的爱慕。你还是那么憨厚，刚毅的脸上不变的还是那份从容和温逊，我欺骗了你，你不会怪我吧？

“娇雪……”

“铁枫……”

两个南北走来的人慢慢地靠近了。从感应中走来，从梦里走来，终于在现实面前走到了一起，但一切是那样的无声，只有在心里才能慢慢感受那份相遇温馨、兴奋的特殊味道。

翊娇雪骑在马背上，铁枫拉着马静静地一步一步地往前走，但出于一种特别的矜持，他们都在内心搜寻着话语打破这沉静的气氛。

“你受苦了？”

“你觉得我值吗？”

“我也不知道，但我只清楚你现在已坐在了我的马背上。”

“嘿嘿，你现在变得不老实了。”

“娇雪，我辜负你的期望，我没有把辽西郡保护好？”

“我已知道了，这不怪你，大势所迫，还有就是那帮墙头草造成的。”

“你现在有什么打算，回燕国吗？”

“你准备去哪，我就跟着去哪。”翊娇雪矫情地说道。

听着这稚气的声音，铁枫心中涌动着一种特殊的暖流，难道这就是爱的潮水在涌动吗。那位高傲冷漠的公主现在在自己眼里已是柔情的一名少女。因为爱，消溶了那长长的隔阂，让两颗相知的心贴在了一起。

“我准备南下楚国抗秦，你也愿意跟着去吗？”楚国乃荒蛮之地，气候及其闷热，而且路途遥远，一般人去后水土不服，很容易得病。铁枫想到一个女子去那，是非常不适合的，况且娇雪比较瘦弱，怕去了一定很难适应那里的环境。可他却又难以割舍下她，只好看她自己选择了。

“我要去。我要跟着你的脚步走。”太阳照射出了翊娇雪满脸的洒脱。

“嗯，那我们几天后一起出发。”

“好，听你的。”

“说吧，想吃点什么，好好补养一下你消瘦的身子？”

“想……，想吃芦花鸡，嘿嘿。”

“好，公主殿下坐好了，打道芦花鸡店。”

“铁枫，你又不老实了。”

“嘿嘿……”

高兴喜悦的笑声尽情地飘洒吧。心灵上的疲惫，精神上的烦忧能顺着这爱的笑声找到休憩的时间。也许脚下还有更多曲曲折折的路要跋涉，但至少这一刻幸福的感觉还是没有吝啬它给予的分量。

夜，此时营造了铁枫偷偷品尝这初恋所带来的快感、轻松的气氛。翊娇雪已被安排到一家干净、整洁、安全的酒馆里。铁枫一个人躺在床上，脑子里满是娇雪的美丽和柔情。他能为自己遇到这样的女子感到了一种知足，曾经一切的不堪和沉重终于得到了精神上的抚慰。在他心灵的家园里，已不再是孤孤单单的一个流浪者了，一位可亲可爱的女子已走进来了。他们一起在满天星斗的夜幕下，分享着那月色的冰洁和温润，诉说着一个充满情义的古老故事，期待着去迎接明天灿烂夺目的阳光。

浮士胤来到铁枫窗前，顺着灯光看到铁枫面带笑意地躺在床上静静地望着屋顶，看来他知道了静怡为他所做的事情了。

“枫将军，祝贺你这次也荣升了。”

“浮士胤，你在说什么荣升？”

“难道你不是再想静怡为你买官的事情吗？”

“买官，什么官职？”铁枫对浮士胤说的话有点莫名其妙。

“临淄城东门守卫将，听说她托了很多人，花了很多金币。静怡对你可是真心真意的，这也是汉宫羽说的。”

“齐秦都已结盟了，我守东门去防卫谁，你还想说什么？”铁枫对这种做法很是恼火。

“枫将军，我觉得你有点辜负静怡，他对你那么关爱体贴，可你却觉得理所当然，没有一点显示出对她的好感，这好像有点薄情寡义。”浮士胤说完后有点不安，这是他第一次对铁枫说这样不客气的话。

“嗯，我知道了。你帮我给静怡传个话，明晚我约她在后院花园里见。”

“嗯，好的，我这就去。”浮士胤赶忙去传话了，他感觉到自己刚才的话起作用了。

那晚，月明星稀，月亮一会儿躲进云里，一会儿又冒出来，不知在跟谁捉迷藏。铁枫看着这忽闪忽闪的月亮，犹如脑海中静怡一会儿浮现，一会儿消失在心底。一阵急促的脚步声，铁枫知道她来了。一身华丽的粉红色绸服，鲜艳的唇色，一副迷人动情的模样。看来她为今天所谓的约会精心打扮过一番，铁枫感觉在心里有点亏欠她，但决不能亏欠她感情。

“铁枫，让你久等了。”

“今晚你打扮得很漂亮。”

“嘿嘿，我父亲为你找了一份差事，浮士胤告诉你了吧，你觉得怎么样？”

“你为什么要花费那么大的财力帮助我？”

“我愿意，但你也能明白它的含义吧。”

铁枫沉默了，不知该怎么样说下去了。月亮又躲进云缝里，夜一下变得深沉了。

“静怡，你觉得我是一个什么样的男子？”

“一开始我们谈论的时候，你就告诉我了。你是一个有理想的男子，并且你有自己独特的生活理念和追求的事业，所以我就知道你在我家酒楼当爪牙，那是你一时的逆境，你在等待齐国给你机会，是吧？”

“是的，我是一个不会也不可能在小圈子里生活的人。昨天，今天，我都在煎熬着等待着，一旦机遇和条件成熟，我就会蜕化身上所有陈旧生活习性的肤色，成为明天的拥有者。只有成功，我才能发现自己在这个社会生存的价值和意义。”

“我也知道我家小，养不住你，可我可以帮助你，成就你自己，给你谋了一份差使就是为了能给你提供展现你的机会。当然，你问我为什么这样做，想必你也知道我做这些事背后的目的，毕竟这对于谁而言都是有点不正常。朋友也罢，其他的关系也罢，我在内心里是这样想的，我愿意，无须任何回报。”

第九节　欣喜赴江南

月色中，铁枫看着那满目含情的双眸，明白了愿意的背后隐藏着一份爱恋，只不过是对于女子而言，她是很难启齿的，她都是为了喜欢的人。铁枫也不想突兀地说不可能走到一块，留有缓冲的余地，这样不只是为了体现修养。

“后天，我就要南下楚国去抗秦。”

“你作为守卫将在齐国不是可以照样抗秦吗？”

“齐国已和秦国结盟，我作为一个守卫将，那只会给我带来点物质上的奖励，我是不可能习惯这样的生活。”

“难道没有什么可以留得住你的事物吗？”静怡用最悲情的眼光注视着铁枫，她的爱也不能挽留住他那颗奔波的心吗。

“我决意已定了，我们会成为最好的朋友，我会感恩你对我的帮助。”

“一切原来是枉然，走吧，你走吧。”静怡的泪珠在月色中熠熠生辉，那双失望的眼睛还在一动不动地注视着铁枫。

“对不起，都是我让你伤心了。”铁枫心里很是愧疚，但又无法在内心能改变这种局面。

当一阵悲戚的哭声响起时，带走了一份悲情的目光，也带走了那份美艳的浓妆。在这个月色忽闪忽闪的夜晚，一个美丽的故事被乌云吞没了，但却没有像月亮那样再被幸运地吐出来。

铁枫心中充满着内疚，除了内疚还是内疚，除了爱情，他愿意用任何东西来弥补那双水灵灵的眼睛不要有泪水，而是欢笑。她是一位善良的女子，也许还未像别的女子一样在爱的面前携带着心机，只是用自己的一股纯情去收获属于自己的爱情，不知这是对，还是错，但可以相信她会有一个美满的家庭，因为她在爱的面前自始至终地懂得付出，有情的男子一定会在千里之外寻觅到她的芳香。

铁枫抬头看看夜幕，月色如钩，是那样的明净澄澈。它应该明白我内心的苦衷，我不是忘恩负心，而是我别有所求，感情的事是勉强不来的，迁就只会更加深深地伤害彼此。

幽深的夜一晃就亮了，铁枫收拾好衣物后，坐在床边等候浮士胤的到来。昨天不是跟他说好了吗，怎么现在还不来。晃，一个人影闪进来了，是浮士胤。他面带惴惴不安的神色。铁枫一眼就看出来，他有心事。

"浮士胤，你怎么了？"

"枫将军，我……我不知该怎么跟你说。"

"说吧，咱们俩之间不要藏着掖着。"

"枫将军，浮士胤不能跟随你南下了，请你恕罪。"

铁枫一下子感到莫名其妙，他不跟自己南下，他要去干什么，难道他有别的想法，还是对复韩大业不抱任何希望了。

"你言重了，你不跟随我南下，没有任何罪责。跟我说说这是为什么吧。"

"我想有个家安稳下来，感觉自己已不适合这种颠沛流离的生活了。齐国多好啊，这么繁华，这么富饶，我的年龄也到成家的时候了，我渴望安宁。"

"嗯，我能理解你的想法。"

"枫将军，你还是骂我两句吧，骂我没出息，其实我自己就是没出息，内心想的就是过普普通通的日子。我曾经也想过出将入相，光宗耀祖，衣锦还乡，但是确实没有那份雄心和气度，我辜负了你和韩王对我的期望。"浮士胤惭愧地低下头，等候铁枫的训斥，他感觉自己太有愧于铁枫。

"浮士胤，人各有志，一个人千万不要勉强自己去做一些自己不喜欢做的事情。唉，也怪我只想着抗秦，忘却了我们年龄的需求了。我们都已是要成家的人了。哈哈……时间过得可真快呀。好吧，那你就留在临淄吧，好好过你的日子，尽快给自己找一个贤惠漂亮的妻子，男耕女织，相夫教子吧。"

"枫将军，谢谢你能成全我，你自己要多保重。"浮士胤满脸的感激。

铁枫的心里很不是滋味，他感觉到生活的重力也开始步步紧逼他的雄心了。一位志同道合的伙伴已退出了抗秦的阵营了，他的下一个目标就是把自己也湮没在滚滚红尘之中。精英的道路注定是要孤独寂寞的，因为他是唯我独尊。

"浮士胤，抱歉了，你的喜酒我肯定是喝不到了，跟我说一说，你还有什么要求？"

“枫将军，喜酒会给你储存起来，我会等你回来的。我没有要求，钱，我自己能赚到，况且你也没有多少钱。”浮士胤心里有点淡淡的感伤。他也明白南下之路是凶多吉少，但他还是祈祷着枫将军能平安归来，因为在他看来，枫将军已是他唯一的亲人了。

“嗯，好兄弟。”铁枫用手在浮士胤的肩膀上重重地拍了一下。

“枫将军，你找到翊娇雪公主了吗？”

“是的，你怎么知道的？”

“我从你喜悦的神情中感觉到，她是你心中的女神。”

“嘿嘿，看来我的举动和神情都逃不过你那犀利的眼睛。”

“嘿嘿，你一定要好好珍惜她，相信你们有情人会终成眷属。”

“但愿吧，她是一个多情的女子，我一定不会再让她受一点伤害了。”

“枫将军，你们的喜酒准备什么时候请我们？”

“这个吗，我还真的没想过，一定会有的，嘿嘿。”

“那你们什么时候出发？”

“明天吧，还有一批有志的齐国武士也要前往楚国，和他们同行。”

“嗯，一路珍重。”

“汉宫羽呢，你去叫一下她。”

浮士胤赶忙出去找汉宫羽去了。

一会儿的工夫，汉宫羽来了。

“铁枫哥，你要离开了这里了？”

“嗯，我想听听你的打算？有我什么需要帮助的。”

“我没什么打算，我也要跟着你一起去，虽然我不能上战场，可我能照料你啊。”

“你呀，总是替别人操心，你的年纪也不小了，该为自己操心找一个婆家了。浮士胤已决定在这里安家，你们相互照顾，我也可以放心地离开这里了。”

“婆家，我还没有想过呢，你那么忙，我只想去照料你，我尽量不会给你添麻烦的。”

“你就会说傻话，我一个大男子会照顾好自己的。听哥的话，我只想你能有一个好的归宿，快快乐乐平平安安地过一辈子。”

“那你呢，你想过自己的幸福归宿吗？哥，其实我挺想劝你收起宝剑，找个好女子过日子吧，抗秦的成与败，你将都得不到什么啊！”

“你不要管我，男子的事，女子不要插手。”铁枫心中突然燃烧起一股怒火，但那绝不是冲着汉宫羽。

汉宫羽被铁枫莫名其妙的怒火吓得不知所措了，只是默然地看着铁枫。

铁枫心中的怒火发泄后，心中是一片杂乱。他纳闷自己身旁亲近的人为什么不能理解他奋斗的意义所在。在动乱的年代，一个男子不献身战场建功立业，怎么去赢得身后名，怎么去体现个人的社会价值。功名，是精英的信仰，是他生活的精神依托。不说了，不理解就是不理解。

“汉宫羽，对不起，我的怒火不是冲着你的，我是恨我自己的不甘心。”

“嗯，其实我也不应该直接说那样的话，毕竟那是一个武士的事业，可我是从生活的角度真心劝说你的。”

“嗯，我明白了，就这样定下来了，在临淄找个好人家好好过日子吧。”

“嗯，明天我和浮士胤去送你和翊娇雪公主吧？”

“不用了，明天还有很多的武士一起走，出发会很仓促的，你们还是忙你们的事吧。”

“噢，那你多保重，还有一句话，你一定还要回来看我们。”

“会的，我会回来看你们的，一定会。”铁枫感动着，为这样的牵挂感动着。

铁枫把汉宫羽送走后，正要去和翊娇雪汇合，又一个轻盈的人影闪进来。铁枫抬头一看是静怡。

“明天要出发了吧？”

“嗯，是的。”

“和每一个人都道过别，还差我一个吧？”

“应该去的，只是不敢去打扰小姐。”

“称呼我静怡吧，在我第一眼看到你时，我就没有以小姐的姿态出现在你面前。其实我说这些也是多余，没人会去在意这些了。路上肯定需要盘缠，把这些金币收下吧。”静怡把钱袋放在了床铺上。

“这不行，我没有资格去拿你的钱。”铁枫赶忙把钱袋拿起来要塞到静怡的手里。

“你什么也别说了，我也什么也不想说了。拿住它吧，我不乞求能用这些钱来让你记住我的好，只是我的心里告诉我要这样做，只是觉得那是一种应该。”

铁枫明白这些朴质的话后所蕴含的真情，可惜爱情有时只有真情还是有点不够的。缘，前世的缘注定了今生的命。静怡，你会找到你幸福的归宿。铁枫看着那双美目放射的热情和矫情，心中一颤，爱是博大的，即使不能在一起，别人也有爱你的权利，你也要尊重这份真情，给别人一份心理上的满足。

“好，我收下了，收下一位重情重义女子的真诚。后会有期，保重。”铁枫拿起钱袋开始走出了房门，他觉得不能再呆了，再待下去徒增的是伤害两颗彼此还没有冷静下来的心。

“铁枫，我不会忘记你的。”铁枫在奔跑的马上逃避着这份纠缠不清的爱，但还是听到了那句心有余悸的话语。他想回头看一下她，但转念一想，不需要了，不要给她幻想了，让她绝望吧。虽然自己不是真心使然，但只有这样才能让她冷静下来，在悠长的岁月中忘掉自己，这对她才是一种解脱，才是一位男子应该心存的一种真诚，对别人的爱要负责。

雅静的居安馆外，翊娇雪早已等候多时了。他怎么还不来呢，不会有事吧？翊娇雪心中开始焦虑不安了。

大街上，飞奔的马如一阵风，“飕飕”地奔向自己所爱的人身旁，多一刻也不想等。铁枫心花怒放，目光中的激情在前方扫射着，希望尽快能看到那靓丽的身影。

“来了，他终于来了。”翊娇雪看到了前方那飞驰而来的矫健身影。

“娇雪。”铁枫在很远的地方便大声呼喊起来。

“骑得太快了，这很容易摔下来，以后可不准这样骑了。”

“遵命，一定不会了。”铁枫心中是暖流阵阵。

“嘿嘿，小滑头。”翊娇雪娇柔地看了铁枫一眼。

“你吃饭了吗？”铁枫关怀地问道。

“没有呢，还是没胃口，等你一起吃。”翊娇雪带着铁枫向饭馆走去。

“那我一会去给你买点开胃的药。”

“不需要了，我一直是这样，对饭菜提不起胃口。”

“这怎么行呢，听我的，我一定要把你的胃病看好。”

“嗯，听你的。”两人一起进入了饭馆。铁枫点了一些清淡开胃的饭菜，翊娇雪吃得津津有味，她也惊奇自己能吃那么多，是不是因为身旁多了一个他，心情使然。

夜开始朦胧了，铁枫买了很多甜津津的山果片让翊娇雪服用后，便回到了隔壁自己的房间，油然地躺在床上。

“忙了一天了，快回去休息吧。”翊娇雪刚才晚别的一句话却反复在铁枫的脑海中浮现。一句很普通的道别语只因它是从心爱之人翊娇雪的口中说出，就多了那么多关怀的爱意，这也许就是爱和被爱的感觉吧，在铁枫心头美滋滋地跳跃，让一颗疲惫的心久久不能平静。

在铁枫心里，今天的夜晚好像已是多余了。从他躺下那一刻起，他已在等候天亮能见到翊娇雪。虽然翊娇雪就在隔壁，只有几寸的距离，但这段距离还是成为了两人相视的空间障碍，他的心里只有翊娇雪，再也装不下别的了。

夜因为铁枫的兴奋而被撕裂了，支离破碎地被悬隔在心角的一处，急切地正等候黎明的出现。在刺目的光线中，铁枫警觉地睁开蒙眬的睡眼，赶快起床。微弱短暂的睡眠并没有影响他饱满的精神状态，他洗漱完毕后，便坐下来等候隔壁开门的声响。

一阵急促的敲门声唤醒了铁枫所有的热情和激情。经过一番准备后，他们一起来到了和齐国武士相约好的南城门，骑上马回头望望身后的临淄，大家各有所思地在马蹄声中前行了。

铁枫想，浮士胤，汉宫羽，静怡，还有霓瑛，别了，什么时候能和你们再相见，那是一个未知数，衷心地祝愿你们能找到各自的幸福，再见！

翊娇雪想，齐公子，我走了，更应该喊一声“哥”，祝愿你们幸福美满。我们都已开始寻找属于我们自己的幸福了。现在我觉得我们都是幸运的，你有你的家业，我也能在茫茫人海中找到了他，一位真挚刚强的男子，相信他也一定会照顾好他所挚爱的女子，我们都已不是曾经那两位被别人随便轻视的孩子了；相信你也会祝愿我们的，因为你毕竟还是我的大哥哥，别了，后会有期。

第四章

涟漪荡漾湖心

第一节 楚地多风情

生活的旅途是愉快的，也是美好的。跟自己爱慕的女子在山野河川间穿行，心情不言而喻，携带着阵阵的喜悦和激动。每当一处生机盎然的风景出现在视野中时，铁枫和翊娇雪都会不约而同地相视一笑，会意中体现着对一种美的认同和追求，这不仅是一种相知，更是一种心灵上的默契和交融，在心中感受着对方同样的情趣和兴致。赏心悦目的风景只有双方一起凝视时才有一种难以忘怀的美感，会在彼此心灵上刻下共同生活记忆的痕迹，在这山川河泽间永远弥漫，那是一种日后只有他们俩才能感受到的温馨记忆，唯一的，也是特定的。

夏季是骚动的，夏风是那样的柔软，夏日是那样的热烈。翊娇雪在这风和日丽间是那样的婀娜多姿。日光下，曾经忧郁的脸上正洋溢着爽朗的笑，黯然的目光经受这亮丽景色的冲击而焕发出一种独特的妩媚，是刚出浴的美人悠然地躺在草地上享受日光抚慰的那种情调和姿态，让人生发出无限的遐想，雨后的芙蓉，戏水的天鹅，跃动的彩蝶。美，在铁枫心头喜盈盈地荡漾着，眼睛总会不经意地去触动那份美的存在，而又不敢多加停留，以免会流露出一点轻佻。

女子的美丽就是为心爱的男子准备的，也愿意把自己最美的一面能永驻在他的心头。翊娇雪觉察到那欣赏的目光在自己身上游离着，心头一动，更加肆意放射着心中储藏了很久很久的柔情，红唇微启，把那细碎轻柔的软语一阵又一阵飘飞到铁枫的耳膜中，让他感受着一位女子的柔青，让那位曾经冷冰冰的翊娇雪公主彻底从他的心空中消散掉，感觉到的是一个普通女子的缠绵悱恻。她是他心中的娇雪，不是什么燕国公主等一些乱七八糟的琐碎身份。爱，就是让双方感受着那份精致的温馨，在心底感知着它在自己生命中的重要性。一路的颠簸见证着一份情感的开化，一路的行程充满了惬意的美感，这种微妙的激情一直延续到郢。

楚都郢好像缺少了王族的气派，没有多少华丽和尊贵的显现，充斥眼球是浓厚的人文气息，学子的身影在街道上来来往往，他们也在打量着这些从远方而来的异族武士。这里大多为古朴的木质建筑，两层或者三层，居住在这高而雅的房屋里相信也别有一番情趣，学子们三三两两地在底屋的茶馆里谈学论政，场面很是热闹。四下打量，发现很少看到砖瓦房屋，偶尔会在一个较宽敞的地面冒出一座来，但里面供奉着一些当地居民崇拜的神灵，原来是庙宇。铁枫带着新奇的眼光继续往前走，前面的街口到处飘荡着红艳艳的丝绫，如一位娇美的舞女在舞动着媚惑的柳腰，鼓动着那份肆意的风姿。齐国武士群中发出了阵阵嬉笑声，原来他们看到了那些花枝招展的楚女，在很远的楼阁上甩动着手中红色的丝绢，并娇声浪气地向他们打招呼。“公子哥，上来吧。”这些轻佻的举止晃动起了他们心中的冲动，但碍于齐鲁礼仪的约束只能以嬉笑报以安慰。

铁枫早闻楚国文化浪漫柔靡，今日一见果然不同凡响。学子是一副温文尔雅之态，谈论的不是政治，就是风花雪月；女子娇娆多姿，情欲恣意，念念不忘温柔水乡。江南水泽灵气的润泽让她们的情感达到了生活最饱满的状态，心中的欢愉在那白皙的肌肤上明亮闪光。此情此景不知是一种开化，还是一种蒙昧，可所见面庞是那样的文静清雅。在那娇声柔气中，能听到什么，是快活，是欲念，还是一种自由的情节？

“你怎么还在看，那份浪荡，你竟也喜欢。”铁枫边在思考，边在注视着那些楼阁上的楚女，竟然忽视了翊娇雪已注视他很久了。等他反应过来时，翊娇雪已催马奔向前方了。

“娇雪，等等我。”铁枫骑马在后面追。

“哼，等你干吗，不要让我扰乱了你欣赏的雅兴。”

铁枫听到她的这些话语后，心里开始发笑，看来她误解自己的目光了，以为和那些粗鄙的齐国武士一个德行，见了美女，眼睛就发光。没想到她也和别的女子一样，心中对这些事还是有点酸酸的看法。看来，她也是还有可爱的一面。也许解释是无济于事了，还是赶快追上她。

“追我干吗，你不是喜欢看那些妖艳的楚女吗？”

铁枫低下头，不吭一声，此时的沉默或许能证明自己所谓的清白。

“难道我没有她们漂亮吗？”翊娇雪说完后，看了看铁枫，娇柔地垂下了头。

“你是最漂亮的。”铁枫注视着翊娇雪慢慢地说到。

翊娇雪抬起头，满意地看着铁枫，心中的怨气已消去了一半。

天色不早了，铁枫和翊娇雪随齐国武士们找到了一个客栈安顿下来。翊娇雪因长途跋涉，身体早已疲惫不堪了，在屋子里美美地睡觉去了。铁枫心中怀着对楚文化的惊奇，让他按捺不住想去街上逛逛的想法。

夜市依旧延续着白天的喧哗和热闹，竹灯把大街映照得通亮。熙熙攘攘的人群还在捕捉着自己的兴奋，吃点美食，买个小玩意儿，要不去翠花楼，本地最大的烟花楼去找个相好的寻个乐子，总而言之就是不想早点闭上眼，进入那浑浑噩噩的梦乡中。铁枫一边观看着此地的土特产，一边打量着那些烟花巷中姑娘的情态举止，想从那假惺惺的嬉笑中看出她们内心深处的不堪，还是看到这些楚女浪荡和纵欲会表现出怎么样的极致。南国的水乡，缥缈的水汽滋补了温柔，还是熏化了迷情，让她们清秀的面孔下竟然能表现出那份轻佻的情调，这是铁枫实在想不通的地方。矜持、含蓄、羞赧在这里找不到存在的影子，倒是那份大大咧咧的开放让人心仪，又让人有点不适应，无法从心底一下子接受这些女子还有这样的粗犷。粉红的大灯笼在清风中摇曳着，那虚掩的竹门背后，那浪荡的嬉笑声一浪高过一浪。这也许就是这个夜晚最迷人的风景，风清月静中突显着一份热烈的躁动。

铁枫在复杂的感受中继续向前走着，想象着前面是否还有更稀奇的场景。轱辘声阵阵，迎面走来了一辆华贵的马车，周围还有四个武士护卫着。铁枫抬头看到了枣红色的华盖下端坐着一名妙龄的少女，神态妩媚，血红的唇色陪衬着一张雪白的脸，眉宇间还点溅着一滴醒目的朱砂，大家闺秀没有这般的轻佻，小家碧玉没有这份妩媚。她是什么身份呢？铁枫正在思考着，听到人群中爆发出一阵叫喊声，“快看，虞香凝姑娘来了。”满街的花花公子都把眼睛拉的直直的，那激情的眼光便“唰唰”地飞扑到虞香凝姑娘身体的各个部位，满足着心中的偷窥欲。铁枫再看车上的虞香凝，一脸的无动于衷，对这些凡夫俗子的赞赏和吹捧没有丝毫的感知，只是一动不动地注视着前方的路，那份高傲和冷淡足可以让满街的男子都自惭形秽。惊艳的一幕在男女们的惊讶声中很快从大街上消失，人们还在兴致盎然地品头论足着那位惊艳的舞女。

“她这是又被请去见令尹，当朝的主政官。”

“这女子不简单，凭着自己的容貌和舞技俘获了不少名门贵族公子的心，可还是处子之身，只陪玩不陪睡，并且让自己的父亲从一个低级官员混到了朝堂上去。”

“她的身材、美貌、谈吐在咱郢地可是无人能及。”

“若有这样的女子做妾，那可真是春风得意啊。”

“你可道出了哥几个的心声，看下辈子的造化吧。”几位花花公子哥在一阵摇头中无奈地走向了那些俗气的胭脂。

在楚国，难道凭着自己的天生丽质和一技之长便可以蹦到贵族的交际圈，这不愧是浪漫之国的独特风景。

虞香凝，一只在花丛中飘来飘去捕捉权贵花粉的红尘之蝶，让自己的家族发迹，在这个男尊女卑的国度里不能不说是一种生存的能力，让男子也不得不认可的能力。虽然她有那么多的不堪和妩媚，但还是从个人发展的角度和生存能力说明了她的不简单。她今天的地位让多少红尘之女羡慕和感叹，当然也为很多的高雅之秀所不耻，但能让自己的这一天精彩，让自己的家族兴旺，她的目的达到了。

铁枫望着那早已远逝的丽影，心中有股热辣辣的气息在升腾。一种对女性异样的感觉在心头徘徊，以前没有过的一种评判，她既不是淑女，也不是楚女，但也不介于两者之间，她是一种在男尊女卑环境中蜕化出的一种新型女性，依赖于男性但又独立在大众男性的视线之外，她也有自己的名利场，在各种微妙的交际关系中寻求着自己的尊严和安全。宛若秋天里的玫瑰，让欣赏的目光在一旁只能垂涎这份美艳，但因那冷厉的芒刺而不敢随意亵玩，傲然地挺立在百花园里，用自己的优势证明着自己的不凡。铁枫在心里暗暗地欣赏着这种女子的个性，但还是不能从心里接受她这样女子的风情。媚俗与他心中的优雅相差太远了，铁枫转过头黯然地朝前走去，眼前的风景变得索然无趣了，这些喜笑颜开的楚女让人看的眼晕，刚才那份热烈的浓艳此时觉得是那样的俗不可耐，也许这才是她们真正所渲染的一份生活色泽，充斥在生活的那一头，总是找不到春天赋予的生机勃勃。

翌日，翊娇雪留在了客栈，铁枫随齐国武士一起去朝见当朝令尹。他们出众的剑术赢得了令尹的赏识，很快就授予了他们到郢城各个城门担任守护的令牌，监管守城之责。铁枫的谈吐不凡和彬彬有礼更是得到了令尹的刮目相看，让他担任自己的卫队长。内忧外患使楚国的贵族阶层不得不对这些外来人才礼遇有加，封之以高官厚禄。铁枫享受如此之重视和厚望，心中欣喜不已，在齐国的失落和潦倒在此时化为乌有。人逢喜事精神爽，铁枫谢拜过令尹后，带着兴奋和激动离开了令尹府。

铁枫迈着细碎的脚步，只因想把自己的稳重展现在令尹府的上上下下，在内心里他很想马上奔回去，把这个令人激动的消息和翊娇雪分享。令尹府很大很深，铁枫走了半个时辰，当他的脚步刚迈出令尹府的门槛时，迎面驶来了一辆豪华艳丽的马车，看车身粉红色的装饰，车主应该是一位女主人。铁枫赶忙闪在一边，他想瞧瞧这位拜访令尹的新贵。车旁的侍女掀起了车篷上的帷幕，走出了一位戴面纱的女子，娇柔的身段，丰腴的体质，一看就是在深闺中保养起来的贵族小姐。可惜桃花色的面纱让人无法看清她的容貌，隐隐约约地看到她脸型的轮廓，应该是一副精巧细致的模样。她下车后，也在面纱里打量了一下这位从令尹府里走出来的男子，然后向令尹府的家丁指着铁枫询问他是什么人，家丁就告诉她，他是齐国来的武士，现是令尹府的卫队长。她又转过头望着铁枫，铁枫礼貌地回以微笑。她转身在家丁的带领下走进了令尹府，大门也随之关上了，一声沉闷的“咚”打乱了铁枫对她的品赏。

她的身影有点熟悉，铁枫脑海中突然对她有一份特殊的记忆，虽然看不清她的容貌，但那高贵的神态还是让他觉得自己在哪个地方曾经见过她，但又一下子想不起来了。铁枫骑马很快回到了客栈，推开了翊娇雪的门，正当把心中准备好的兴奋告诉翊娇雪时，却发现屋内空空的。铁枫内心一下子一片冷然。她会去哪里呢？怎么也应该和自己打声招呼再离开。铁枫轻轻掩上门，回到自己的房间，一腔的高兴劲都让空空的房间扫兴了。铁枫一下倾倒在床上，还在思考着她去哪里呢，甚至对翊娇雪还有一股莫名的生气。也许她一个人待在屋里闷，上街去溜达了，也应该，自己也不能太自私，让她孤零零的一个人待在屋里等自己的好消息，不要紧，好消息迟一点也没什么关系。因为对爱的宽容和谅解，铁枫在心里产生的闷气马上就消失了。

“咕噜”肚子饿了，刚才太兴奋了，竟然忘却了已到吃饭的时间了。不过还是等她回来一起吃吧。几个小时过去了，翊娇雪的房门还是没有动静。铁枫拉开门走到院子里，走到屋顶较高的一处，向四周张望，看能否发现翊娇雪。极目远望，大街小巷里都看不到那清秀的身影。突然他感觉到有点大事不妙，楚地风流倜傥之男太多了，是不是翊娇雪受到他们的调戏和纠缠了。正当他要下楼亲自去街上寻找的时候。“吱”，一声刺耳的开门声打乱了铁枫心中紧张的气息。翊娇雪回来了，不是一个人，还有很多齐国武士。她好像喝了很多酒，已经不是很清醒了，一个武士搀扶着她走进了她的房间。那个武士他认识，北野辞，高大英俊，剑术高超，跟自己甚至不分上下，且好像也是贵族世家。在一路的旅程中，他的眼神总在翊娇雪的身上扫来扫去，对翊娇雪极尽讨好之态，尽最大能力去照料她。今天他又如愿以偿地近距离碰触到翊娇雪的身体了。铁枫想赶忙下去，怕这些好色之徒有什么非分之想，但北野辞放下翊娇雪后掩住门就出来了，看来他还是有点廉耻之心，然后听见他含糊地喊了一声“弟兄们，走”，便一起摇摇晃晃地朝附近一家他们居住的客栈走去了。

此情此景，铁枫心中是一片怒然。翊娇雪原来是和他们一起去喝喜庆酒，喜庆他们在楚荣获高官厚禄。只因自己还经过了一道面试，时间上的滞后，翊娇雪就被他们请走了，并且还不能等自己归来便一起去庆贺了。齐国武士，自己本来就不是齐国武士，还是他们的嫉妒，总之是自己和他们不能合群，不合就不合吧，来楚又不是为了合群，而是来此建功立业的。铁枫从心里很难认同他们这个所谓的“小团体”。

翊娇雪，你也太不注重我的感受了，你去庆贺他们的荣获，我呢，你怎么不等我呢？我是你什么人，你应该很清楚吧。即使你有很多的难以推脱，但你也应该有主次之分吧。他们是什么人，即使他们在楚国能给你更多的方便，但我们才是有真正情感的人。最不能容忍的是你的肌肤怎么可以让别的男子接触呢，虽然现在你还不是我的女人，可你是我心中所期望的女人。虽然你不是故意的，难道你没有想到你喝醉后会有什么样的情景吗，我真不知道你是怎么想的，一向高洁清雅的你，怎么会有这样的景致呢，你真的好让我伤心。虽然你被别人接触一下肌肤没有什么，况且那还是特殊情况，但对于深爱你的男子而言，他希望你是他心目中最完美清纯的圣女，容不得别的男子有一丝亵渎和侵犯，哪怕那么一小点也不行，这不是胸怀度量大与小的问题，而是一种忠贞的信仰问题。

铁枫心中的喜悦此时已全部消失了，他开始埋怨这个世界为什么会让他看到了心中的唯一会有这样的不雅之态；恨她，恨她太不把纯洁和忠贞当一回事了。她是心中最有心性的女子，也是现在的唯一，他才会对她的期望和要求高，才看得重；更恨自己，恨自己太小心眼了，为什么把感情看得那么庄重、高雅，容不得它有一丝的不堪和瑕疵。为什么不能向别人一样在感情面前随便一下，轻浮一下，那又能怎么样，还不是过照样生活吗。恨自己，恨自己自寻烦恼。自己去她的屋间去问候一下她吗？明天吧，违心的动作只会进一步加深这份突兀的困惑。自己一个人去吃饭吗？算了吧，吃的兴致早已飘在脑后了，还是趁着这黄昏在睡眠中疗伤吧。

在晃动的酒杯中，齐国武士卑劣的笑声在耳边悠长悠长地回荡。翊娇雪妩媚的脸蛋在清亮的酒色中熠熠闪光，迷情的双眸回应着齐国武士那色眯眯的双眼，一些龌龊的手任意在翊娇雪身上放肆地抚摸，而意想不到的是翊娇雪反而沉浸在这种抚慰的享受中，喜笑颜开。笑声，那肆无忌惮的笑声和麻木不仁的呓语在那一副副苍白而诡秘的面孔中萦绕，也在铁枫不可承受的梦境中游荡。

铁枫睡梦中的心哭了，哭得无须去掩饰那份疼痛的悲伤。心中的这份美就这样支离破碎了，曾经心灵约定的信仰，只有他一个人去拾起那没有头绪的执着，独自承受着情感上的困惑。曾经的一切好像是一个虚假的面罩，伪装成一名圣女去俘获一份单纯的信任，让你在泥淖中忍受着有气无力的苦楚。蓝天好像永远也不会再去披上那蔚蓝色的绸纱了，羽云只会隐匿在记忆中的那一天。洁净的溪水中开始掺杂太多的污垢，岸边的紫薇花脱落了最后一片香纯的花瓣，随风消失在一只癞蛤蟆惊栗的眼球中。白桦树林里，雾气弥漫，看不清前方那重叠的人影到底是谁？追逐了好久，它还在眼前摇晃。冷冷的湿度，顺着皮肤一直渗到了心底，一个寒战打来，才发觉那是白桦树凝结的光晕在雾气中涌动。白桦树林里什么也没有，只有一颗妄想的心看到了一片失望的色晕。

第二节 花落花满天

“咚咚咚”，一阵轻柔的敲门声驱散了屋内主人满脑黑色的阴霾，惊悸的心灵暂时不在受梦境的折磨。

“铁枫，你还在睡吗？”翊娇雪在门外细声地问道。

“她来了，声音却是那样的轻悦。”铁枫的心里有着一种莫名其妙的错觉，哪个才是最真实的她，为什么自己会做那样的梦来破坏她在心目中的形象，是一种征兆，还是一种所感？他突然不想和外面的人说话，觉得没必要在虚假中表现一种真诚，可心底又觉得有点感性用事，那只是一个梦，又不是亲眼所见。虽然在睡梦中折磨着他的心灵，让他感受了那种虚假情境中的结果。还是大度一点吧，毕竟那是她的自由和权利。

“我还在睡觉，肚子有点不舒服。”铁枫平淡地说道。

“那你躺着，我去给你熬点粥，吃点就好多了。”轻盈的脚步声在铁枫呆滞的耳朵边“沙沙”地一扫而过。

她还是原来的她，自己为什么会有这种奇怪的感受，梦由心生，难道只是因为昨天那搀扶的一幕，可见在情感面前自己的心胸也是如此的狭隘，怎么还去赢得娇雪的仰慕。还是昨晚那不堪回首的梦境扰乱了心智，蒙蔽了自己对一份爱的坚守。不可能，娇雪怎么会有梦境中那样的行为。走在一起不容易，试着要去相信，昨天所有的事情就当是一次情有可原的偶然，给爱一次信任和机会，不要错失生命中的缘分，更不要轻易去对不起自己和别人。即使，也要用宽容的眼光去审视那块羊脂玉上的瑕疵，它不完美，却是自己的唯一。

铁枫在烦扰中走出了房门。翊娇雪端着热气腾腾的小米粥笑盈盈地朝他走来。

“肚子还疼吧，你的脸色很难看。走，到我的房间里，赶快喝点粥就舒服多了。”

铁枫在复杂的思绪中跟着翊娇雪走进了她的房间。他端起了小米粥，梦魇的惊悸使他还是很难提起精神说一些温馨的话语，只是慢条斯理地喝着粥。翊娇雪双手托着下巴静静地看铁枫在喝粥。

“好喝吧？”

“嗯，很好喝。”

“你昨天去哪了？他们都回来了，还是不见你的踪影，我们在酒馆等了你好长时间，一直到散席。”

“你昨天喝多了吧？”

“呵呵，是的，受他们喜悦气氛的感染，不由得多喝了几杯。”

“嗯……．”

“说说你荣获了什么差事？”翊娇雪瞪大了眼睛，准备分享着铁枫的喜悦。

“小小的令尹卫队长。”

“好哇，我就知道你肯定比他们强，中午我们一起去庆贺一下？”翊娇雪满脸的笑意。铁枫听着心里都有点兴奋的感应了。

“改天吧，一会我要去令尹府报道去，中午可能回不来。”

“嗯，差事要紧，改天我们再去庆贺。”

“那我该走了。”铁枫站了起来。

“再喝一点吧？”翊娇雪要再盛一碗给铁枫。

“不了，肚子舒服多了。”铁枫向翊娇雪微微一笑，拉开门走了。

秋雨绵绵，楚国的雨天与北方就是不同。她像一个爱哭的怨妇，心中的积怨一旦爆发了，眼泪淅淅沥沥地会洒落好几日，让人的心底都要发潮了，而在忧郁的心结里，快要发霉了。半个月都过去了，不知为什么，铁枫还是很难从那阴晦的梦魇中走出来。翊娇雪身上的柔情和娇美在他的心头已很难自然地荡漾起那心花怒放的涟漪了，更多的是质疑和猜测。有时翊娇雪用莫名其妙的眼睛去打量他的时候，他以木然的眼神去逃避那质问的眼神，然后匆匆地离开了。他也知道这会伤害她，可他也没办法去控制这种偏执的心理。事后，他也为自己这种无礼的行为自责。自己曾在心里承诺过，再也不会让她有任何伤害了，而自己现在却在伤害着她。那委屈的表情，那黯然的双眸，也在责问着这到底是怎么回事?

目送着连绵的秋雨，铁枫的心底也有水珠在“滴滴”作响。手中紧握随风，一个人的雨天，享受着雨滴的寂寞。若没有那一幕，这些雨滴该是多么的活泼，那溅起的水花是那样的晶莹，像她额头蠕动的香汗。自己的心底也不会这样阴冷潮湿，会把她惬意的笑声藏匿在那些亮闪闪的雨滴中，贮存一份简单的快乐，倾听雨声中爱的呼唤，但好像已时过境迁了。

“队长，令尹传你。”一名卫兵戴着斗笠来到了铁枫的面前。

“嗯。”铁枫赶忙朝正堂走去。

“铁枫，你现在去护送大门外的女子回家，不得有误。”

“得令。”铁枫来到了大门口，门外停着一辆马车，一辆他第一次来这里见到的那辆马车。粉红色的帷幔中隐约可见里面坐着一位通体穿着红色丝绸的女子。铁枫走上前弯腰作揖。帷幔中传出了一声清丽的嗓音，“出发吧。”

雨变小了，马车在雨丝中缓缓地向前移动。铁枫骑着马慢慢地跟随在车后，散漫地观看着雨中的风景。没有了兴致的风景，它只能是自然的风景，没有些许美感可言。不知不觉中不知走了多少路，也不知雨丝何时在视线中消逝了，也不知车中的这位贵人要到哪里去，回家，离城区越来越远了，离郊野却很近了。她难道是要去郊野赏雨吗？铁枫静静地跟在马车后面，偶尔看看车里的女子在干什么，那柔静的轮廓总是正襟危坐，一动也不动。

天色慢慢地变的白亮了，周围的景物也开始浮现着明净的光晕。豁然前方出现了一个方圆几百里的湖泊，经过秋雨的洗涤，湖面波光粼粼，澄澈明净。岸边的芦苇在微风中轻轻地摇荡，油然一副轻佻之态，似一群小孩子在那里团抱着喜笑颜开，在观摩着这些野外游玩的行者。车还是没有停，沿着岸边的小径一直往前走。太阳开始露出了它残缺的脸庞，一闪一闪的，抛洒下几缕微弱的光芒，给地面注入了些许唐突的生机。铁枫摘下斗笠挂在了身后，在这残缺的夕阳中，慵懒地扫射着湖中遥远的那一边，再抬头观望着马车上的那位贵人，实在有点无聊。

“停”，寂静的格调终于冒出了一点响声，打破了心底的沉寂。马车停在了一块宽敞的草地上，眼前正对着西下的残阳，一条血红血红的光晕静静地躺在湖面上，如一位修长的美女裹一条红色的丝巾直条条地睡在那里，忘却了周围的喧闹和躁动。车夫掀开帷幕，铁枫屏住呼吸等候车中贵人的出现，她究竟会是谁？一双纤白的手最先出现在视线里，紧接着高耸的发髻徐徐冒出。今天她没有戴斗篷，铁枫心里异常激动，这下可以一睹美人的容颜了。一张雪白色的面孔横空出世，白得让周围的视线感觉有了一道亮光，小巧的鼻子下面是娇艳的红唇，唯独与面部不协调的是她的眼睛，那是一双清静秀敛的眼睛，眼球中闪烁着莲子般的清逸，没有脸蛋的光滑，更没有双唇的妖艳。她走下车后，仰头瞟了铁枫一眼，朝湖边走去了。虞香凝，她是虞香凝，就是那晚在闹市中招摇而过的那位华贵女子，郢都的交际花，也被令尹称作的贵人。她所受的尊荣可见一斑了。她的能耐和心机可谓女中的佼佼者，这样的女子可怕而可敬。铁枫看着她慢慢地走到了湖边，席地而坐，双眼静静地盯着那淡绿色的湖面。平静的阔野上，万籁俱寂，原野茫茫，天与地之间，人与物之间近的是那样的没有界线。淡蓝的天幕上是一轮血红色的残阳，燃烧着的火焰在那淡绿色的湖面上轻盈地蠕动，湖面上的红晕又在那白亮亮的脸庞上跳跃，挑逗着那不易察觉的静穆，红红的绸衣盖在碧绿的草地上，让这份火红的热烈失去了温度和色泽。残阳也从那夺目绚丽的舞台上卸妆消隐了，黑色的幕布徐徐合闭，终于收敛了湖中的红晕，而她还在静坐着。铁枫还在湖泊的不远处静静地等候着这位即将返途的贵人。

她会想什么呢？一位在万人瞩目场合穿梭的舞女，怎么会一个人在湖边静静地欣赏这红彤彤的残阳，周围寂静的厚重，她那轻飘飘的心扉能否承受得住。

她是在偷偷地思念着心中的男子，想在这个自由清静的空间描摹他伟岸挺拔的身姿，还是美美地回味那刚毅笑脸的气韵。可她已非一个纯情的少女了，她的脸上刻满了浮华的印迹，爱的气色升腾到脸上就会转化为妩媚，她会喜欢谁？从眼前不断飘移的男子，带着财富，带着权势，带着利欲，带着心机在她的心间涌动着，让她忘却了爱还会是什么样子，难道不就是这些吗？她是不可能轻易会喜欢上谁。因为选择的余地太多了，也就会迷失了选择的方向。

她是在思考未来的出路吗？她不能这样总生活在别人的欣赏中，归宿虽然会让她一下子失去这种尊荣，但聪明的她一定明白女人终究是要随夫的。美人迟暮，也许从她知道自己美艳的时候就明白了它流逝的结果。可她也清楚达官显贵欣赏她的是漂亮的脸蛋和柔美的身段，在他们之间选择一个安稳的栖息地不亚于是一次冒险。花容枯萎之时便是她冷遇之时，甚至流落街头，那么她这么多年的努力和投入就彻底失败了，这有可能是她最会想到的问题。一个能在声色犬马男性主导的交际圈里保住自己的名节，且能游刃有余地穿梭其间让家族发迹，这最能说明了她的高明和心机了，这个问题她肯定从熟于心了。

最后一个她可能去想的是，铁枫以自己多年的情感经验去臆想的，可能是最没有现实的可存在性，但符合一位有着道德修养女子应该对人生轨迹反省中出现忏悔的情景。一个人在生活的这一端生活，总是牵挂着另一端的遐想。一位女子在正常的生活状态下，她是不愿意去充当交际花的角色，至少充当的也应该是贵妇人的角色。交际花的角色就是在用美色去愉悦男子欣赏需要的同时，实现了自身的利益价值。今天她的很多目的已实现了，目前她需要的真正尊重在她的心头质问她。她也知道自己又不知足了，一个交际花还需要尊重，那让谁去赔笑脸、献殷勤、撒娇柔……

她还会去想自己真正需要的是什么，一个女子应该拥有的爱情、地位、财势，可她已比别人多了一份虚荣，这份虚荣成功地让她走到了现在，但她却没有感受到真正成功的喜悦，甚至已厌烦了在男人堆里嬉笑、谄媚，甚至被侮辱。她要去找回自我存在的意义，让心灵像这湖水一样平静悠然，与自然融为一体。偶尔她也会在心间质问自己，曾经的选择是正确的吗？她很难回答，如果不这样，今天她也不会有现在这样的地位和尊荣，可也让她的心灵久久不能平静，充满浮躁不安。因为她始终是清醒的，她要做的是一个聪明知性的女人。对幸福的渴望，让她对自己目前的处境很是担忧。

这会是她所想到的问题吗？铁枫希望她所想的就是这样的问题，这样他会期待一个聪颖美丽的女子出现，期望他也许会走入她的生活中。他们虽互不相识，但冥冥中注定着他们身上有着共同的价值取向存在，有着潜在的相互赏识。

黑色遮掩了所有的色彩，悄然间，湖泊已是一汪黏稠的墨绿色液体。岸旁还逗留着几尊黑乎乎的身影，马儿还在低头啃着嫩绿的青草。她该走了，自己还要回去向令尹交差。她来去自由，没必要去在乎周围的人和事，想待多长时间就待多长时间，这也许就是环境让她身上潜生出的傲气和霸气。

天也许很困乏了，没有月亮，也没有一颗星星。整个天穹就是一片黑魆魆的幽影在缭绕盘旋，观望和倾听着这些还没有归家之人的行踪和话语。铁枫有点不耐烦了，他可不是一个沉默的守夜人。在他的眼里只有尽责职守，可没有一点奴颜婢膝，别让生活忘记了他也是一个天生的贵族，且比贵族还贵族。正当他要向她提及是该回去的时候，那红色的绸衣开始有点动静了，随后听到了一阵水滴的声音。她正双手捧着湖水抹洗自己的脸庞，那雪白色的脂粉剥落到了湖水里，红艳的唇色转为了淡红，一张幽静秀气的脸洋洋洒洒地朝他这边走来了。帷幕轻轻地落下来了，“驾……”马车转头向回城的方向进发了。一个深沉的夜可以安睡了。

竹林中，清醇的竹叶味阵阵扑鼻。一辆竹制的水车在溪水的冲刷下发出悠悠的“咯吱”声。一股洁净的溪水被水车提到了另一条水渠里潺潺地向前流动着。水车旁边是一间竹制的茅亭，在淡淡的迷雾中一副缥缈羽化的景象。亭子里端坐着一位身穿青绿色纱衣的女子，手握一杆长箫在竹林中尽情地放飞着心中的情丝。箫音清脆柔迷，让心灵中的话语随着音乐在这份古朴轻悠中找到一份自由真实的慰藉。铁枫从一棵竹子的背后绕过去走到另一棵竹子的背后，最后走到了竹亭面前，可亭中的女子还是没有发觉一个男子出现在了她的面前，还在那静静地吹着她的竹箫。一阵清风从林间呼啸而过，一片片枯黄落地的竹叶闻风起舞，在铁枫视野的空间中回旋飘舞。箫声戛然而止了，铁枫透过飞舞竹叶的狭缝看到了一份柔美的眼神也在注视着他，似一汪明净的泉水受风的抚慰荡漾起了一圈圈轻柔的水纹，慢慢地消融，随后又一圈涌来了，消融了，没有感触，但有知觉，一种清静恬淡的美。风静了，竹叶随之翩翩然坠地，碰触到地面没有半丝响声，安静自然。那出神的双眸也随之收回了，在那里静默着。铁枫走上去，欣悦地说：“真好听。”

“嘿嘿，谢谢，阁下是铁枫？”

“嗯，你怎么来这儿，常来吗？”

“是的，我喜欢这里，亲切、自然、安静、轻悠。与竹林为伴，心中高洁、安详。”

“你很快乐，没有同伴和你一起来这里？”

“同伴，有很多，但我不喜欢和他们一起来，他们不懂这份洒脱和静谧。”

“嗯，那你不是会孤独吗？”

“孤独，其实并不可怕，可怕的是心灵的荒芜。我来这里就是陶冶心性的，洗涤红尘中的轻浮和利欲。”

“可你是一个女子，难道不就是为虚荣和富贵而去精心化妆吗？”

“也是，但我也要为自己的情操而付诸努力，赢取自己的自尊和独立，陶冶自我情趣，丰富生活感受。”

“那在弯弯曲曲的小道面前，你以交际魅力的方式达到外在人脉的四通八达？”

“交际魅力，说白了是美色诱惑吧，哈哈，你会对一个女子这样的生存观念产生世俗的不屑吗？”

“你既然是为了实现自己的生存价值和生活意义，何必担心一个局外人的眼光和视角？”

“不，在发展自我的同时，还是不能错失一些有品位男子的评价，这对我很重要。”

“真的很重要吗？”

“重要，我也同样想获得一位高雅男子对我的青睐，我也想把我的美貌和柔情真正献给我所爱的人。”

“你不是早已献给很多人了，听及你已是情场高手，少男的第一纯情杀手吗？”

“哈哈，我明白了，也许想得太多了，既然选择了做风尘中风情万种的舞女，还在想着做一个纯情女子的梦，是有点荒唐。可是生活的困惑，你又能怎样去做一个纯情女子的梦，还不是任人摆弄罢了。”

“看来你权衡过得失，你现在挺好的，没必要在纯情上面多动心思，顺其自然吧。”

“你这是安慰我的话，你肯定是不会从心里接受我这样类型的女子？”

“我觉得这类型的女子也没必要去和我这样意识的男子往一块凑。”

“那这是谁的错？在缘分面前只能相视一笑，不能走得更近一点吗？”

“没有谁的错，只是你所爱之人还在视线的前端，不在眼前。”

“嗯，我忘了告诉你了，我的名字是清秋。”

“清秋？可我知道你的芳名，你是虞香凝呀。”

“清秋，我的名字是清秋，清一秋……”一声拖着长长支离破碎的“清秋”尾音在竹林里回荡。

第三节　情欲迷人眼

铁枫闭上眼在心里疑惑地问自己，她怎么是清秋，那虞香凝是谁？当他睁开眼时，眼前翠绿色的景象已消逝了，竹亭、水车、溪流一下子都不见了，眼前除了竹子还是竹子，不蔓不枝的竹子，直立地插在地里，头顶一片天。

清秋，虞香凝，一个人的名字一下子从夏季转换到了秋季。该怎样去评判她这季节的情操？铁枫躺在床上，慢慢回味着昨晚又一个奇怪的梦。梦，日有所思，夜有所梦。对铁枫来说，梦是明天的事实，不能说梦梦必验，但当一些重大结果摆在他面前时，在他的心里总是有种似曾相识的体验。这样的梦，他从内心里觉得或许已说明了很多问题，只是等待明天结果的宣判了。

“娇雪，可以进去吗？”铁枫站在翊娇雪的门外。

“进来吧。”

“你在看什么呢？”

“随便瞧瞧一些楚辞，了解楚国的地域文化。”

“噢，娇雪，有点事要和你说说。”

“什么事，说吧。”

“我今天要搬到令尹府去了，最近秦国的刺客很猖獗，很多楚国官员都毙命了，令尹担心安危，所以让我入府加强护卫。”

“嗯，知道了，那你去吧。”

“我不在了，你要注意自己的安全。”

“铁枫……”翊娇雪一双明亮的眸子间堆满了很多心事。

“有事吗？”

“铁枫，我想离开楚国。”翊娇雪一动不动地注视铁枫的眼睛。

“怎么了，现在不是住得很好吗？”铁枫对翊娇雪的言行有点莫名其妙。

“我很郁闷，一天大部分时间都待在屋子里度过。吃你的，用你的，我心里不痛快，我想找点事做，可现又没我做的事。这下你也不在身边了，我真不知道自己该怎么度过往后的每一天。”

是啊，自从来了楚国，只想到自己的发展了，而忽略了翊娇雪的生活，不可能让她一直待在屋子里，去守候他们的情感。可自己现在在令尹府里当差，不是城门守护，不然让她做自己的副将，这不是其乐融融吗？可是事情往往很难遂人心愿。

翊娇雪她也不是普通的女子，她也有自己的理想，自己不管从什么角度出发，她的发展是第一位的，这是他不管在什么情况下都遵从的生活理念，她首先应以她的生活为重点。

“你的心境我能体谅，你等几天吧，我试着帮你找一份有趣的差事，若实在不行，你再做离开的决定，好吧？”

“嗯，但是我们要一起离开这里，去一个比较安宁的地方。”

一起离开，铁枫心中很是感动，但是去哪？他的心里确实是一个大问号，离开了楚国，将没有其他诸侯国可去了。楚国是他抗秦的最后一个阵地了，从某种意义上说自己没有退路了，已没有选择了，只有一种结果。成功了，将在楚国扬名立万，封侯拜相；失败了，只能战死沙场，身首异处。翊娇雪怎么办？自己心爱的女子，看到她那娇美的面孔，他真想放弃这一切，带着她远走高飞，去一处山清水秀的地方，安安静静地过日子。日出而作，轻轻吻一下熟睡的她，带着锄头去田里耕种；晌午，她带着水和干粮在田头呼喊他该歇息了，他喝着清凉的茶水，她在一边用丝绢擦拭着他额头上的汗珠；黄昏了，她在门口张望着他的归来，夜晚她枕着自己的胳膊悄悄地叙说着娇滴滴的话语。女子的柔情，男子的坚强，在恩恩爱爱中的糅合就是幸福，这就是他所设想的退路生活，也就是普通农夫的生活，简单但并不庸俗。可一想到一辈子的岁月就是以那样的吃住穿行模式存在，最后消逝在茫茫荒原上，他实在不甘心，不甘心自己的心胸和气魄。自己是谁？自己要封侯拜相，要号令千军，要统治一方，要在历史的舞台上留下最辉煌的轨迹。爱情怎么办？它也是自己心中最珍视的情感，也是自己一直走下去的精神支柱。铁枫抬头看看翊娇雪，那水汪汪的眼睛还在等候自己的回应呢。

“好吧！”他说得很轻快，但心里是那样的不堪沉重，因为这句话是极其不负责任的，但他又不想伤害她。走一步是一步吧，在这样的环境和局势中，他已很难预测未来了，有时甚至觉得是自己也在欺骗自己，抗秦复韩，那有可能吗？他的内心里好多次有一种声音在告诉他，那已是不可能的，但信念让他从不想去怀疑它的真实性。不抗秦了，自己应该去干什么？家园没了，一切所能依靠的都没了，要步入上层贵族的群体，靠什么，凭什么资本，只有通过军功了，靠侥幸的生命去换取那点微不足道的社会地位，生活让他只能这样了。它就像虞香凝的生存方式，不那样做，你将生活得很懦弱，很无奈，没有任何安全感，甚至受人欺凌，而却没有任何的反抗能力，这就是随附社会的悲哀，所以只能在狭窄的生存空间尽量去争取属于自己的安全之路。

月高风轻，菊香撩人；轻歌曼舞，楚音悠悠。令尹在凤鸣阁夜宴达官贵人，谈笑间对美酒佳酿的称赞不绝于口。铁枫站立于阁外，守护着今晚这些重要人物的安全。借着灯光，阁内的场景一目了然。每位达官贵人身旁都有两名美女相伴左右，轮流给这些达官贵人添菜倒酒，笑得不亦乐乎！但这些骄奢淫逸的达官贵人还是冷不然会把那直勾勾的眼神飘向令尹身旁的佳人，垂涎着那位高贵冷傲女子的美艳，从脚底打量到头顶，窥视着他们心中的尤物。她不时端起一杯酒轻轻地举到令尹的嘴旁，娇声柔气地叫唤一声“干爹”，令尹兴致勃勃地一饮而尽，然后亲昵地把她抱到了怀里，座下的宾客发出了一阵阵谄媚的笑声。铁枫心里为这些道貌岸然的贵族阶层伪君子腐化的生活所不耻，更是看到虞香凝那妖媚的眼神而心中涌上一股痛惜之情，一位聪颖美丽的女子终究还是难逃世俗的魔掌，成为了权势手中的玩物，那让谁再去陪伴那些儒雅的谦谦君子呢？虞香凝也冷不防举目接触到了铁枫那直射而来的犀利眼神，看着那位站在自己不远处的护卫，心中不由愣了一下。他一定是为自己两种不同的样子而在嘲讽自己两面的心性吧。令尹看到虞香凝脸部突然涌上木讷的表情，爱怜地询问她怎么了。她赶忙重新拾起笑脸说她喝得有点晕了。令尹“哈哈”大笑起来，说醉美人更会有一番人间风情。令尹端起了酒杯放到了虞香凝的嘴边，强行灌到了她的嘴里。她只能硬撑着喝下去，心里知道今天令尹有点太高兴，就放肆起来了，不顾虑他周围人的感受了，不懂得怜香惜玉了。这些达官贵人总会这样，忘乎所以时也就变得没有人性了。

一杯杯辣辣的烈酒猛然下肚，虞香凝的头就变得沉甸甸了，眼前的场景开始变得摇摇晃晃。坚持住，否则今晚就可能贞洁不保了，虞香凝在心里默默地对自己说。她爬到令尹的耳朵旁悄悄地说了一句话，令尹悠然地一笑，她从旁门跑到了赏月台上。清凉凉的秋风吹着她红扑扑的脸蛋，这就是令尹所说的醉美人吧。铁枫站在她不远的身后，看着她面部复杂的表情，她的心中大概有一肚子的苦水吧，在达官贵人的眼里她只不过是他们猎艳的猎物而已。今晚她又换了衣服，粉红色的光泽烘托着那娇美的身段，让月色也迷恋，久久不上柳梢头。

铁枫身兼令尹府护卫长，上任以来，晚上保护令尹一家人的安全，白天就充当着舞女虞香凝的贴身侍卫。隔几日，黄昏时刻，铁枫就跟随她到郊野的湖泊看那血红血红的残阳。她是喜欢黄昏的心境，还是热衷残阳那美丽的色彩，像她这样两面性的女子，现在看来二者应该都有。铁枫每次静静地跟着她前往，静静地跟着她返回，至今还未说过一句话，最多的就是一视，微笑对她而言也是吝啬的。沉默生发出了许多神秘猜想，这对铁枫有这样的感觉，对虞香凝而言同样也是。

齐国的武士，在他身上却找不到下层武士粗鄙的影子。那双深沉忧郁的眼睛可以让人觉察到他是一个阅历和情感丰富的男子，举手投足间无不透露着成熟和修养。以她识人的经历，他绝不是普通的武士，也说明了他不可能在这里永远充当一位护卫的角色。等待，也许他在像自己一样等待机遇和条件的成熟。不近女色，这段日子，从未发现他的目光在自己身上有半点亵渎之意；不侃谈，言该说之言语，脚踏实地地做好自己分内之事，这就是有志男子最明显的体现。自己也想跟他谈谈，可是两种性格两种身份的人，又有男女之别。她这种在交际场中游刃有余的高手，却在他的面前不知该怎么去交流。她不得不承认在他的身上有一股令女子不敢随意接近的震慑力，因为他的庄重和威严。

湖色依旧，似一块千年的祖母绿琥珀，摆在每个喜欢钻研历史和人生的过客面前。今天的日光离落山还有一段时间，天与水的交界处泛出一片一片绯红色的霞光，粉团团的，好似曾经在眼球中流逝的火光。她还是老样子坐在那块洁净的石头上，两手托着下巴目不转睛地盯着远方，在构织着一些匪夷所思的梦幻。铁枫下马后，放开缰绳，任由马儿在草地上走动。他径直走向了湖边，离虞香凝大概有二十步远的地方停下来，望着天边那熟悉的绯红色。它们在天边正高兴地欢呼，召唤着远方的同伴，一起去为心中的喜悦而欢呼，转而又飘来了几朵紫色的云霞，翩翩起舞，青春的明媚留在了岁月的词典上，转而又在漂移中变幻多端，流于随性，自然洒脱，演绎着另一个生动的故事，诉说着另一份悠长的情思。

“你在想什么呢，你刚才的表情太入神了？”

铁枫感觉到身旁有一个女子，转头一看是她。她什么时候来到了自己的身旁，自己怎么一点也没有觉察到，是自己太投入了，还是她不想打搅自己，轻悄悄地坐到了身旁。总之，她是一个很有个性的女子。

“晚霞太美了，让我想起了很多曾经的往事。”铁枫说着就在内心里开始发笑了。

“看你说着心里就那么美，呵呵，可以说出来分享一下吗？”虞香凝感觉到他其实也是一个风趣的男子。

铁枫转身看看她娇美的笑容，这是他第一次目睹到她自然洒脱的笑，明亮的双眸似一汪洁净的泉水，还在活脱脱地冒呢，红润的双唇间闪烁着洁白的齿色，白净的脖颈是那么的润滑而有光泽，只是脸上的亲昵之态让他觉得她是一个妩媚的女子，不是一个美丽的女子。

“很抱歉，我只想一个人保留它的独特性。”

“嗯，能理解。我们每个人都有属于自己独享的故事。那说说你来楚国的目的吧？”

“抗秦。”

“实现封侯拜相的理想。”

“呵呵，还没有想得那么远大。”

“你自谦了，这种想法已刻在了你的脸上了。你举止小心谨慎，言行深思熟虑，不像普通武士那样有勇无谋，言行粗鄙，目光短浅，不成气候。”

“你的话很有见地，但对于我有点过奖了，有谋略的武士终究也还是武士。”

“所以说你不是一位普通的武士，你在等待机遇，一个小小的卫队长岂会束缚住你的手脚。”

“谢谢了。”她就是不简单，说话识人很有一套，自己不得不惊诧她在社会交际环境中所锻炼出的魅力，精明、机灵。

“你出身于名门贵族吧？”

“这很重要吗？”

“别误会，你的言行和举止让人很难把你和武士阶层联系起来，我想确认一下自己的看法。”

看来，精英阶层的人士在开口说话前都要打一场心理战，把对方的社会地位先揣摩一遍，做到心中有数。观望，相互的观望到今天才明白了它特殊的意义。

“我是一个流亡的武士，是韩国王族一脉，因战祸才流落到此。”

“嗯，明白了，有志之士，日后必有所为。”

“你日后前途也不可限量。”

“一小女了有何前途可言，只不过在尘世的夹缝中寻求最大的生活空间。所见所闻，你自会明白其中曲折。”

“你来这里是为求得心境的平静和安宁吗？”

“是的，我觉得我们在很多方面能达成共识。眼前的景物对人生都有警示作用，湖泊，平稳静谧，一片安详清雅之态，这才应是人生的常态，无须去劳心费力；残阳，如血似火，大红大紫，卷尽人生风华，可终归淡入夜幕，只为红尘演绎精彩，却没来得及为自己挽住身边的温馨，就消退在麻木的记忆里。”

“选择了，就执着地走下去，不要太刻意去苛求生活和自己；生活没有假如，也没有参考答案，事后才能得知缘由。”

“你真的那样认为我应该继续我所走的路？”

“我觉得你现在生活得很好，比一般的女子有作为，有自我价值。在生活面前，你比她们更懂得存在的意义。所谓的退路其实并没有我们所想象的那样完整和美好，甚至不堪重负。”

“我明白了，你需要我帮忙吗？”

“你能帮我什么？”

“你想让我帮你什么，呵呵。”

“帮我找一份女子所能从事的差事。”

“是给你的她吧，好，没问题，几天后通知你。她叫什么名字？”

“翊娇雪，那有劳虞香凝姑娘了。”

“见外。改日引见一下小妹，让我瞅瞅你的眼光。”

“好，不过难与姑娘相媲美。”

“呵呵，这话有点油嘴滑舌，你说了不算。”

笑得那么甜，宛然是一位普通的女孩子，可再想想那政治舞台上的她，冷艳孤傲，不可一世，所有的凡夫俗子在她的面前只能俯首叩头，举手投足间散发着一股秀敛的霸气，犀利的言语让闻者心惊胆战，“女霸王”的绰号已在民间流传。可今日谈话视若常人，没有也没必要装腔作势，聪明的她，明白什么样的场合说什么样的话。这样妩媚聪颖的女子，一般男子是很难驾驭的，若能举案齐眉，那可是政治舞台上的贤内助。

“你在想什么呢，是在想回去给她一个意外的惊喜吗？”

“不，你看那天边的晚霞，血色消逝了，它也就消失了。”

“你在说战争吧，听令尹说，秦军已全面压境，楚国已丢掉半壁江山了。”

铁枫看看手中的随风，它已好久没有在沙场上飞舞了，心中是一阵惆怅，战场离他总是很远。虞香凝看了一下他那黯然的双眸，明白了他心中的想法。

“走吧，天色不早了，不要耽搁了你们俩的约会。”

夜幕中，一辆马车，一匹马，并行在郊野的小道上，向共同的目的地市郡弛去，那么急，那么欢快。

……

深秋悄然而至，草叶上挂满了亮莹莹的水珠。铁枫走过去，鞋袜马上被沾湿一片，只不过是小小的水滴，但还是让他感觉到了秋的凉意。

“铁枫，你来一下。”

铁枫循声望去，是虞香凝姑娘，一身紫色的绸袍更显示出她的丰腴与雍容。铁枫赶忙走过去，想必是翊娇雪的差事有着落了。

“铁枫，你托我帮忙的事情我已弄妥了。令尹的儿媳缺个侍女，让翊娇雪去吧，不过当侍女有点委屈她了。”

“没事的，慢慢历练吧，太感谢你了。”

“你准备怎么谢呢？”

“你什么也不缺，我还真一下子想不出用什么来答谢你。”

“是吗？以后我会让你答谢回来的。还有一个好消息要提前告诉你，令尹马上要派你去和秦军作战。”

“太好了，我就等这一天了。武士只有在沙场上才是真正的武士。”

虞香凝看着铁枫的高兴劲，心里也体会到了自己的价值所在。铁枫拿起随风深深地看了一眼，心里痛快极了。他把目光又转向了虞香凝，她低着头，看上去满脸的欣悦。不对，令尹怎么会突然想起让自己去沙场建功立业，一定是有人提携了，那么这么人就是眼前这位大富大贵的女子。

“虞香凝，再说一句谢谢了。”铁枫意味深长地说道。

“我还以为你只顾高兴，忘却了我这位出力人。”

“忘却不了，我会记住你的知遇之恩。”

虞香凝轻轻地对他笑了一下，转身轻柔地走了。

铁枫骑着马飞快地朝社馆奔去，把这个令人高兴的消息早一点让翊娇雪知道。最近自己一直忙于差事，疏忽了对她的体贴和照顾，希望这个消息能给她一点心理上的安慰和补偿。一溜烟的功夫，铁枫便来到了社馆门口，他拴好马后，兴冲冲地走向翊娇雪的房间。一把铁锁出现在了铁枫视线中，心中顿时感觉有点不妙。怎么，她难道又和他出去了？想到这里莫名其妙的怨气便在心头鼓动，虽然它还未成为事实。

“客官，你找谁？”店小二笑盈盈地问道。

“这个屋子的住客去哪了？”

“她已经搬到了对面的社馆三四天了。”

“噢，打搅了。”铁枫的心里弥漫着一阵阴云。她搬去和他们一起住了，看来她离自己将要越来越远了，离他们越来越近了。想想她也有危难之处，一个女子总得有一些人照顾吧。自己既然很难去充当这个角色，那自然就让别人去充当吧。可自己心里怎么会有惯性的狭隘呢？感情确实不可思议。铁枫转身拉着马向对面的社馆走去了。

第四节　云烟皆过客

社馆院子里最醒目的是那一片凋零的雏菊，耷拉着脑袋，一副对秋天彻底失望的样子，看着触目惊心，人生境遇也有如此格调，大起大落，总会有失意的时候。院子拐角处有一位女子正在晾晒衣服，她的上半身被悬挂的湿淋淋衣服挡住了，只能看到一双粉红色的丝绒鞋。一件一件的男式衣服被挂在绳子上，想必这位女子是给她亲近之人洗的吧。铁枫在心里柔柔地笑了笑，走上前敲了敲北野辞的房门。

“噢，原来是枫护卫长，什么风把你吹到我们这个小地方来了？”

“别来无恙，翊娇雪在哪居住？”

“我说呢，你会大驾光临寒舍，原来是看望情妹妹来了，哈哈！”北野辞笑得肆无忌惮。

铁枫心里很是窝火，和这样的人说话真是自讨没趣。为了给翊娇雪讨点面子，他强忍着再次问道：“翊娇雪在哪住？”

“那儿，看到了吗？”

铁枫回头顺着北野辞的指向望去，那不是一个洗衣服的女子吗？难道她是翊娇雪。

“愣着干吗，还不去找她。”

铁枫径直走到了那个只能看到下半身的女子旁。翊娇雪听到了一串越来越近的脚步声，从衣服下伸出了头，原来是铁枫。

“你来了？”

“你搬这里来了？”

“和大家住一起，相互照顾。”

“可我有点不放心。”

“没事的，我会小心的。”

“我给你找到差事了，在令尹府当侍女，有点委屈你，但我们可以在一起了。”

“我已经找到差事了，在北野辞手下当副将，我喜欢的差事。”

“和我去令尹府吧，在那可以见见大场面，多点见识。”

“我在骨子里从没有想过当侍女，我更喜欢自力更生，你的心意我领了。”翊娇雪说完端着木盆向自己的房间走去。

铁枫傻呆在那里，一下子没有任何话可说了，心中憋得的怒火此刻烧得蓬勃，很想用剑把眼前这些悬挂的男式衣服全部砍碎，发泄心中的怒气，让别人也看看他可不是一个喜欢沉默的人。但想到在这些粗俗之人面前发怒，无疑是自己出丑，给他们增添笑料。忍吧，总有一天会见高低的。他视线的余光处，看到了北野辞正在狂笑自己傻愣的模样。无所谓了，他走到翊娇雪的窗前，“娇雪，我还有差事，我要走了。”

“吃过饭再走吧？”翊娇雪走到屋外面无表情地看着铁枫。

“不了，你忙吧，我走了。”铁枫拉着马走到了院外，背后传来了一声男音，“这家伙真把令尹府当作发福之地了。”这是北野辞的声音。铁枫默然地跃身上马，狠狠地朝马抽了一鞭子，马发狂地向前奔跑。

郢都最热闹的便是一年一度的祭祀节了，丰收时刻，楚民要把收获的粮食瓜果献祭给护佑他们平安富足的神灵。大街上，各地的土特产出现在了小摊上，看得让人眼花缭乱，不知该在哪一处驻足下来好好瞧一瞧。令尹跟随楚王去祖庙祭祀去了。铁枫陪着虞香凝一身平民装扮也上街去看看热闹。女子有购物的天性，马车上已经摆放了很多物品，虞香凝还是在小摊上瞅来瞅去，左挑挑，右看看，不时回头向铁枫笑笑，然后又向前方的小摊走去了。

“这个甲胄挺结实的，买来送给你？”虞香凝拿起甲胄开始在铁枫胸前比画着。

“这不合适吧，我怎么能让你买呢？”

“怎么不合适，你看正好和你合身。”虞香凝瞅了他一眼。

铁枫明白了含义，微微笑了笑。

“哇，这不是枫护卫长吗，和美女一起购物呢？”

铁枫一听这话心里就发怒，转头一看，原来是北野辞，身旁还有翊娇雪，手里拎着一篮青色的水果。

“你们也在买东西？”

翊娇雪淡然地点点头。

“铁枫，这两位是？”虞香凝看着面前两位陌生的男女。

“忘了给你介绍了，这位是齐国武士北野辞，这位是翊娇雪。”

“翊娇雪，果然气质不凡，文静含蓄。我是虞香凝。”

“你就是楚国艳名出众的虞香凝。铁枫，你混得不错吗，看来确实比我们有能耐？”

“阁下伶牙俐齿，屈尊来楚，真是委屈了。”虞香凝冷然地朝着这位粗鄙之人看了看，要不是铁枫的同伴，这等人她懒得去搭理。铁枫若不是翊娇雪在身旁，也会冷言相讥。他想不明白翊娇雪怎么会和这样的人走到一起。难道她变了，还是受制于他？

翊娇雪没有说任何一句话，她盯着虞香凝注视一会儿，又看看铁枫，随后对着北野辞说道：“我们走吧。”

“翊娇雪，别急，我们一起去那里吃点东西吧，你们俩好不容易在这大街上相遇，可以一起去买点喜欢的东西，不要让我们这些局外人给干扰了，是吧？”虞香凝感觉到他们俩今天的气氛有点异常，些许是自己和铁枫在一起造成了一点小误会，去坐一坐好有个解释的机会。可翊娇雪这么文雅的女子怎么会和一个粗鄙的武士在一起，看来他们还是发生了一些不愉快的事情，需要自己调和调和。

翊娇雪一听有点纳闷了，她怎么知道自己和铁枫的事情，看来他们俩的关系非同一般，怪不得铁枫最近对自己的态度大不如以前了。自己真心支持他的事业，他竟然对自己隐瞒了很多事情。在这位高贵艳丽的女子面前，她越想越生气，出于在这位女子面前保持修养的需要，她还是面带笑容地说：“我们以后有的是时间，还有点私事，就不打扰你们购物的兴致了。”

铁枫淡然地看着翊娇雪，听着她的话语不知是该为她的机智赞赏呢，还是为她的小聪明而无语了，顺其自然吧。

虞香凝向铁枫使着眼色，让他挽留翊娇雪，但他觉得完全没有必要了。

“翊娇雪，那好吧，改日有时间了，和铁枫说一下，一定要来看我，咱们现在也是朋友了。”

“好的，我有时间了一定会登门拜访，那我们走了。”

两个“嘀嘀咕咕”的身影在铁枫和虞香凝的面前越走越远，最后消失在人流中。

……

秦军终于来了，离楚都郢只有几百里地了。铁枫以骠骑将的身份在令尹的派遣下带着几千人的都城护卫军前去救援。漫漫长道上，秋阳高照，铁枫在马背上思索着前方的人生之路。此去非祸即福，在命运面前该有个了断了，注定的选择中存在着两种结果。一种裹尸黄沙，了却人生之梦，忘却了一切，这是一个武士最终的结果；另一种胜利归来，加官晋爵，暂得一份生活的荣耀，匆忙去肯定一下自己的人生成就，这是一个武士应获得的功利归宿。结果终归在岁月的另一端，生活的过程才是人生的主角。

昨晚，月桂树下，花香飘溢，清风怡人。几杯甘洌香醇的美酒下肚，心中热血沸腾，眼前的花容月貌着实撩人心弦，豪言应当一吐为快，借着酒气，铁枫把心中的所思所感向虞香凝倾诉了一番。

“有话你就说吧，别让酒呛着你的心了。”虞香凝望着铁枫。

“明日一别，重逢很难期望了。”

“人生无常，我现在真有点后悔不应该向令尹荐你去战场。”

“不，我此行楚国就是驰骋疆场，我应该感谢你成全了我。生死固然重要，但大义之举义不容辞。”

“我会等你的，胜利归来之时，我会在郢城正门等候你那自豪的一笑；沙场捐躯，我也会等候你归来的魂魄，让你寻找到你的亲人，那就是我。”虞香凝端起酒杯一饮而尽了。

“我会回来的，知己难求，认识你是一种福分。日后，若你的眼前还能出现我的身影，我们再举酒欢度良宵，再陪你去看夕阳；倘若梦中相遇，我会说来世我不会再错过你了。”铁枫举起了酒杯，看着那润洁的脸上红晕翩翩，多像夏日河塘里盛开的莲花，开得那样的灿烂，那样的情趣盎然。

“我们干了它。”

虞香凝看着铁枫深沉的眼睛，那双忧郁的眼睛里已盛满了含情脉脉的光影。他们相识恨晚，人隔两方，上苍把一个放在了韩国，一个放在了楚国，但还是凭着茫然的知觉在悠长悠长的岁月中认出了彼此，可是生活让他们找不到了前世熟悉的气息，固然能旧梦重温，可是心底的距离越走越远，对酒当歌，慢慢去品尝岁月的捉弄之苦。

“保重，在那条苍凉的血色之路上，你不是孤独的，在远方，在郢都，一位女子会在心底想着你。”

“咣”，清脆的酒杯声让这个月润星跃的夜晚多了一份相知的感动，多了一份真挚的情义。在二十多年后的这个夜晚有了一份冥冥中的相遇。

她，一位在红尘中挥动舞袖装扮生活千姿百态的绝色女子，一位在交际圈中欢颜笑语故作情态妩媚的情场尤物，一位重情重义善恶分明肝胆相照的侠中女豪，是那朵开放在山崖上带刺的红艳艳的玫瑰花。

一年的光阴快速飞过。虞香凝早已从令尹那儿得知秦军被楚军打得溃不成军，接下来的几个月内是不会再有战事。铁枫英勇善战，让秦军知道了楚国有了一位将才，听闻其名便心惊胆战。不可一世的秦军因与楚军这次交锋心里笼罩上了可怕的阴影，几十万的军队归去之时，父看不到子，同乡之人听不到了熟悉的乡音，只剩几百残余逃回了秦国。

铁枫凯旋之时，已不在马背上，而是坐在了那象征着地位和威名的马车之上。副帅，整个楚国铁甲之师的副统帅。他成功了，几年的立志奋斗和隐忍负重在这时应该告一段落了。事实再一次证明了他是谁，他是一位有着怎样心胸和理念的武士。自信、稳重、威严此刻在他的脸上表露无遗，他应该有这样的底气。

“报，副帅，令尹在郢城正门迎候。”

“列队前行。”

“副帅有令，列队前行。”

铁枫从车上站了起来，意气风发地看着城门之下那威武的仪仗队，周围站满了郢城的民众，在等候着这位丰功伟绩之将。城楼上，一道靓丽的红影在风中飘动，只是相隔太远，无法看清容貌，可心里早知道她是谁。

“鸣号！”厚重的号角声让英雄走上了人们关注的舞台上。

令尹走上前用微笑的眼光注视着这位年轻有为的副帅，然后一起走上了令尹的马车，后面跟随几列佩剑的护卫，浩浩荡荡地朝王宫走去。铁枫想抬头看看那位在城上等候的女子，可隆重宏大的礼仪排场让他连抬头的功夫都没有，人感觉就好像被塞进了马车，周围的一切他都看不到了，一种内疚的感觉涌上了心头。眼前的这一切都无关紧要，他的成就只有在一个人的眼里才有自豪感，而那个人就是城楼上的那位女子，用心等候他的红颜知己——虞香凝。

“翊娇雪，你的铁枫现在可了不得了。他刚从战场上凯旋，现在可是楚国的铁甲军副帅，这下他可要风光了。”

自己一气之下，已一年没有和他联系了。去年他离开的秋天，自己没有亲自去送他，心里很怨他的自大和多情，处处他都要帮自己，好像自己没有一点自我处理的能力，更恼怒的是他竟然和楚国的第一交际花走到了一起，真是不自重。今年他归来的秋天，自己想去迎接他，可是心中有了一股生疏感，没有勇气再去见他了。难道我们的缘分就至于此了。曾经的等待和相守在今日看来已是一种枉然。他也真狠心，在走的时候也没有来看望自己，回来也不瞧瞧自己。也许他已经有了新的至爱，那位娇艳的女子——虞香凝。她长得妩媚动人，女人味十足，又善于交际，那可是才貌双全；有权又有钱，对铁枫在楚国的发展可助一臂之力。这样的女子哪个男子不去追逐呢？自己可不是从前的公主了，无才又无势，谁还会去为这样的女子下注资本。在名利面前，男子是一样的。自己现在还自身难保，还有什么资格去为自己的爱情保驾护航，只能忍痛撒手吧。

他回来了，但不可能回到自己的身旁诉说他一年南征北战的岁月了，他该去他的帅府。他现在的地位仅次于令尹。他成功了。他的理想已有了现实的土壤，马上要生根发芽了。

在新盖的帅府里，铁枫迈着稳健的步伐观赏着这象征着成就的建筑，沉浸在自豪和欢欣之中，兴奋的大脑已开始构筑未来的宏图大业。他将有一天带领千军万马反攻回韩国了，打得秦军一蹶不振，让赤炎等败类跪地求饶，然后用他们的人头祭奠韩国的先烈们。男子汉大丈夫就是要顶天立地，让那些丑恶的嘴脸不能存活在这个正义的世界。

那晚，他太高兴了，太兴奋了，这是他离开韩国后最有成就感的一次。侍女们端上了楚国上好的美酒和佳肴，妖艳的舞女在他的眼前翩翩起舞，那轻柔的红纱在整个屋子里漫天飞舞，看得他眼都花了。丰满的体态，婀娜的身姿，明亮的双眸，在挑逗着一位旺盛生命力的男子。这就是权贵们的淫逸生活，品着美酒，吃着佳肴，看着舞女，没有忧虑，也没有孤独。铁枫独自一人十几杯美酒下肚后，错乱迷离的眼神却感觉到心底空落落的，美酒佳肴只有自己一个人在独享，郁积在心里的烦恼却一下子全升腾起来了。

娇雪，自己深爱着的女子，为什么不能体谅自己的良苦用心，不支持自己的事业，竟会去搭理那个粗鄙的男子，还故意和他套近乎来刺激伤害自己，真是让自己伤透心了。曾经来楚之前的相守相约，为什么一到楚国就没有了现实意义？那份温情让他对她现在的态度难以去重新审视了。难道每个人都要变吗？她现在变成什么样子？她高雅的情操、文静的气质在他的内心里突然间消失了。不行，他要去找回曾经的她，不能让这份爱付之东流。曾经自己以建功立业为借口错过了很多，现在自己不能再错过了，毕竟他们相识难，相逢更是难上难，最终才走到了一起。她需要自己的关怀，自己也需要她的关爱。一起来到楚国，不能把她遗留在自己的视线之外，一起来的不管怎么样也要一起回去，这是一根连接在他们身上的同心线，别人是永远看不到的。

社馆的门外停放着一辆华丽的马车，周围是威武的护卫和乖巧的侍女，他们今天要迎接一位副帅府的女主人。铁枫兴高采烈走到翊娇雪的门前，想给她一个特殊的惊喜。可是敲了好久的门，没有答复的声音。一问店主，才得知他们刚刚外出了。且说若有人来看她，转告改天再叙。

呵呵……一阵苦笑涌上心头。为什么自己高兴地来到这里总会遭遇一场扫兴。他不管她这次又是什么原因和理由，心里已隐隐约约地感觉到她开始在躲避自己。他有点恼怒了，自己这样做有意义吗？他的脑海中突然涌上了这样的念头，和一个粗鄙的武士争她，自己是不是有点太看低自己了，自己真的还需要为一份幼稚的约定去做一些可笑的行为吗？一起前来楚国为什么，不就是想在这里寻求一份发展的空间吗？现在看来好像是来这里玩一种纯情的捉迷藏游戏。她的那份胸怀和志向不知是怎样思考他们现在的这种处境。突然间，他感觉到心情太烦了。爱是什么，是在劳累的时候，有个温馨的声音在耳边呢喃，给心灵解乏，而不是任性地使性子，看来她也终究不是自己在茫茫人海中寻找的那一位。奋斗的一部分意义就是为了在生活面前能有更大的选择权，不必委曲求全而无法去选择。

铁枫默默地看着院外那件熟悉的红色绸衣，那是她离开辽西郡时穿的那件衣服，凝结着太多的美好回忆，可现在它在这个寂静的院子里太显眼了，和周围的景色很是不和谐。

“走吧。”铁枫一个人坐在马车上，无力地挥了挥手。围观的民众诧异地看着这支失落的仪仗队摇摆着朝王宫的方向走去。

落日的余晖依旧把一缕霞光抛洒在湖面上，一位柔美的女子偎依在湖边独自一人相守这份静谧和安详。

铁枫，你还会来这里和我这位红尘舞女聊天吗？你归来那天是那样的威武，那样的气度不凡，让我激动地很想第一个走到你面前向你道贺。可我没有那样的资格，你已是楚国人民的骄傲了，那一刻是属于他们的。你带着丰功伟绩归来，没有让我失望，我早就猜到你是一位成就大事的人物。我没有食言我的等候，我就在城楼上一直看着你出现直至你进入马车。只是礼仪和荣誉让你无暇顾及我这位站在不起眼角落里的女子，而使我们的相约没有在那一刻兑现。不过我觉得那也没什么，只要大家有这份心意就足够了。一丝淡淡的笑容涌上了脸颊，一份明媚的笑容出现在霞光里。

“一个人在这里想什么呢？”

谁？声音这么熟悉，难道是他？虞香凝转头，满意从心底升腾起来。

“是你？你怎么来了？你现在可是大人物了，有没有带护卫？”

“呵呵，你在为难我吗？只有铁枫一人前来报道。”

“呵呵，我还以为帅府的荣华富贵让你忘却了这块清静之地呢？”

“你真的会那样认为吗？”

“现在不认为了，因为副帅来了，嘿嘿……”

“一年了，你还是那样风华绝貌，妩媚动人。”

“当然不能衰老了，这可是对英雄无私的美的奉献。”

“我可担当不起英雄的称呼。”

“你自恋了吧，我可没有说是你啊。”

铁枫看着那双娇美的眼睛，一年的岁月中，它在自己的梦里曾经温情地出现过好多次，今天又一次真正地与它邂逅了。

“怎么不说话了？尴尬了吧？傻，你若不是英雄，这份面容怎么会出现在你的面前。嘿嘿……”

“哈哈，你真逗。一年的岁月飘然而去，你过得还好吧？”

“也无风雨也无晴，老样子。”

“现在你有什么打算？”

“打算，希冀未来能有一个稳定的家庭。”

家庭，也是梦想的摇篮。对于女子而言，那里承接着她们太多太多美好而温馨的念想，像那火红火红的夕阳，让人沉浸其中，感受着它的热烈和浪漫。铁枫却看不到那份浪漫的真实美，他看到生活的豪情和多彩，等着他去寻觅它悠长悠长的脚步，心有多远，路就能走多远。他现在要得不是生活的浪漫，而是要去证明自己在生活中的价值，想了解他所生活的世界到底会是一个什么样的样子。

绯红色的霞光如纱、如影、如雾，笼罩着两个神情祥和的年轻人，沐浴在理想的光环中，守候着心中的那份蓝图，是那样的惬意和欣喜，然而只是各自心中的信约，没有了同处一片霞光中的和谐与统一。生活中的梦，有时注定有着一份难以和谐的背离和伤神。

第五节　空舞弄清影

生活的浪头不知是从哪里来的，是一种注定无法摆脱的命运。它来了，来得是那样的没有任何征兆，但有着同样的不甘和无奈。对于铁枫而言，这代表的是一种奋斗的终结，甚至从某种意义上说是一种生命的暗淡归途。秦军又来了，来得是那样的多，完全超乎了楚国人的想象，密密麻麻地排列在江水的另一边。太不可思议了，秦军的动作太迅速了，是带着仇恨来的，因而多了一份西北狼的残暴，不投降便让一个村庄，一个市郡从这块土地上消失，很快江水以北的地区消失的消失，投降的投降，都沦陷在了秦军的铁蹄之下。当火急的军情送到令尹府中时，令尹还抱着美人边饮酒，边迷矇地观摩着虞香凝炫丽的舞姿。当他彻底从酒色的麻醉中清醒过来时，他才明白了那份军情意味着什么了。他猛然颤动了一下，好像眼前一切马上要消失了。他的富贵和地位也许到头了，但凭着多年敏感的政治经验，他的心里得出了一个冷静的结论。谁也阻挡不了历史的车轮，但还需奋起迎战，这样才能对得起他的这份尊荣，投降也要有一定的筹码，否则重量不会够。他忙派人给副帅府下达出战的命令。虞香凝一脸的淡然，该来的肯定会来，一切都是徒然的。

那一战，楚国出动了所有的作战军队，在沃野上和秦军拉开了战势。初春的地面只有零星的绿意去陪衬这场生命的大运作，干渴的土壤有点不怀好意，它在肆意地狂笑，等待着那些精美的血浆。好似两阵狂风卷过，随后混着强劲的血腥味在这片干渴的土地上盘旋，还伴随着已无法辨听的声音。一天，又一天，一夜，又一夜，血红血红的眼睛中满是血红血红的世界。土壤变得丰润起来了，那面色犹如盛夏朵朵绽开着的桃花，白里透着红。随风也累了，那惊悸的声响太刺耳了，耳膜也快被震破了，那芜杂的血沫由鲜红变成了墨黑，阵阵血腥臭呛人鼻腔。铁枫额头的大汗让他的双眼也迷蒙起来，前方秦军模糊的身影在面前闪动着，剑在软弱的毅力中还挥舞着，一个又一个带着已麻木的声响倒下去了。他累得确实支撑不住了，可他的脑袋是那样的清醒，在一片血色中一直呈现着几个字：自己要死了。他的眼睛虽不能看清秦军的数量，但听着那粗犷的呼喊声，秦军的数量让他无法去估计了，剑一旦挥舞不动了，他就会被乱刀砍死。力气变得越来越微弱了，他开始等候那据说是最疼痛的感觉，但不会很长。

“驾，铁枫，你在哪里？”

铁枫闭上的双眼受心中传来的呼喊声一击又睁开了，是娇雪，但是迷蒙的眼睛实在是什么也看不清了，脑袋太沉重了，然后双眼一黑，晕倒在了地上，他逃离了这个血腥的世界。

“楚帅晕过去了，兄弟们快上。”翊娇雪猛然听到了一阵喧哗。她顺着声音望去，一群秦军正朝一位躺在地上的楚国将军砍去。将军的脸被血沫遮盖了，已很难分辨出他是谁了？但那双忧郁的眼睛让她是那样的熟悉，梦里，心里，脑海里总会有它的影子。铁枫，肯定是铁枫！

“住手！”凄厉的一声大叫，让欣喜的秦军猛然大吃一惊，抬头看是哪位女侠闯入了男人的世界。

剑影飘柔，一个弯转的弧度惊艳地在这些秦军眼中一闪，便彻底让他们的眼睛失去了光泽。翊娇雪下马把那位将军脸上的血迹一抹，果真是他，她欣喜中有点余悸，刚才太险了，再晚来一步就永远见不着他了。她赶紧使劲把他扶上马，自己翻身一跃，上马抱住铁枫催马前行了，周围是一片血肉模糊的场景，尸体遍地都是，生活真是太惨烈了。走吧，我们离开这个魔鬼般的地方。

恍惚间，铁枫睁开了酥软的睡眼，看看周围，这怎么不是地狱？阳光是这样的明媚，眼前还有一份熟悉的背影。他猛然间一下子感觉到喉咙太干渴了，好像自己好久没有喝水了。

“水，水……”

“哇，你可醒了，睡了两天了，给。”

铁枫端着碗“咕噜咕噜”地喝起来，呵，一饮而尽，全身顿时一阵舒适感。看着眼前的女子，他有点诧异。

“怎么是你，这是什么地方？”

“你觉得应该站在你面前是那位交际花吧，这里是一个小村庄，离秦军很远。”翊娇雪生气地不看他。

“不是的，我是惊奇自己是怎么从战场上下来的，然后和你在一起了？”

“你以为自己现在应该在地狱了，嘿嘿！”

“是啊，战争太惨烈了，我以为自己是必死无疑了。不过我倒地的时候听见了你的声音，当时以为自己是幻想出来的。难道？”

“难道什么？”翊娇雪欣喜地问道，她希望铁枫能猜到是她拼死救走他。

“是你救走了我。”

“还算你有良心。当时我也在军队里，我看到秦军实在太多了，便赶快撤下来去找你，怕你会以死相拼。果然，要是我晚来一步，就再也见不到你了。”翊娇雪说话的声音越来越柔，好像自己在铁枫面前受了气似的，在埋怨他。

“我这种人你不见也罢，见了反而让你受气。”

“不准你那样说，过去的就让它过去吧，我是有点任性，但还不是想得到你的一点安慰，看你是否还在乎我。”翊娇雪说着说着，语气就不由自主地变得娇弱了，而眼睛一直看着铁枫，看他会有什么反应。

铁枫曾在心里认为自己再也不可能去感知这种娇柔了，他们之间的情感已不复存在了，彼此的友善只不过是在维持一种体面的交往，没有任何动人的情义可言。翊娇雪最终将会以一位公主的身份出现在自己面前，给自己无非是多情的伤心和一种难以名状的懊悔。没想到今天又能重温一次，一种悄然的激动袭上心头，比自己成为副帅的感觉更妙，更有回味力。只不过自己总是在心头压制和隐藏这种感觉，妄自把事业成就的喜悦来掩盖对它的思念。

“我一直都在乎你。”

“是吗，那你和那位交际花？”翊娇雪看着铁枫希望能给她一个满意的答复。

“她虽处艳艳红尘，但她的心灵并没有被世俗所蒙蔽，心肠非常好。她有她的生活，我们要体谅她的处境，我们之间没有什么。你是知道的，我们来此目的是抗秦，我除了你，对其他的女子没有那份闲情逸致，但她帮助过我，我们要以德报恩，是吧？”

“嗯，懂了点，不过我不想再看到你们俩在一起，我不舒服，你能答应我吗？”

铁枫对她微微点了点头，他以为翊娇雪不会回到原来的样子，没想到她还是原来的她，毕竟冥冥中共同感知的情义信仰是他们能够重逢的力量。

翊娇雪高兴地笑了起来。一年的时间里，她都在埋怨他不懂得去体贴她，反而又有了新欢。但当她一想到他一旦成了那位女子的男人，就心里害怕，生活中好像再也没有比他更好的男子适合自己了，不知为什么，在她的心里她只认准了他。这下她心中多疑的恐惧消失了，而且也相信了自己曾经那点微弱的感觉是对的，他也是爱她的。他是不会因为看到别的漂亮优秀女子而移情别恋，并且感知到了一种更加深厚的爱开始在他们的心头间传递。

看到翊娇雪笑得那么灿烂，铁枫刚醒来前残留的那种不祥的感觉开始消除了。楚国马上就要被秦国灭亡了，自己建功立业的理想现在已彻底瓦解崩溃了，再也没有一个诸侯国可以帮助他实现抗秦的志愿了，可以说他彻底失败了。要不是翊娇雪能及时出现给他一点安慰，他真的不知道自己还会以何处有价值的理由在这个世界上生活。有了爱情，就为爱去活吧。给自己一个信念，让自己快乐地生活吧，给别人一点柔情，让共同的心愿在同一片蓝天下快乐自由的实现吧。韩王安，到今天我可以说没有辜负你赋予一个男子神圣的使命，虽然我失败了，但天命所归，人力没有任何办法，我应该去为自己的未来生活了。铁枫此时感觉到自己的心如释重负了。

“铁枫，我们走吧，我们回齐国吧？”

“嗯，我们是该回去了，在这里停留已没有任何意义了，我们是不可能成为秦国的顺民。”

“好，我去联系一下其他的齐国武士，商议好了马上动身，秦军马上要攻下郢了。”

“嗯，你去吧，路上要小心点。”

“知道了。”翊娇雪骑着马飞快地走了。

秦军马上要攻下郢了，那虞香凝怎么办？她的父母刚不久前因病去世，她现在在楚国已没有一位亲人了。秦国占领郢后，她一下子不是变得无依无靠吗？还有像她这样的美女，一定会再度沦为别人的玩物。带着她一起去齐国，这样大家可以相互一起照顾，她也可以安心地过自己的生活了，无须靠色艺求荣了。他想到这里感觉事不宜迟，现在就应该去找她。

郢城失去了昔日的繁华，大街上乱糟糟的，就像楚民极其慌乱的心情一样，失去了往日的平静。战祸马上要来临了，楚民在想着秦军会不会下令屠城，而逃又不知往哪里去？铁枫来到虞香凝的宅院，下马后直奔她的房间。情况紧急，一些礼节就顾不了那么多。

“铁枫，是你，我正还担心你不会在战场上阵亡吧？那一战楚国已没有任何实力了，只能是亡国了。现在看到你，我就没有什么可担心的。”

“怎么会没有呢，你自己呢？”

“我自己，我还不是原来的我。嘿嘿……”铁枫看到那丝笑中有很多的无奈和麻木。

“跟我们一起走吧，去齐国。”铁枫诚恳地说道。

“你们要走了，你是来和我道别的吧？”

“是，也不是，我想让你跟我们一起去齐国，免受战乱。”

“谢谢你还惦念着我，可我觉得没有任何战乱。”

“以你这样的美貌，你会再次沦入秦人的玩弄中，你应该离开楚国。”

“可我去了齐国就不是我了，我会不适应的。作为女子，我已习惯了这种灯红酒绿的生活，我爱慕舞台，我需要别人欣赏的眼光，我喜欢这种虚荣的生活。”虞香凝的话语中有着一股平静而又不平静的气息。

“那你将永远会被那些声色犬马的男子玩弄，你真的愿意吗？”

“嘿嘿……一个女子想要获得尊荣，就必须要付出代价，还有什么愿意不愿意之分。”虞香凝静静地看着铁枫。

“你可以放弃这种虚荣生活，寻求另一种简单而真实的生活。”

“你认识中的我就是这个样子，我放弃了，我会是一个什么样子的人，将会是一个你不认识的人，一个社会可能不会接纳的人，一个自己过着别人信念生活的人。那也许会更悲哀和凄苦。”

铁枫一下子感觉到没有任何话可说了，她说得也并无没有道理。没想到一个人想转变自己竟也是那样的不可思议。去齐国，本来是一件非常容易的事情，只要想去就可以了。没想到在不平凡人的眼里会生发出那么多的委曲求全啊。

“铁枫，你无须再多言，我知道你也是为我好，可是我并不是一个可以随遇而安的女子，这也许已注定了我的生活结局。你和翊娇雪赶紧准备走吧，时间不能再耽搁了，秦军很快就要进城了，你们该早点离开这里。我祝福你们，你要好好待她，她是一个好女孩。”

“好吧，那你多珍重。”

“没事的，你放心地走吧。我能在楚国贵族阶层里游刃有余，在秦军那里照样一样。像我这样的女子，他们会善待我的。”

“虞香凝，你能明白我的心情吗？在你我之间，有一种难以割舍的情怀。我也不知道该怎么去形容它。总之，我不想继续让你充当你曾经那样的角色。我恨这个社会，为什么让女子去充当那样的角色，难道每个人不可以有自由选择的权利？你的美貌和才智应该然让那些懂得去欣赏的男子去欣赏，而不是被俗世肆无忌惮的侮辱和亵渎。特别是你，那样漂亮妩媚，善解人意，体贴温柔，应该享有和高贵高雅高洁男子在一起生活的权利，而不是一些鼠头之辈、堕落公子，凭着点财富和地位便可随随便便地占有你，这不合理。”

“我能理解你的心结，命运玩弄人，我们相见的太晚了。我们更不应该的是出生在历史的这么一个时期，男女没有平等可言，情感无法能找到一块温馨的释放空间，两情相悦就应该在一起。可是，很多的可是，让我们在社会的麻木中变了本性，看似适应了社会，可心灵的扭曲让我们一直在矛盾中生活。你确实是我所仰慕的男子，可我清楚我的社会化是不可能走进你的心里，只还有点理性的修养让我们在志趣上有共同的语言。可我知足了，鱼与熊掌是不可兼得的。”

“你好像在生活面前还有点矛盾，你在内心厌恶你的生存状态，可你的眼球又不想失去那灯红酒绿光彩的激越，这样你最终会迷失自我。自己认为最重要的那才是我们所追求的，否则我们将永远生活在失落中，眼前总是缥缈着一座座梦想的海市蜃楼，那才是我们一生最不可原谅的悲哀。我们要敢于在生活面前抉择，选择我们向往的生活道路，你不要再犹豫了，跟我们走吧。”

“你所言甚是，可是你还是有点不了解我。对我而言，选择了就很难改变，我的价值观已深深扎根在那浮华的贵族生活堆了。我中毒了，那豪华的装饰、尊贵的地位让我的心灵已抵挡不住它的诱惑。我每次去湖边看夕阳，就会在内心深处拷问着灵魂，自己究竟是谁？在清静中希望能找回自己平静的踪影，可一旦走入社交场合，我就找不到自己的存在。我恨过自己，可是真正思考一下自己的处境，自己其实就是为别人生活着，你不这样依附别人，你就得不到这样的尊荣，可自己又不甘平凡，只能那样了，非常矛盾啊，可这样的矛盾在我们这个时代在我的身上是不可避免的。”

“我有点明白了，你就是那颗皇冠上的宝石，只有在灯光辉煌中才能熠熠闪光，放在暗处就会忽视了你存在的价值，这也许才是真正现实的你。那个在竹林中优雅吹箫的女子只是你心底的一个小小愿望，一种野味式的生活，一种调剂而已。”

“你就是你，对情感的精致剖析，你太游刃有余了。和你在一起的女子总是很难掩饰自己的弱点，并且你能很准确地评判出她的个性。”

“所以这注定我是一个现实的男子，浪漫总是和我有一步之隔。你很有心性，总是能把自己摆在一个恰当的位置，甚至往往不顾及它背后所停留的价值观所在，在你的身上永远呈现的是珠光宝气的一面。”

“对我是不是有点失望了，你没有想到我是一个连自己都无法掌控的女子，俗不可耐吧？”

“内心话，我还没有资格去评价你，对你我没有失望，因为我意识中的你和今天的你都是一样的，只是对情感我又多了一份猜疑和困惑。”

“赶快走吧，一会就来不及了。”虞香凝那双温情脉脉的眼睛注视着铁枫。

“嘘……”铁枫长长地喘了口气。

“那你多保重吧，未来也许还会再相见。”铁枫转过身，将要走出门外。

“铁枫，让我送你一程吧。”

铁枫想了想轻轻地点了点头。

郢城乱糟糟的一片，楚民在团团转绕着，不知他们在等候什么，等候死亡的来临，还是救世主的降临，那一张张扭曲的脸实在让人触目惊心。两匹飞驰的骏马从人群中一晃而过，人群的目光一下子都朝向了北郊方向，心里在迟疑着难道那是逃生的方向？

漫漫驰道上，翊娇雪和齐国武士正在焦急等候着铁枫。很多武士心里在怨骂着铁枫，这小子想让咱们跟他一起葬送在楚国吗？当铁枫和虞香凝出现在众人的视线时，众人的想法不是在欢迎一个同行的伴友，而是无声地达成了一致的嫉妒。原来这小子在这生死存亡的关头还是念念不忘美女，真是痴心到了极点，还带着她来此显摆。他还真把她当淑女，说白了就是楚国的舞女。

铁枫从武士们轻蔑的眼神中感受到了这种想法，不过他也早已想到他们会这样的，至于为什么？他也懒得去想，没必要在他们眼里希冀找到自己的闪光点。他又看看翊娇雪，急切的神情中带着一丝欢欣，她能理解自己就没有任何顾虑了。

“翊娇雪，我们又见面了。岁月真是太短暂了，我还来不及请你和铁枫到家中做客，我们就要分别了。”虞香凝一下马后便径直来到了翊娇雪面前。

“你的盛情我们心领了，很感谢你还能来为我们送行。”

“见外了，这是应当的，忘了我们都是朋友吗？祝愿你们一路保重，还有祝福你们俩百年好合，携手到老。”

翊娇雪有点羞赧地看了一下铁枫，低下了头。

“嘿嘿……”虞香凝看着铁枫和翊娇雪不自然的神情不由自主地笑了起来。

“你们赶快启程吧，时间不多了。”虞香凝看着铁枫说道。

“保重！”铁枫和翊娇雪上马回头看了一下虞香凝，马蹄声碎，大家要离开楚国了。

第六节　相顾亦无言

尘土飞扬，割舍不下和难言之隐将一同消失在离别的尘埃中。铁枫回过头最后深情地看了一眼虞香凝。她还没有离开，静静地站在那里目视着他的背影，看到他的目光后，笑盈盈地向他挥舞着手臂。这种无声的语言让铁枫心头一阵酸痛，这么美好的女子为什么不能和自己一起去齐国？为什么？在感性的意识中，他还是不能真正理解虞香凝为什么不肯跟自己一起走，这是一大缺憾，可是自己很无奈，无法改变啊。他的这一举动已被身边的翊娇雪观察到了，眼角掠过了一丝怒意。

“驾、驾……”翊娇雪的马开始奔跑起来了。

铁枫看到翊娇雪已走了很远，赶忙催马急行，也许铭记对自己而言也是一种激动和幸福吧。

“娇雪，等等我。”铁枫在后面追赶着翊娇雪。

翊娇雪头也不回，只是一个劲地往前赶，一直赶上了齐国武士的马队，并且和北野辞并行到一起。铁枫追上来后，走到了翊娇雪的身旁。

“你骑得可真快。”铁枫问候到。

翊娇雪没有回答，只是故意和北野辞说笑，甚至北野辞一些对她的调情举动，她也没有回避，反而柔情地配合。铁枫心中涌上一阵不堪，翊娇雪竟然还会这样。难道刚才一幕她并没有理解，而是为了显示她的心胸故意装出来的，可她在自己的眼里并不是那样的女子，那她为什么要这样伤害自己对她的感情？刚刚和谐的情感一下子又出现这样的难堪，铁枫真是怀疑这份情感的重要性。看着北野辞在自己面前故意显示他对翊娇雪的亲昵，铁枫真想自己一人骑马回到齐国，没必要和这些让自己不舒服的人在一起。可理智地一想，不行，万一路上有什么危险，那翊娇雪怎么办，这点委屈比起她的安全太微不足道了，自己在她的面前至少还要充当一位朋友的角色，而后才是那段朦朦胧胧中的情感。一路的颠簸和憋屈，铁枫的心情坏到了极点，但他把心中的不愉快极力忍耐着。理想破灭了，唯一寻求到情感所依托的爱情，却还在归齐途中有着狭隘的理解和用心不纯，让他很难接受这样的境遇。他们只管尽情地嬉笑和挑逗吧，尽情地来让他这个在楚不可一世的家伙感受一下冷遇的情境吧。铁枫无言了，只是静静地看着前方的道路，内心想着早点到临淄吧，那样自己可就没事了，没必要在此忍受着对情感亵渎的伤痛。真的没有必要，他好像在心中暗暗地感觉到自己的失败，连一个女子的心也征服不了，他真还有点怀疑自己的魅力，那种男子汉的气质，自己所信仰和崇拜的男子。他对自己的欣赏从来没有动摇过，原因是在他的眼里还未真正出现过一位让他敬仰的男子，这不是源于他的自大和所设立的标准，因为一个人的自信是需要有成就感来支撑的，那是物质的和精神的满意所共同构造起来的一种力量。可是为什么现实总会让人在一些事情面前感觉到莫名其妙。两个人真正的情感在于彼此的信任和理解，更在于在对待事物上博大真诚的情怀。倘若只是建立在二人世界狭小的圈子里卿卿我我，纯情和浪漫的唯一，那不是感情生活，只是一种社会游戏，会在审美疲劳中猝然离场。原谅，自己的原谅在今天看来已没有任何的意义可言了，甚至是荒唐的，好像是对于一个身患绝症的病人，突然欺骗地告诉他马上要康复了，得知真相后，这无疑对他精神是史大的摧残，让他再也不会报任何幻想了。他这次终于该对翊娇雪下一个结论了，他们真的是不合适。他不需要再对她抱有任何幻想了，即使日后出现回转，他也不想再去期待了。或许有再多的理由和失误摆在他面前，他不是不去原谅他对翊娇雪的积极认可，他会的，她没有任何不雅和不光彩的一面，但对于这份感情，他彻底失望了，只因他累了。他明白翊娇雪不是他心中所寻找的那一位，曾经是，但现在已不是了，这也是楚国之行给他的一个判断。

艳阳高照，天空蓝得没有一丝污点，好似铁枫的心境，空白的无需有任何牵挂了，感情和事业都已终结，淡然的心态在重新搜索生活，希望发现一个温馨神奇的缺口。迷蒙中，眼睛中出现了一座城门，记忆中瞬间迸出了三个字“临淄城”，一路的不堪和伤神终于该终结了。

临淄城下隐隐约约有一支威严的仪仗队在等候着某一个人。铁枫看了看翊娇雪，翊娇雪也看看铁枫。北野辞睁大了眼睛，不由自主地喊道：“大家快看，那是齐国公子的仪仗队。”铁枫也看清了齐国公子的容貌，清健雅俊，仪表不凡，神采奕奕。他明白了他是在等候他的女人翊娇雪。翊娇雪又转过头看看铁枫，眼前的一幕让她也确实很纳闷，是谁告诉他今天她要回到临淄，更不可解的是他怎么会知道她去了楚国，今天她该怎样从这种多重窘迫中脱离呢？铁枫一脸的淡漠，好像对她的事情已是漠不关心了，这让她更是心中怒不可及。

“娇雪，你终于回来了，我等你好久了。”齐国公子下马一人步行几十米来到了翊娇雪的面前。

“你怎么来了？”

“你要回到齐国，我必须来迎候你，还在生我的气吗？”

“我哪有什么气可对你生的，你是怎么知道我的动向？”

“我听到有一批武士要去楚国，所以就派了个随从跟随而去，没想到得知到了你的行踪。”

“你在监视我？”

“言重了，是担心你的安危。”

“你的秦国妻子还好吧？”

“秦齐两国要交战了，她的面我现还没有见到呢。”

翊娇雪心里有点感动了，他对自己的爱太执着了。可是身旁还有一位，他才是自己真正理想中的男子，虽眼下有点小别扭，但是心中的爱不会因此而断裂。

“给你介绍一位武士，铁枫，希望他能为齐国效力。”

齐国公子看看铁枫，他从派出去的耳目已知他和翊娇雪之间的事情了，微笑着对铁枫点点头。

“娇雪，跟我走吧，我已准备好饭菜，都是你喜欢吃的，特为你接风洗尘。”

翊娇雪有点难为情，铁枫也在身旁，自己若跟他走了，这不是说明自己朝三暮四吗？可拒绝了，这对自己也不太好，这毕竟是他的地盘，在这么多的武士面前，自己必须给足这位公子面子。

“铁枫，我们一起去吧？”翊娇雪温情地看着铁枫。

“你们去吧，我还有点私事急需处理。”铁枫觉得自己没必要再去充当那个不适合自己的角色了。

翊娇雪迟疑了一下，看看铁枫，对齐国公子说道：“好吧。”

威严的仪仗队载着公子和公主欣悦地从城门下消失了，只留下很多疑惑的眼神和一颗彻底绝望的心。

“原来她就是翊娇雪公主，真是眼拙。”北野辞终于说了一句惊奇的话语。随后是大家的七嘴八舌的无聊议论，还有一些嬉笑的眼神飘向了铁枫。

铁枫目送着那消失的背影，没有任何失落。她应该从哪里来回到哪里去，这才是她的终结，也是情感的回归。

一年多的光景，真是大变样了。浮士胤已是三口之家的主人了，现是临淄城一个小小的武官，收入不多，但可以养家，贤惠温顺的妻子在一旁做饭，一个大眼睛的儿子在床上翻来覆去想急切地站起来。感受着这暖融融的家庭气氛，铁枫失意的心境暂时被冲淡了。

“枫将军，回来了，哪也再不要去了，就在齐国成家立业吧。”

“好，这次就听你的，哪也不去了，我就是想去也没地了。”

“哈哈……”这笑声中更多的是团聚的喜悦和激动。

“哥，你可回来了。”门外传来了一声亲切的女音。

铁枫抬头一看是汉宫羽，长得更水灵了，发育得已像一个大姑娘。

“怎么就你一个人，那位呢？”铁枫笑着问道。

“哪位，还没有呢，你自己不也是一个人归来，我正要来瞧瞧大嫂呢。”

“对不住大家了，大嫂要推迟一些日子了。”铁枫说完把一碗酒一饮而尽了。

浮士胤和汉宫羽一下子明白了什么意思，铁枫心里有很多难言之苦。

“哥，我们不说了，今天我们要畅快地吃喝，你看我给你带来什么了。”

“这是什么东西？”铁枫看着那黑乎乎的肉质。

“这是兔肉，我记得你当时说这可是人间一大美味。”

“对，想起来了。我们在辽西郡的时候。还是小妹最关心我。”

“你又来了，说了今天只是吃，不言往事。嫂子，把兔肉热一下。”

又一碗烈酒下肚，心里说是把那些应该放下的往事从心里驱除掉，可是越不去那样想，它就越在心里让人不得安宁。

虞香凝、翊娇雪两个人的身影在心底转来转去，让他实在没有办法消减心底的忧愁，只想用酒来麻醉自己清醒的神经，让时间尽快消退这些往事的是是非非。最后，他真的不知道那些心底跳动的影子是怎么消去的，让一颗平静的心回归到梦乡中。昏昏沉沉的，梦里时空、情感错乱，一些没有头绪的往事浮现，后来一缕阳光让他从幻觉中苏醒，睁开了憔悴的睡眼，发现新的一天又开始了，而他还没有思考好自己该去干什么，什么事情值得他去做才有激情和人生意义，才能使他重新有生命的激情和活力。铁枫在乱糟糟的大脑中搜寻着试图能找到一条理想的出路。

一天，两天，三天……百无聊赖的日子越长越让他浑身不自在，热辣辣的阳光一天比一天刺眼，他感觉生活停滞了，岁月正在一天又一天地欺骗他，让他无法看清一丝真相。夜晚更是让他不得安宁，不知为什么，梦里总是出现着虞香凝的身影，她一会儿在竹林里怅然地吹箫，一会儿她出现在了觥筹交错的宴会上，柔媚地和达官贵人饮酒作乐，那白亮亮的香颈在他的眼里很是刺眼，犹如这中午的日光。昨晚的梦更是让他醒后到现在还心有余悸，虞香凝在一位肥头大耳、满脸胡楂子、粗俗不堪的秦国将军的怀里娇媚地躺着，而那位将军蛮横地往她嘴里灌酒，边灌边还发出兽欲般的淫笑，很是让人怒气冲天。虞香凝还是强作欢笑应付着，不敢有丝毫的怠慢和怨言，那一滴滚烫的泪顺着脸颊滴落在了酒杯里，“叮咚”响了一声。那位粗暴的将军根本没有觉察到，但铁枫看到了，他看得清清楚楚，那是一滴无奈而悲伤的泪，那些没有自由和地位的楚女共同的辛酸泪。这难道就是一个人的宿命，最终被自己的一己私念束缚在煎熬的名利架上，将永远走不下来，这是何苦呢？付出的代价远远超过了回报，为何还要去做。他在心底不仅问远在千里之外的虞香凝，也在问自己。

“枫将军，你看这是什么？”浮士胤从外面回来了。

“这不是鱼吗？”

“是鱼，但不是咱们以前吃的淡水鱼，这是海鱼，味特美，不需要放盐巴，它的肉质里本身就有盐分。”

“是吗，今天可要大开眼界了，你是从哪里弄到的？”

“大海里，我今天特意去海边从一个渔夫手里买到的，让你开开胃，享受享受。”

“海边，这里靠近海？”

“是啊，那海面太广阔，太壮观了，波涛汹涌，简直能让人的心跳出来。”

“那你怎么这么多天了，现在才告诉我有这么一个地方？”

“这几天只想着看能给你弄点啥好吃的，忘记了这档子事了。”浮士胤不好意思地对铁枫笑了笑。

“浮士胤，太感谢你了。”铁枫听后内心很是感动。

“枫将军，这是浮士胤应该做的，也是唯一能给你做的一点事。”

“你别说了，我能理解，我会慢慢转变过来的。你去忙你的吧。”

浮士胤拎着鱼向伙房走去。一会儿，汉宫羽也来了，一篮子齐国特有的水果放在了铁枫的面前。

“尝尝这里水果的味道。”

“我感觉自己快成小孩了，被大家细心照料着。”铁枫自己打趣地说道。

汉宫羽呵呵地笑起来了，心想他的心情好了许多。

“汉宫羽，你现在忙什么？”

“我自己开了一个小饭馆，生意还比较兴隆。”

“看来你能耐不小啊，在生活面前可以独当一面了，了不起噢。”

“哥，跟你的事业比起来这太微不足道了。”

“呵呵，可我们的事业充满了风险和危机，还是安稳地做生意比较好。”

“哥，你还记得那位静怡姑娘吗？”

“当然记得了，她也是一个重情重义的女子，她现在过得怎么样？”

“她，过得可好了，嫁入豪门，财富和地位自然不用说，她的夫君对她是百般疼爱，她现在很幸福。在我和浮士胤刚起步的时候，她帮过我们很多忙。她见了我们总会问起关于你的消息，看来她在心里还是一直很挂念你。”汉宫羽看着铁枫不由地笑了起来。

“她是一位好女子，她有了一个好的归宿，我们要祝愿她一生一世快乐幸福。”

“哥，你现在有什么打算呢？”

“说实在的，我一下子突然不知该去干什么，一直消沉着呢。”

“我知道你的理想，也能理解你现在的心境，你去齐公子那里去应职吧，那位燕国公主也许能帮上你的忙，但我想你肯定还会有一番思想斗争。”

“汉宫羽，你真的很理解我。我现在情感和理智一直在做斗争。”

“哥，你也不要太勉强自己，休息一段时间后，我相信你会把这些事情处理好。”

“汉宫羽，谢谢你，我会重新调整好自己的。”

“哥，你跟我还客气，我能帮到你，很高兴。”汉宫羽乐意地笑了起来。

铁枫也跟着笑了起来，总是感觉自己是孤独和无助的，其实在生活中，他们在心里总是惦记着他这个貌似坚强却往往很脆弱的男子，给他勇气和鼓舞，激励着他在前进的道路上不会孤立无援，处处见着真情，事事有着温暖。生活中不仅仅只有自己心中所想到的那些高尚和伟大，在平淡中也会体味到人世间真情的无私和博大的，感动与被感动让彼此在生活面前不畏惧一切挫折和苦难。

大海，它离自己是这么的近，今天才来到它身旁，些许这也是一种注定的缘分吧。大海给人的第一感觉就是震撼，蓝茫茫的一片，一眼望不到边际。在它的面前，你只会感觉到自己太渺小了，渺小的会在它面前放下一切自傲，不敢从心底造次地滋生出一些去对抗它的力量，它瞬间让人变得恭顺起来，恢复到了平静。曾经的乐与悲，喜与怒无须去计较它对自己的所具有的影响力，把一些背了好久好久的沉重包袱从心底彻底放下来了，感觉那一切都太微不足道了。这就是大海，在与它无声的交流中，它的博大和豪迈让一个人不得不去重新审视自己，让你从虚幻的名利场中走出来，回归到真正的自我，一个应该快乐知足地生活的正常人，自然、平静地面对生活，而非与那个虚假的自我交缠，最后迷失了自我的本性，陷入欲望的泥淖不能自拔，让痛苦压制着火热的激情，灰色蚕食了年华的色彩。铁枫坐在沙滩上任由海水抚摸着脚丫，天是那样的遥远，海是那样的广袤，海天相接的地方会是一方什么样的神奇土地呢？

“年轻人，在傻看什么呢？”一位白发苍苍的渔夫走到了铁枫面前。

“老翁，你知道这茫茫的大海里还有人居住吗？”

“这个吗？我也不是特别清楚，听老祖宗流下来的传言，说在这海里不远处还有一个岛，有一些异族人居住着。”

“是吗，那你有没有试着前往去探寻一下？”

“大海里危机四伏，可不能随随便便出海去冒险，那可不是闹着玩的，有生命危险。”

“嗯，我明白了。”

“年轻人，赶快回去吧，一会太阳会把你晒伤的。”

“谢谢老翁！”

看着老翁走远后，铁枫的大脑一下子又活跃起来了。原来在这大海的不远处还有一座岛，那里会是一个什么样的世界？也会像这里一样吗？是不是也会有一些温柔善良的女子，但她们会长什么样子呢？铁枫越想越觉得有趣，好想马上前往那个人们所说的岛屿上去瞧一瞧，至于什么风险和危机，他全然不把它们放在了心上，早飘在脑后了。

第一次见大海，他就在心里深深地仰慕它。他要以一种新的方式去融入它，感受它蓬勃的生命力。大海让他重新激荡起生活的豪情，心中不会感到空落落的，一份新的生活理念注入了他的脑海中。

“枫将军，你可回来了，大海让你着迷了吧？”

“是啊，确实震撼人心。听你语气，有事？”

“有，刚才翊娇雪公主来过了，等你好长时间了，刚走不久。”

“她有什么事情，是向我道别的吗？”

“不是，她在王宫卫队为你谋了一份卫队长的差事，本来要亲口跟你说，现在让我转告你，明天让你去报道。”

“我不想去，你明天替我转告一下她，谢她的好意了，我会自己找到生活的出路。”

浮士胤看着铁枫，感觉有点不可思议。他又怎么了？难道他的心还不能稳定下来成个家好好过日子。他正要上前想对铁枫说两句，汉宫羽把他拉住了，向他使了一个眼色。看到铁枫满脸的不愉快，两人一起出去了，让铁枫一个人静一静。

我不需要别人的同情和怜悯，更不需要她的帮助。我不是跟自己怄气，更不是和她怄气。从一起到齐国分开后，他想了很多，也想明白了很多事情。他从心底已经不爱翊娇雪了，难道就是那点点撒娇式的故意伤害造成的吗？是，也不是，总之心底涌上的一种感觉告诉他，已经不会喜欢她了。他更不会去恨她，她在他的心底将永远是一个善良美丽的女孩，从他们的相遇到相识到相知和所谓的相爱，他已得出了这么一个理性的结论。只是他不愿意在他们这样的一种结局下再去接受她的帮助，这不适合他这样有着骨性的男子，所以他不想再去伤害她，也不想再去伤害自己，所以他必须这样在大家的不理解中选择逃离，也许从自己内心而言是对自己所谓尊严的维护。翊娇雪的想法是正确的，但是她没有真正意义上尊重他们俩的现实，毕竟那里有过一些数不清理还乱的思绪和情感，更多的是一种对曾经共同的生活信仰发生了动摇和背叛，所以，所以他不想违心去做自己心里不愿意去做的事情。

秋天不知不觉走进了每个人的心里，生活看似平静如湖，泛不起一丝涟漪，可是湖底的暗流已经涌动很久，让大家忘记了黑色风暴来临之前的静穆和安宁是可怕的。清晨潮湿的水汽沾湿了人们干涩的面孔，草叶上的露珠晶莹剔透，闪闪发亮，让人们欣悦地发觉到盛夏的酷暑已远离了，而忘却了秋天带来的即将是满目的疮痍和凄凉，不知是人们真的忘却了，还是从深深的内心里不想去面对这么多的凄凉和悲痛，妄自从生活的罅隙间给自己找点轻松和愉快，来缓解内心的伤痛和压抑，然而该来的还是一定会要来的。

黄昏，在记忆中总是很唯美的。在一个高高耸起的山岗上，举目四望，脚下是一片广阔的平原，身后便是汪洋大海，海面空旷，气势宏大。铁枫带着一份平静坐在这山岗之巅，身旁就是他心里有着复杂感觉的翊娇雪。她让浮士胤给他捎来口信，言及今天有很重要的事情和他面谈。在这之前，铁枫以为他们也许不可能再见面了。

晚霞，金灿夺目，血红凛冽，在秋季的色彩里幻化着一份鬼魅和神秘，转眼间在光色的不协调中涌动着一份离奇和澄澈，仿佛一切都失去了生机和瑰丽，留下的只是暗穆和黑寂，但还游离着几丝绯红的光影，没有忘却秋天的黄昏还是温馨的。他们已静静地坐了两个多时辰了，眼睛都在出神地望着那奇特的晚霞，可心底却游荡着一份难言的诉说，好像又不是诉说，只是想为了能感受一下彼此的气息，可又说不准，不过这种沐浴在遐想光影中是很惬意的，翊娇雪的脸庞上已弥漫着片片红润的光晕。她还是那么美，那么迷人，可铁枫的心底已是一潭死水般的平淡。铁枫侧目看了一下翊娇雪，想知道她所说的重要之事指什么。

“秦军灭掉楚国后，径直挥军北上攻占了辽东郡，我父王及家人全被俘虏了，燕国彻底被秦军占领了。”翊娇雪战栗着说完后看着铁枫。

铁枫一语不发，他觉得安慰已没有多大意义了，最要紧的是关注她往后的生活。其实他心里又非常明白她已经有美好的归宿了，自己无须为此担心，所以他真的没有任何话可说。

“你今后有什么打算？”

“没有什么打算了，抗秦已属徒然，满腔热血只能延喘苟活了。”

“你为什么不想加入齐国的军队，即使没有胜算的把握，但也要站着倒下。是因为我吗？”

“不是的，从楚国败阵下来后，我就对武士生活彻底厌倦了。我累了，我想重新寻找一份有激情的生活。”

“那找到了吗？”

“没有，还在寻找过程中。”

“嗯，他们过得还好吧？”

“他们很好，成家立业了。”

“有时候，我很羡慕他们那简单而温情的生活。”翊娇雪转头看着铁枫，铁枫没有回应她的目光。

黑纱似的夜幕笼盖了四野，遥远处偶然传来了海涛涌动的声响，相顾无言，激情已终结。在黑魆魆的夜色中，急匆匆的身影无声地消逝了。

第七节　风正一帆悬

铁枫的岁月开始和大海结下了不解之缘。在柔软的沙滩上，渔夫们总能看到他轻健的身影伫立在海滩。铁枫也总爱和这些有航海经验的老渔夫们攀谈，好似他也要加入一支捕鱼的队伍中。

晚饭过后，浮士胤把铁枫拉到了一个僻静的地方，神色紧张。

“浮士胤，怎么了，你不会出什么大事了吧？”

“不是我出什么大事，而是齐国。”

“齐国出事，你紧张什么？”

“齐王要投降秦军。”

“你是怎么知道的？”

“今天我当差的时候，从几位王宫内聊天的侍女口中无意听到的。这个消息外部还并不知晓。”

“啊，这可是一个天大的消息。”铁枫一下子陷入了沉思。

看来这片土地要归于秦国统治了，战争太残酷了，也许统一才能使天下的苍生得以安宁，让那些处在惊慌和恐怖之中的人能回归平和的精神家园，这其实也未尝不是一件顺应天下大义之事。经历过这么多的风风雨雨，平静下来想一想，胜负已无所谓了，最重要的是你从中感受到的生活体验，角逐名利固然风光激越，可难免力不从心，在苍茫的夜色中孤独凄婉，感觉自己是一个生活外的生存者。可秦国成了这片土地的主人，自己还有待下去的必要吗？想想那龌龊不堪的赤炎等人充斥在他们的阵营里，他觉得自己很难在这片土地上活得顺畅和可心。此时他的耳边响起了虞香凝的那句话，“一个过着别人信念生活的人，那也许会更悲哀和凄苦。”命运注定了自己不可能像普通人那样生活下去，贵族有着贵族的尊严和礼节，精英有着精英的信念和理想，那是在血液和骨子里灌注的思想，世世代代流传下来的信仰法则。它考验着每个出身高贵人士的灵魂和使命，不管在什么环境下，都不能低下高昂的头颅，因为你是一个有着信仰和使命的人。齐国，这是一个没有骨气的诸侯国，也是让他伤痛的一个国度。在这里一天，就有一份难言的伤痛卡在他的胸间，因为在他的上方有一个比他优越的男子悬挂着，抑制着他的优越感，那就是齐国公子，且因为他将拥有翊娇雪。在他的地盘下生存，他会憋屈得很。他不想让自己的不堪去衬托他们的辉煌。只能选择离去，他已没有路可走了。虽然这里还有很多关爱他的人，但那并不能让他真正意义上从生活中感受到温馨。他是一个需要自救的人，别人的挽救永远不会医治好他心底的恶疾。天下终归没有不散的宴席，怀念让我们永远会在心底寄托着一份生死不渝的大爱。

“浮士胤，你知道我在想什么吗？”

“枫将军，我不知道，我正是想知道你会对此有什想法？”

“你难道真的没有想到一点我会对此的看法？”

“想到了一点。你一直在抗秦，可现在要成为秦的臣民了，你肯定不甘心，但我想不到你会有何举动。”

“你觉得我会成为秦的顺民吗？”

“你不会，但你要顺应形势，你不成为秦的顺民，已没有其他选择了。”

“是啊，你说得很对。”铁枫淡淡地笑了笑，轻轻地拍了浮士胤的肩膀，一个人走了。

浮士胤感受着他的笑声，平静稳重，他已经为自己的举动做好了准备，但浮士胤隐隐约约感知到这种举动有点舍身成仁的意味，他很担心，但又很无奈。枫将军是一个很有主见和个性的人，不过他对铁枫的任何举动都很佩服，那是常人难以企及的，对信仰的执着和坚守。

……

秋风遒劲，一阵又一阵的海风“嗖嗖”地吹向了临淄城，卷着一路的枯叶满天翻飞，从土丘跃下平原，从平原冲上了山头，好像沿道为信仰和力量举行一场隆重的葬礼。树木光秃秃的，突兀地目视着灰蒙蒙的天际，草叶打着寒战，在摇晃着消瘦的肢体，满目的悲悯。临淄城内，一支铁甲雄兵迈着自傲的步伐雄赳赳、气昂昂地走向了王宫。齐王带着文武百官早已跪拜在那杆迎风招展的大旗下，秦军队列中发出了恣肆的嬉笑声，故意羞辱这些没有骨气的人种，让这些懦弱的人听听他们胜利者的笑声。“秦”让所有齐国的人必须开始对它顶礼膜拜，但有一个人他的两只脚已脱离了这块没有血性的土地。

海面上，波涛汹涌，风吼浪怒，铁枫一人站在那条他定做好的宽大海船上。诸侯国的历史已终结了，一个大秦帝国的时代即将开始了；一位精忠武士的奋斗岁月泯灭了，一个流浪者的脚步马上要扬帆起航了。航向在哪里，在他的信念中，在那个传说指引中的不归之路。

别了父母，孩儿要去寻求精神上的寄托了，这个世界太复杂了，没有你们说得那么尽善尽美，所以我要去异国他乡找到它，完成你们留给我的期望。茫茫人海，我实在找不到你们了，但愿上苍保佑你们颐养天年，儿子实在不孝，本应留在你们身旁给你们养老，可是我已做不到了，来生愿做你们身旁的一头牛羊，让你们安心。

浮士胤，你忠诚可嘉，保重吧。姬绒，愿你们一家三口开开心心快快乐乐地生活，你的铁枫哥是永远不会忘怀你的。

彦南菲、梅雨嫣、黎华萝、凌薇，人生如匆匆过客，但你们是我风尘中一道亮丽的风景线，祝福你们找到自己的所爱，不要忘怀了那位在征途上的剑客，他在遥远的国度也会给你们祈福。

汉宫羽、霓瑛，红尘有你们，我心有所依。你们的淳朴、善良给人世间的生命注入了清泉般的美丽，让这位远道跋涉而来的行者可以洗涤身上的尘埃，澄澈心灵上的污垢，轻快地行走在那茫茫的信仰旅程上，不求所归，但求相知。

虞香凝，一只在花丛中翩跹的舞者，用你的美丽和魅力尽情地挥洒着你的青春。你永远是别人眼中的风景，自己的风景却消退在残烛的幕后；你演绎了生活的精彩，也为一个男子演绎了一份动情的妩媚。来世的相约你会铭记吗？

薛纤珣，一缕轻柔的晨光，照射到了纯情的心扉上，在上面留下了几道亲吻的牙印，有点痛但心灵依然欣悦。

静怡，一抹洁净的月色，笼罩着这份闪亮的双眸，可它不属于夜色，它困倦了，迎候它的应是黎明。

翊娇雪，一只飘飞的天鹅，爱得自然，爱得随和，爱得真挚，可终究还是没有飞跃那座情感的山峦，一起迷失在错觉中。今生相识你，我从不后悔，但会在内心遗失那份美的格调和情趣，因为它已不属于这个时代。祝福你们，我会永远为你们祝福的。

一道道熟悉的身影，一张张美丽的笑容，在脑海间飘然而过了，思绪从遥远的时空回到了船舱里。再没有牵挂了，该启程了，那个心中的岛屿，我来了，你在哪？一道斜阳铺海中。

海风热烈，一帆鼓张，顺着信仰的航道使向了深海，一双深沉坚定的眼睛深情地望着远方，理想和信仰在前方呼唤着他。身后不远，一张张喜笑颜开的脸还携带着迷人的酒窝，在那张灯结彩铺着红红丝织地毯的大礼堂上尽情地舒展。齐郡候，原来的齐国公子大婚了。